新装版

青春の証明

森村誠一

新装版　青春の証明

目次

凶悪な霧

I

夜の帳裏《ちょうり》に白い霧が流れていた。霧は無数の微粒子を攪拌《かくはん》しながら、夜と化合している。霧は単純な闇に幻想的な奥行きをあたえながらも、視野を数メートル四方に封じこめていた。手をのばすと指先がかすむような濃い霧が、しきりに移動している。

都内のある小さな公園だった。時間が遅いので人影は見えない。公園の中央に池があり、小さな噴水塔の跡がある。ブランコ数基に滑り台一基と、こわれかけた木のベンチがいくつか置かれているだけの公園というより、子供の遊び場といった感じの小広場である。それが霧のおかげで、地平も見えない霧の原のように仕立てられていた。

「凄《すご》い霧だわね」

霧の底から急に声が湧いた。無人と見えた公園のベンチに霧に溶けていたように二人の人間が腰かけていたのである。彼らは愛し合う若者であった。だいぶ以前からベンチに腰を下ろして熱い抱擁《ほうよう》と接吻《せっぷん》の反復の中に時間の経つのも忘れていたのである。まだ完全に治安が回復されていない時期で、夜になると、闇にまぎれて物騒な事件が頻発《ひんぱつ》していたが、青春の陶酔が不安と恐怖を吸収していた。

彼らは、その公園へ初めて迷い込んで来た。ようやく米を除くすべての食物が自由に買えるようになり、日本人が食生活から自由を取り戻しつつあった。

今夜、二人は都心に装いも新たによみがえったばかりのレストランで食事をしてきた。その後すぐには別れ難く、男が女を送って来る途中、霧が出た。霧は、戦争の傷痕《きずあと》を完全に癒《いや》しきらない東京の街を、メルヘンの町のように変貌《へんぼう》させた。まるで霧に物の性質を和ませる成分でもあって、優然たる化学変化をおこしたかのようであった。平凡な家並みやなんの変哲もない街路樹までが、輪郭を失った半透明の姿態を霧の中に漂わせていた。まがまがしいものはすべて霧に浸漬《しんし》されてその悪意の牙《きば》や角を失ってしまったようである。

霧に感傷的になった女が、途中で電車から下りたいと言いだした。男も悪くない考えだとおもった。こうして彼らは東京の夜の街を女の家の方向におよその見当をつけて歩きだした。少し歩くうちに方向の感覚は失われた。

迷ったところで東京の街中である。彼らは霧の流れに漂うように歩き、この公園の中に歩み入った。小一時間歩いたので、少し疲れをおぼえていた。彼らはこわれかけたベンチの中から比較的ましなのを選んで、そこで憩《やす》んだ。ほどよい運動がレストランで飲んだぶどう酒を全身に行きわたらせて、血が火照《ほて》った。

それを霧が柔らかく包容した。霧は冷たかったが、どことなくしどけなく淫《みだ》らな感じがあった。乳白の裳裾《もすそ》と夢幻的な奥行きが羞恥《しゅうち》を希釈し、日ごろの慎みを忘れさせた。

「だれか来るわよ」

と言いながらも、女のほうから男を需《もと》めている。霧のせいだわと女は平素は考えられない自分の野放途《のほうず》な大胆さを弁解した。なにもかも霧のせいにして、奔放な姿態が霧の底に開き、結び合い、からみ合った。圧《お》し殺した声とともに、二人の美しくも淫らなプライバシーを霧は封じこめてくれた。

その足音はまったく聞こえなかった。しいて音があったとすれば、霧の移動する音だけであった。

「いいおもいをしてるじゃねえか」

忘我の二人にいきなり背後から声がかけられた。びっくりして振り向こうとした二人に、

「振り向くんじゃねえ！　そのままじっとしてるんだ」

低いこもった声とともに、男の首すじに冷たい金属の感触が押し当てられた。

「き、きみはだれだ？」

男は震え声で辛うじてたずねた。

霧の遮蔽《しゃへい》に安心しきって、まったく無防備に女と愛を交わし合っているところを襲われたのである。

「つまらねえことをきくもんじゃねえ。女はしばらく借りていくぜ」

背後の男の圧し殺した声には凶暴な殺気が内攻している。逆らえばなにをされるかわからない凶気が、背後から吹きつけるように送られてくる。連れの女は、身体が麻痺《まひ》したように動かなくなった。そのとき彼は強烈なにおいを嗅《か》いだ。全身が麻痺してしまった中で、嗅覚《きゅうかく》だけが作動しているようだった。

「笠岡《かさおか》さん、助けて！」

女は連れに救いを求めた。

「騒ぐな！　用がすんだら、かえしてやる。下手に騒ぐと、どちらも生命を保証しねえ」

男の声には単なる脅かしではない迫力があった。

「きみ、よく考えてくれ。どうか乱暴しないでくれ」

笠岡と呼ばれた連れは、せめて言葉ではかない説得をする以外になかった。

「だれが乱暴すると言った。ちょっと女を借りるだけだ」

借りる目的は、乱暴以外のなにものでもないだろう。

「いいか、少しでもおかしなまねをしやがったら、女の命はねえぞ」

笠岡の首に押し当てられていた冷たい金属が、すっと引かれて、女の身体に擬《ぎ》せられた。笠岡からとりあえずの危険は去ったが、依然として身動きできない。

「さあ立て。いっしょに来るんだ」

男は女に命じた。

「たすけて」

女の声は、襲撃者と笠岡の両方に向けられている。だがどうにもならない。女の身の危険がなくとも、笠岡は恐怖に金縛りにされて身動きできなかった。彼は本物の殺気を向けられたのは生まれて初めてであった。その凄《すさま》じい放射を浴びて、全身が萎《な》えていた。

そのとき奇跡が起きたのである。

「くりやま、馬鹿なまねをするな」

闇の底からもう一つの声が湧いた。

「あっ、執念深い野郎め」

くりやまと呼ばれた襲撃者の声が狼狽《ろうばい》した。

「その女性を放すんだ」

霧が割れて、一個の人影がゆっくりと近づいて来た。

「寄るな！　それ以上近寄ると、この女を殺すぞ」

くりやまは女を楯《たて》にとった。

「よせ！　きさま、女と見れば見さかいはないのか」

新たな人影は、必死に制止した。

「ふん、笑わせるな。てめえなんかにとやかく言われる筋合いはねえ」

毒づいたはずみに、手先に一瞬の隙が生じた。女はその機を逸早《いちはや》くとらえて笠岡の所へ走った。

「あっ、この女《アマ》ァ」

うろたえて追いかけようとしたくりやまの前に新たな人影が立ちふさがった。たちまち凄じい格闘が起きた。霧が激しく乱れた。どうやらくりやまのほうが膂力《りよりよく》も体力も優れているらしい。追跡者の形勢が不利に見えた。

「警察の者だ。協力してくれ」

身分を明らかにした人影は不利な態勢の下から笠岡に応援を求めた。だが笠岡は動かない。いや動けないのだ。格闘する二人は一丁の凶器を奪い合っていた。もつれ合った指先から凶器が転がって、笠岡の足許《あしもと》に落ちた。

「刃《ヤッパ》を渡すな」

組み敷かれた警察官が必死に叫んだ。二人の手がからみ合いながら凶器にのびているが、もう少しのところで届かない。

「笠岡さん、たすけてあげて」

女が見かねて叫んだが、笠岡は依然として動けない。恐怖に完全に麻痺していた。脳は動けと命じているのに、身体が従《つ》いてこない。

笠岡を頼りにならずと見た女が代わりに凶器を拾おうとしたとき、一拍早く、くりやまの手が届いた。そのときすでに警察官の体力が底をつきかけていた。

くりやまは凶器をかまえると、それを警察官の腹の奥に深々と送り込んだ。凄じい争闘は終わった。人影は一個の物体に還元して、長々と地上に伸びていた。その上を乱された霧の流れがふたたび鎮静してすっぽりと包んだ。

くりやまはいまの格闘で劣情を消してしまったらしく、舌打ちして霧の奥へ走り去った。霧は何事もなかったように、さやさやと流れている。一瞬起きた事件が悪い夢でも見たように信じられなかった。だが霧の底に一個の警察官の死体が転がっていた。霧が惨劇のむごたらしさを隠しているが、それは、拭《ぬぐ》い難い事実であった。地上には犠牲者の血も流れているだろうし、苦悶《くもん》の形相もあるだろう。彼はまさしく、二人を救おうとして犠牲になったのだ。

犯人の足音が霧の奥に遠ざかって、しばらくしてから、ようやく笠岡は我に返った。べつの恐怖が麻痺を解いたのだ。

「ぼくらも早く行こう」

笠岡は、かたわらに立ちすくんでいた連れをうながした。

「行くって、どこへ？」

女は白茶けた顔をして聞いた。

「とにかくここから逃げるんだ」

「逃げるって、この人をこのままにして？」

「いつ犯人が舞い戻って来るかわからない。ぼくらは殺人の目撃者だ。とにかくここにいるのは危険だよ」

笠岡は女の手を強引に引っ張って、犯人の逃げ去った方角とは反対の方へ走りだした。

しばらく走ってから、ようやく笠岡は足を停めた。女が息切れしてこれ以上走りつづけられなくなったのである。

「笠岡さん、あの人をあのままにしておくの？」

ようやく荒い呼吸を鎮めたところで、女は聞いた。

「あのままにはしておかない。さっきから電話か交番を探しているんだが、ここはどの辺だろう」

夜の更けた住宅街は、ほとんど灯も消えて寝しずまっている。犬一匹の姿も見えない。

「あの人、もしかしたら、まだ生きていたかもしれないわ」

女は、突きつめたような声で言った。

「麻子《あさこ》さん、いまごろ何を言うんだ」

「あのときすぐ救急車を呼んであげたらたすかったかもしれない」

麻子と呼ばれた女は、闇の奥を見すえて言った。

「そんなことをいまごろ言ったってどうにもならないじゃないか」

「いいえ、あのとき、あなたが協力してあげたら、あの人、死ななくともすんだんだわ」

「そんなつまらないことを言ってないで、早く電話を探して警察を呼ぼう」

「笠岡さん、あなたは卑怯《ひきょう》よ」

闇の奥を見つめていた麻子の目が、笠岡に向けられた。そこには激しい失望と軽蔑《けいべつ》が塗りこめられていた。

「協力しようとしたんだ。でも飛び出すはずみを失ってしまったんだよ」

笠岡は面目なげにうつむいた。なんと詰《なじ》られようと、身体が動かなかったのである。

「あの人、私を救おうとして命を投げ出してくれたのよ。それなのにあなたは、ナイフを取り上げるほどの協力もしなかった」

「すまない」

「まだ、息があったかもしれないのに、それを確かめようともせず、逃げ出して来たわ」

「きみの身が心配だったんだ。犯人がいつ引き返してくるかわからないだろう」

「私、あの人に申しわけないおもいでいっぱいだわ。これからあの公園へ引き返すわ」

「よせ！　そんなことをしてなんになる。それより電話を探して、警察と救急車を呼ぶんだ」

「電話ならその辺の家を起こして借りればいいわ。私はあの人の所へ行ってみる」

麻子は身をひるがえしていま逃げて来たばかりの場所へ向かって走りだした。

2

深夜の公園で出逢《であ》い中のアベックを襲った痴漢をとらえようとして刺された警官は、そのアベックの急報によって駆けつけた救急車で病院へ運ばれる途中、出血多量で死んだ。傷は腸隔膜や腸管および上腸間膜動脈の損傷で、直接の死因は腹腔《ふっこう》内出血である。その警察官の名前は松野泰造《たいぞう》、淀橋《よどばし》署捜査一係の刑事であった。現場は目黒区と世田谷区の境界に接した世田谷区の小公園である。およそ松野の管轄とは見当ちがいの方角であった。その松野がなぜそんな公園に時ならぬ深夜に来たのか。

当然、通報者のアベックに事情が詳しく聞かれた。アベックは男が笠岡道太郎、女が笹《ささ》野《の》麻子、ともに同じ会社に勤めているサラリーマンとOLである。彼らは婚約していた。その夜いっしょに食事をした後、折からの霧に誘われて散歩中のところを、件《くだん》の公園で凶器を構えた痴漢に襲われ、この不測の事故となったものである。

——犯人についてなにか気がついたことはありませんか——

係官は当然聞くべき質問をした。

「それがあまりに突然のことだったので、よくおぼえていないのです」

笠岡は面目なさそうにうつむいた。

——犯人の人相風態《ふうてい》については？——

「相手は終始暗がりの中にいましたので」

なにか重大なことを忘れているような気がしてならないのだが、おもいだせない。恐怖と動転が、記憶を抑圧している。

——どんな些細《ささい》なことでもいいのだが、気がついたことはありませんか——

「それが……」

——まったくなにもおぼえていないのですか——

係官はいらだたしげに舌打ちをした。この二人を救うために同僚は殉職したのだ。なにか犯人の断片でもおぼえていてもらいたいところだった。

「そう言えば、あのとき刑事さんは犯人に向かってくりやま、馬鹿なまねをするなと言ったようでした」

笹野麻子が見かねたように、笠岡に代わって答えた。係官は、麻子の方へ視線を向けた。

——くりやま、馬鹿なまねをするなと言ったんですな——

係官はこの言葉のもつ意味を考えた。痴漢の名を呼んだとすれば、松野は初めから相手の正体を知っていたことになる。すると、偶然公園を通りかかってアベックの危難に遭遇したのではない。

——その他になにか言いませんでしたか——

「それから、うろたえたような声で犯人が、執念深いやつめというようなことを言ったようです」

（執念深いか、すると松野刑事はくりやまを追いかけていたことになるな）係官は胸の中でうなずいた。

「恐くて無我夢中だったのでよくおぼえていませんが、そのとき刑事さんは、女に見さかいがなくなると言ったような気もします。犯人は性犯罪を犯して逃げていたのを、あの刑事さんに追われていたんじゃないでしょうか」

無我夢中にしてはよくおぼえている、男より女のほうがずっとしっかりしていると係官はおもった。だが松野が担当している事件に、「くりやま」という人物はいない。

――笹野さんが、くりやまに短刀を突きつけられてから、松野刑事が来るまでにどのくらい時間がありましたか？――

「ほんの一、二分だったとおもいます。でも夢中だったので、ひどく長かったようにもおもいます」

――その間、笠岡さんはどうしていたのですか？――

痛い所を質《たず》ねられて、笠岡はうつむいた。係官はその場の様子をおおかた察した。

「笠岡さんは、私を救おうとして、必死になったのですが、私がナイフを突きつけられていたので、どうしようもなかったのです」

麻子がたすけ船をだした。

——なるほど、そこへ松野さんが来て、格闘になったのですね——

松野は、少なくとも専門家だからなと、係官は、身を捨てて一般の市民を救った職性を辛《つら》く悲しいとおもった。その犠牲的行為が、彼の職性として当然なのである。

「犯人の注意が一瞬、刑事さんの方へそれた隙に、私が逃げたのです」

——すると、あなたの危難はいちおうそのとき去ったわけですね——

「はい」

——それで松野刑事とくりやまが格闘している間、笠岡さん、あなたは何をしていたのです？——

係官の質問は、笠岡にとってますます痛い所をついてきた。

「笠岡さんは、刑事さんに応援しようとしたのですが、犯人がナイフを振りまわしていたので、近づけなかったのです。それに、刑事さんが、危ないから近づいてはいけないと言いました」

麻子がまた窮地に追いつめられた笠岡を救った。

——それであなた方は、松野刑事の言葉に従って、その場から逃げ出したのですか——

「そうです。とにかく応援を呼ぼうと、電話を探しに走ったのです」

——しかし、記録によると、一一九番への急報のほうが早かった。それによって救急隊が駆けつけて事件を警察へ連絡したのです。あなた方は、警察を呼んでいない。初めから救急車を呼んでいる。つまりあなた方は、松野刑事が刺されたことを知っていたことになる——

「そ、それは、たぶん慌てていて、警察と救急車をまちがえたのだとおもいます」

そのときの通報は録音されている。そしてそれは松野が刺されたことを連絡しているのである。笠岡と麻子は、凶器を扼《やく》したくりやまと死闘する松野に指一本の応援もせず、やがて松野を刺してくりやまが逃走するのを見送った後に、ようやく救急車を呼んだのだ。

だが、それを咎《とが》めてもどうにもならない。一般市民が死を賭《と》して警察官に協力する義務もなければ、非協力を咎められる筋合いもない。

だが係官はいま、目の前にいる笠岡に対して、職務に忠実な同僚を刺した犯人に向けるような憎悪をおぼえた。いや笠岡も犯人の一人である。彼は、自分の婚約者に凶器を突きつけて劣情を遂行しようとした痴漢に一指もあげられなかったばかりか、それを救おうとした警察官を指をくわえて見殺しにしたのだ。笠岡が全力をあげて協力していれば、松野は死なずにすんだかもしれない。笠岡も松野の死にあずかっている。

だが、その〝一味〟に対して、同僚としてなんの報復もしてやれない。係官は悔しかった。

警察官であるが故に、こんな卑怯な市民をも救うために、一身を投げうたなければならない。それがこの職業の当然の倫理であった。

「私たち、もうだめかもしれないわね」

警察の事情聴取からの帰途、笹野麻子は、笹岡道太郎に言った。

「どうしてそんなことを言うんだ。きみはなんの被害にもあっていない。あの事件は、ぼくたちになんの関係もないのだ」

笹岡は、女の意外な言葉にびっくりした。

「なんにも関係ないとおっしゃるの？　私は、自分の被害のことを言ってるのではないわ。刑事さんが私を救おうとして亡くなったのよ」

女は呆《あき》れ果てたように言った。

「必ずしもそうとは言いきれないだろう。あの松野とかいう刑事は、くりやまという男を追っていた気配だった。たまたまその追跡の途上にぼくたちがいたんだ。くりやまはきみを人質にして逃げるつもりだったのかもしれない。きみが気に病むことはない」

「人質にしても、私にいやらしい欲望をおぼえたにしても、刑事さんは私を救うために一身をなげうってくださった。でもあなたはなにもしてくれなかったわ」

「救おうとしたんだ。しかしその前に、あの刑事が来たんじゃないか」

「もうそのことはいいのよ。私はもうだめなの。あなたを愛せなくなってしまったのよ」

「そんなことはない、きみはいまショックをうけているんだ。正常じゃない。一時の感情から……」

「一時の感情ではないのよ。私、あなたの正体を見てしまったの」

「きみはあまりに深刻に考えすぎている。だれだってあのような場面に出会ったら、ああする以外になかっただろう」

「私もそうおもうわ。でもだめなのよ。ほかの男の人なら、私許せるとおもうわ。あなただから許せないの。私、あなたに求めすぎていることがわかっている。自分でもどうしようもないのよ。私を許して。あなたを許せない私を許して欲しいの。でもあなたは卑怯《ひきよう》だと私の心の中で叫ぶ声が、どんなに耳をふさいでも聞こえてくるのよ」

「すぐに聞こえなくなるさ」

「せめてそのときまで待って。それまで私たちのことはなかったことにして欲しいの」

「きみはいま感傷的になっているんだ」

「女って、いつでも感傷的な動物なのよ」

笠岡は、麻子の決心の固いのを悟った。いま無理にその心をひるがえさせようとしてもかえって殻の中にかたく閉じこもってしまうだろう。いまはひとまず退いて、女の心が緩和するのを待とう。凶器を構えた痴漢に恋人を扼されて、手も足も出なかった事実が、笠岡を弱気にしていた。

3

松野泰造は、大正十×年三月、郷里の埼玉県秩父《ちちぶ》郡の山奥から上京して警察官になった。規定の身長に一センチ足りず、危うく身体検査ではねられかけたのが、補欠で拾われた。

彼が刑事になったきっかけは変わっている。当時、郷里の山で炭焼きをしていた彼は、休日に秩父の町へ出て、ある大きな商店で万引きとまちがえられた。そのとき取り調べにあたった刑事からすっかり犯人扱いをされて、罵《ののし》られたり、撲《なぐ》られたりした。結局、ぬれ衣《ぎぬ》は晴れたものの、そのときの悔しさが骨身に沁《し》みて、いまに自分も刑事になって見返してやるぞと固く心に誓ったのである。

警視庁巡査を拝命して、派出所勤務をするようになってからの彼のハッスルぶりは凄《すさま》じいものがあった。少しでも挙動不審の者を見かけると直ちに不審訊問《じんもん》をかける。身体捜検をする。ナイフ、短刀、あるいは暴力主義的革命のにおいのある書物などを携えていようものなら、その場で検挙してしまう。

そのやり方が徹底しているので、多少とも脛《すね》に傷もつ者は、松野を鬼松と呼んで敬遠するようになった。

外勤の点数制度における実績と、一年間に八週間の警備および捜査の現職教育の中で選抜されると、適性や能力に応じて本署または警察本部の政治（公安）、捜査、交通などの刑事または内勤警察官となって私服勤務ができるようになる。

私服勤務は初任警察官の最初の的《ターゲット》であるが、これは階級が昇進したわけではなく、勤務内容と態様が変わるだけである。刑事になるには平均外勤四年、さらに本部刑事には三年ほどかかる。

体制の擁護者たる警察官が制服を嫌う傾向は皮肉だが、その制服組の中から成績や能力に応じて、私服を選抜するのはさらに皮肉である。ともあれ、松野は猛烈にハッスルして、配属一年の間に抜群の検挙率を記録した。

しかし結局、所轄署の刑事部屋を転々として、本庁付きになれなかったのは、彼の狷介《けんかい》な性格による。一匹狼の名刑事による岡っ引き捜査から、プロジェクトチーム中心の近代的な組織捜査に切りかえられた後も、明治以後の伝統の刑事根性をかたくなに引き継いでいる。これでは本庁からの引っ張りは望めない。

松野は、しだいに疎んぜられる運命にあった。

組織による系統的捜査において、自分がやっている捜査以外は見向きもしない身勝手な、おのれのカンと足だけを信じ、それを誇りにしている古典的刑事だった。

「松野君は、信念の男だった。彼は、たとえ上司の命令に逆らっても、犯人《ホシ》を捕えさえすれば、すべてが氷解する、だれがなんといおうと自分の信念どおりやると言って、そのとおりに生きてきた。刑事がサラリーマンのように上司にゴマをするようになったらおしまいだ。刑事の職務に対する忠誠は、ホシを捕えることだけにあると口ぐせのように言っていた彼らしい最期だった。我々はまた一人貴重な人材を失ってしまった。彼のような信念の警察官がますます要求される時代にかえすがえすも残念である」

と署葬において本庁から来た部長が弔辞を読んだが、松野の死は、組織捜査からはみ出した一個の老刑事の敗北でもあった。おそらく松野が「自分だけの捜査」をやっていなければ、このような死にざまをせずにすんだはずである。

松野は十数年前に妻を病気で失っていた。妻との間には、時子という二十五歳の娘が一人いるだけだった。

妻に先立たれた父の身のまわりの面倒を見ている間に、縁遠くなってしまった感じの女性である。

笠岡は、葬儀に焼香に行ったとき、斎場の遺族席に周囲から身をすくめるようにして坐《すわ》っている彼女を初めて見た。

焼香の後、笠岡が時子の前に立って悔《く》やみを述べると、時子はそれまで伏せていた目を上げて、彼を見た。その視線は、笠岡の面にひたと据《す》えられた。

その一瞬、笠岡は時子の目に白熱の輝きを見たとおもった。その視線の先にあたかも火《か》焔《えん》放射器の筒先《ノズル》が向けられているような熱感をおぼえたのである。

笠岡はたじたじとしながらも、自分から視線をそらして、「申しわけありませんでした」

と言ってしまった。

時子の目が、(あなたが父を殺したのだ)と無言の抗議をしていることを悟ったのである。そしてそれに対してつい詫《わ》びるような言葉を返したことは、時子の無言の抗議を認めた形になった。

警察関係からいちおう生花や造花の花輪がにぎやかに贈られていたが、斎場を被《おお》う白々しい雰囲気は救いようがなかった。同じ葬式でも存命中、勢力や人気のあった人のものは、活気がある。その活気の底に死者に対する愛惜《あいせき》と、生者の悲しみが流れている。

だが松野の葬儀は、会葬者の数こそ、わりあい多かったが、枯れ葉が自然に枝から離れたように、死ぬべき人が死んだ葬儀の一種の見切りと、死者と生者の訣別《けつべつ》の形式があるだけだった。それが葬儀をしらけたものにしていた。

いかにも一生、冷や飯を食いつづけた老刑事の敗北を確かめるような葬儀だった。遺族席に坐っているわずかな故人の縁者たちも、血縁という義理だけで止むを得ずその席に連なっていることを表情に書いている。

時子の抗議の放射を浴びて、笠岡は這《ほ》う這《ほ》うの体で斎場から逃げ出した。

笹野麻子が退社したのは、それから間もなくである。麻子はそのことを噯気《おくび》にも出さず、黙ってやめていった。

笠岡は、社内に麻子の姿が二、三日見えないのに気がついた。彼女の同僚にさりげなく聞いて、ようやくその退社を知ったのである。

笠岡と麻子の仲は、まだ会社のだれにも知られていない。笠岡に黙ってやめていった事実は、麻子が、彼を避けていたことを物語る。笠岡は愕然《がくぜん》とした。いかに彼女が彼の卑怯を詰《なじ》っても、ロマンチックな女の一時の激昂《げっこう》とおもっていた。若い女の稚《おさな》いヒロイズムは、暴漢の凶手から恋人の生命が救われたことよりも、身代わりに死んだ形の縁もゆかりもない老刑事の死を悲しんでいる。そんな感傷は少し時間が経てば、熱が退《ひ》くように鎮まるだろうと考えていた。

だが、麻子が笠岡に知らせずに退社していった事実は、彼女の怒りが依然として鎮まっていないことを推測させる。

――しかし、彼女がどんなに怒っても、あの事実は消せないはずだ――と笠岡は信じた。麻子の身体には、笠岡の男の刻印が深々と捺《お》されている。それは彼女にとっても初めての刻印であった。

霧の夜のムードに酔った捺印《なついん》であったが、初めてであるだけに、女にとっては重大な意味があるだろう。あのときの自分の身体が、彼女に包みこまれた許容の熱感を、いまも実感としておぼえている。

――麻子は、自分が追いかけて来ることを計算して、駄々をこねているのだ――

とにした。

笠岡は楽観した。電話だと本人が出てこないかもしれないので、直接、家をたずねることにした。

麻子の家には何度か行ったことがある。父親はある大手鉱山会社の重役である。目黒区のはずれの閑静な住宅街の中に彼女の家はあった。

このあたりは、戦災をまぬかれた一角で、戦前からの古い屋敷が残っている。麻子の家は、それらの屋敷の一つを、彼女の父の会社が重役の居宅用に前の持ち主から戦後買い取ったものである。

庭が広く、樹齢の古い櫟《くぬぎ》や欅《けやき》が自然林のまま残っている。建物は庭樹の奥に古びて見えるが、鉄製の門扉《もんぴ》がいかめしい。両開き式の扉は正式の客を招くときや、一家の行事のときだけ開かれる。それ以外の通行には門扉の片隅に取り付けられたくぐり戸を利用する。

くぐり戸の脇の門柱に呼び鈴がある。笠岡がそれを押すと、門の内側に人の足音が起こり、くぐり戸の覗《のぞ》き窓から、見おぼえのある年寄りのお手伝いの顔が覗いた。

だが先方は、まったく反応をしめさずに、「どなた様で」とたずねた。

「笠岡と申します。以前何度かおじゃましました。お嬢さんがいらっしゃったらぜひおめにかかりたいのです。重要な用件があるとお伝えください」

「少々お待ちください」

老女の顔が引っ込むと、しばらくしてまた足音がした。老女の足音とちがう。麻子が来たかと緊張して待っていると、白い顔が覗いた。麻子の母親だった。

「笠岡さん」

母親はくぐり戸を開かずに覗き窓の内側から声をかけた。

「突然おじゃましまして」

笠岡は神妙に頭を下げた。

「せっかくですが、麻子はお目にかかりたくないと申しております」

「は？」

「どうかお引き取りください。あなたとの間になにがあったのか存じませんが、麻子はこの度縁談がまとまりまして近く嫁ぐことになっております。いろいろご親切にしていただきましたが、娘は今後いっさいおつき合いをしたくないと申しておりますので」

「縁談が……」

と言ったなり、後の言葉がつづかない。まったく予期しなかった部位にいきなり斬《き》りつけられたような気がした。

「それでは失礼します」

茫然《ぼうぜん》とした笠岡に母親は軽く会釈して、窓を閉めかけた。

「ま、待ってください」

笠岡は閉じられかけた窓を外から慌てて押さえた。

「何でございましょう」

「あのう、お嬢さんはどちらの方と縁談が決まったのですか」

「それはあなたに関係ないことでしょう」

抑揚のない言葉とともに覗き窓が閉められた。取りつくしまもなかった。関係は大いにある。ただ一度だけであるが、あの霧の夜の事実は何なのか。あの熱く隙間のない許容があるかぎり、彼らの将来の誓いは具体的な裏づけをされたのである。

だがその主張を目の前にかたく閉ざされた鉄の扉が無情にはね返してしまう。それは麻子の拒絶の意思であると同時に、笹野家の拒絶をも表わすものであった。

笠岡はもう一度呼び鈴を押そうと手をのばしかけて止めた。もはや何度押しても、門の内側に招じ入れられることはないと悟ったからである。

だがこのままではあきらめられない。もう一度本人に会って、その真意を確かめたかった。女から拒絶されているにもかかわらず、あきらめられない自分の態度が、男として卑《ひ》怯未練《きようみれん》だとおもう。だが、笠岡はそれほど麻子を愛していた。この女以外に自分の妻になるべき女はいないと信じている。頭の髪の先から足の爪先《つまさき》まで、造化の神が笠岡のためにつくってくれた女だとおもっていた。

その女からついに最終的な許容を取り付けたと同時に別れるとは、あまりにも残酷ではないか。

とにかくもう一度本人に会うのだ。会えるまでは何度でも通おう。彼女も終日家に引きこもっているわけではないだろう。根気よく張り込みをしていれば、必ず外へ出て来る。そのときをつかまえるのだ。

——今日のところは、ひとまず引き返そう——

笠岡は、肩を落として、駅の方へ歩きだした。失望が彼を打ちのめしていた。縁談が決まったというのは、はたして本当なのか？　笠岡を追いはらうために母親がつくりだしたでたらめではないのか。失望の中にのめり込んでいた笠岡は、背後から自分を追いかけて来る気配にしばらく気がつかなかった。

何度か名前を呼ばれて、ようやく我に返った。はっとして振り向くと、後方から麻子が息を切らして必死に追いかけて来る。

「麻子さん——」

「よかったわ、追いつけて」

麻子は、転がり込むように笠岡の腕の中へ飛び込んで来た。そのまましばらく息が切れて口がきけない。

笠岡が背中をさすってやってようやく呼吸が鎮まった。

「ごめんなさい。母が失礼なことを申し上げて」

「いや、なんでもないよ。きみに会えさえすりゃいいんだ。でも会えて本当によかった」

麻子が笠岡を追いかけて来たのは、彼女の怒りが解けたからだとおもった。

「あまりゆっくりできないのよ。父と母の目を盗んで脱け出してきたの」

「びっくりしたよ、黙って会社をやめたりして」

「ごめんなさい。でも黙ってやめたほうが、辛いおもいが少ないとおもったの」

「どうして急にやめたんだい？　まさかいまお母さんが言ったように縁談が起きたからじゃないんだろう」

笠岡は強いて明るい方角を見るようにして言った。

「それが本当なのよ」

「本当だって？　はは、まさか」

笠岡は笑いにまぎらそうとしたが、膨れ上がる不安に圧倒されて、笑いが中途半端のまま引き攣《つ》った。

「母の言ったことは、本当よ。私、ある人との結婚を承諾したの。前々から親戚《しんせき》を通して申し込まれていた方なの」

「そ、そんな！　それではぼくたちのことは」

笠岡は悲鳴に近い声をだした。

「なかったことにしていただきたいの」

「あの夜のことは、きみの気まぐれだったというのか。一夜の雰囲気に酔った遊びだというのかい」

「遊びじゃないわ」

「それじゃどうして？」

「私、あなたを本当に愛して、すべてを捧げたのよ。いまでも愛しているわ、心から」

「それなのになぜ、他の男との結婚を承知したなんて言うんだ。まるで矛盾しているじゃないか」

「自分でもそうおもうわ。でもだめなのよ、私、あなたを愛しているだけに、あの夜のことをおもいだすと、あなたを許せないの」

「きみはあまりに感情的になっているよ。きみはぼくがあの暴漢に刺されたほうがよかったとおもっているのか」

「私、自分でも、自分がよくわからないのよ。あなたがご無事だったことは嬉《うれ》しいわ。殺されたのがあなたでなく、刑事さんだったことを喜ぶべきだわ。頭では、そのようにわかっているつもりなの。でもやっぱりだめなのよ。私、他の男の人だったら、もっと寛大になれるかもしれない、きっとなれるわ。それがあなただけはだめなのよ。私自身、卑怯で欠陥だらけの人間のくせに、あなたのことになると許せないの。こんな私を許して。それを言いたくて追いかけて来たのよ」

「きみは混乱しているんだ。どうか冷静になって欲しい。ぼくらはきっといい夫婦になるだろう。おそらく地上最高の組み合わせにちがいない。きみは大きなまちがいを犯そうとしている。きみはぼく以外のどんな男と結婚しても、ぼくと結婚した以上に幸せになれない。いや、ぼくとでなければだめだ。合鍵《あいかぎ》のない鍵と錠前のように、ぼくたちはただ一つしかない組み合わせなんだよ。どうかいまのうちに考えなおしてくれ。いまなら間に合う」

「私を許して。私を開くただ一個の鍵はこわれてしまったのよ。私、あなたを愛しているわ。これからもずっと。でもあなたは卑怯だったわ。私のためのただ一個の鍵は、あの霧の夜にこわれてしまったのよ」

「一時の感傷から自分を一生のまちがった結婚生活に縛りつけてはいけない。一生は長いんだ」

「私、もう帰らなければいけないわ」

「麻子さん!」

「私、いつもあなたを想《おも》っているわ。私を許して」

「行かないでくれ」

のばした笠岡の指先から、するりと逃れて麻子は自分の家の方角へ走りだした。その後を追おうとした笠岡は、彼女を探しに来た笹野家の家人の気配を聞いた。

笠岡は、麻子が自分の手元から完全に逃れ去ったことを悟った。もはやどのように手だてをつくそうとも、彼女を呼び戻せない。愛しているから許せないと言った麻子の言葉には、若い女の感傷だけではない真実があった。彼女は愛する者に対して異常に厳しい自分を嫌悪し、そのことについて笠岡の許しを求めていた。自分でもどうすることもできないジレンマに陥ってしまったのだろう。

麻子から聞いたことだが、彼女にはそのような完全癖があったそうである。幼いころ、ママゴトをしていても、おとなが脇からちょっと介入しようものなら、たちまち遊びを投げ出してしまう。人形などをつくっても、完成間近に少しでも気に入らない個所が生じると、最初からやりなおす。自分の熱中している遊びや気に入っている玩具《がんぐ》に対するほど、この傾向が強い。そのくせ大して興味のないものには、無神経なほど寛大なのである。

おそらく自分の築き上げた王国、それが空想のものであれ、現実のものであれ、そこへ侵《はい》り込まれたり、破壊されたりするのを極端に嫌う性格なのであろう。

笠岡は、麻子の中に築き上げられた最高の王国であり、絶対不落の城郭であった。それがあの夜無惨にも破壊された。無垢《むく》の王国の不落の城塞《じようさい》が、土足の蹂躙《じゆうりん》をうけて火をかけられた。彼女は、その城を修復し、城地を回復しようという意志を失ってしまった。一度、敵手に汚された絶対の王国は、もはや回復のしようがないのである。

笠岡には、麻子の妥協のない悲しい心情がわかった。感傷の一種ではあっても、そこには動かし難い真実が盛り込まれていることもたしかである。
笠岡は、彼のために生まれた唯一の異性を失ったことを確認した。

代償の伴侶《はんりょ》

I

朝山由美子は、矢村重夫が南アルプス山中で消息を絶ってからも、どこかで生きているような気がしてしかたがなかった。

山好きの矢村は、よく由美子を山へ連れて行ってくれた。志賀高原や上高地も矢村が案内してくれた所である。彼女は矢村によって山の美しさや巨《おお》きさを教えられた。

その矢村が由美子との挙式を一か月後にひかえて、独り山へ登ったまま、消息を絶ってしまったのである。

矢村が出かけて行った山は、南アルプス山系の鳳凰《ほうおう》山であった。この山は山梨県韮崎《にらさき》市と中巨摩《なかこま》郡芦安《あしやす》村との境にあり、最高峰観音岳を中にはさんで北に地蔵岳、南に薬師岳と連なる標高二千八百メートル前後の三山の総称である。

南アルプス国立公園の核心にあたる「白峰三山」と称せられる北岳、間《あい》ノ岳、農鳥《のうとり》岳のいずれも三千メートルを越える巨峰と野呂《のろ》川の渓谷《けいこく》をはさんで対立しており、白峰三山の前衛的位置にある。その位置や高度からして、南アルプスでは最も整備されている〝入門の山〟とされている。

その易しい山で、山歴《キャリアー》の豊富な矢村が消息を絶ってしまったのである。由美子も同行をせがんだのだが、鳳凰山の最初の取り付きが「アルプス三登り」と呼ばれるきついコースで、由美子には体力的に無理であり、独身最後の山としておもうまま歩きまわってきたいという矢村の希望もあって、彼女はふしょうぶしょうおりたのである。

「どうせ私が行くと足手まといでしょうからね」と拗《す》ねてみせた由美子に、矢村は当惑しながらも、代わりに新婚旅行には北海道へ連れて行ってやると約束してくれた。

あまり足の強くない由美子には、初めから無理なコースだったが、久しぶりの単独行の登山に浮き浮きしている様子の矢村を見ると、ついいやみを言ってみたくなるのであった。あのとき、どんなに無理でもいっしょについて行けば、矢村は行方不明にならなかったかもしれないとおもうと、由美子は残念でならなかった。

2

矢村は学徒動員で危うく戦地へ引っ張られるきわどいところで、終戦となった。復学すると、戦争で失われた青春を取り戻そうとするかのように猛烈に山へ登りだした。

荒廃した母校に、いち早く山岳部を復活させたのも矢村である。平和がよみがえるにつれて、その活動を、中心人物となって充実させていった。

長い戦争で荒廃した山に絶えて久しかった山靴の音をひびかせながら、いくつかのバリエイション・ルートを拓《ひら》いていったのも矢村であった。大学を出て就職してからも、機会さえあれば山登りをつづけていた。消息を絶つ直前は、母校の山岳部から戦後初の海外遠征隊を送り出すべく運動していた。

その彼が南アルプスの初級コースで遭難したとは、信じられなかった。季節は四月の終わりで、融雪《ゆうせつ》の早い南アルプスでは雪崩の時期は過ぎていた。

北面の谷や日かげに残雪が多少あるくらいで、たとえ悪天に巻き込まれても、冬山のような厳しさはない。それに彼の入山中、天候は比較的落ち着いていた。

だが、山には予期せざる危険が無数に潜んでいる。高名な登山家が信じられないような平凡な場所や不注意な原因で遭難するケースは決して珍しくない。

矢村が家人と由美子に言い残していったコースは、韮崎からドンドコ沢を遡行《そこう》してまず地蔵岳へ登り、観音岳、薬師岳を経て、夜叉神峠《やしゃじんとうげ》へ下りてくるというものであった。

母校の山岳部と、そのOBによって結成されている山岳会から捜索隊が出された。だがドンドコ沢の上部にある鳳凰小屋に最初の日泊まった事実がわかっただけで、それ以後の足跡がかいもく不明であった。

捜索は尾根筋からはじめられた。三山の稜線は、鳳凰特有の崩れた花崗岩《かこうがん》のザク道である。このあたりは明瞭《めいりょう》に踏まれている山道なので迷いようがない。薬師岳を過ぎると、尾根が広がり、密度の濃い樹林帯となる。積雪期には、目印のない樹林の中で道を失う人もいるが、その年の四月の末は残雪も少なく、まず迷うおそれはなかった。

考えられるケースは縦走中、熊《くま》に襲われたか、あるいは怪我をして動けなくなった場合である。四―六月ころはいちご取りに出て来た熊が、峠や山道で人間と出会いがしらにぶつかり、驚いて襲いかかることがある。

だがたいていは熊のほうが人の気配に逃げて行く。

残雪にまどわされて、稜線上の縦走路を踏みはずすと、野呂川あるいは韮崎側のいずれへ下っても、南アルプス特有の濃密な原生林がびっしりと山腹を埋めている。この樹海の中に迷い込むと、ちょっと面倒である。

尾根筋に消息を見つけられなかった捜索隊は、東面と西面の原生林を手分けして探した。しかしそこにも矢村の足跡はなかった。

このとき捜索隊の先頭に立って熱心に探してくれたのが木田《きだ》純一であった。木田は矢村の母方のいとこにあたり、年齢が同じだったところから幼いころから双生児のように仲良くしていた。高校、大学も同じで、大学入学と同時にいっしょに山岳部へ入部した。当時は太平洋戦争の戦局が難しくなっている時期で、登山も体力錬成という名目で細々と行なわれていた。

戦後、抑圧されていた反動から山に熱くなったのも、矢村と同じであった。二人は、北アルプスの岩壁でよくザイルパーティを組んだ。二人で拓いたバリエイション・ルートもいくつかある。仲の良いいとこ同士であると同時に、無二のザイルパートナーでもあったのである。

木田は、しだいに絶望への傾斜を深めていく捜索の中で、最後まで希望を失わず、執拗《しつよう》に、それこそ草の根を分けるようにして探した。

だが結局、矢村の消息は得られなかった。彼は、捜索が打ち切られたことを、あたかも自分の責任ででもあるかのように身をすくめて由美子の許《もと》へ報告に来た。

「これだけみなさんが探してくださって見つけられなかったのですから、仕方がありませんわ」

「なにぶん人手が足りず、我々の努力も十分とは言えません」

「いいえ、木田さんは本当によくやってくださいましたわ。矢村さんがこのことを知ったら、感謝するとおもいます」

「重夫はあなたの婚約者であると同時に、私のいとこです。きょうだい以上の存在でした。これからも独力で機会ある毎に探しつづけるつもりです」

「ご厚意は有難いとおもいますが、私はもうあきらめました。これだけ手分けして探しても見つからないのですから、望みはないとおもいます」

由美子は、深山の奥で静かに朽ち果てていく矢村を想像した。だが、それが不思議に実感となって迫らないのだ。つい少し前まで、彼は由美子の心の中核に居坐《いすわ》っていた。そして近い将来から彼女の夫としてその生涯を掌握しようとしていた。女の幸福は、夫によって決定的な影響をうける。結婚を一種の契約と割り切っても、それは女の運命に大きな影響力を及ぼす重大な契約である。

その生活の核ともいうべき矢村を急に失って、由美子はどうしてよいかわからなかった。ただ矢村のいない空間の中に心の実質をすべて吐き出してしまったかのように、自分を失っているだけである。

矢村と初めて出会ったのは、体育の出席時間不足の学生のために行なわれる〝集中体育授業〟としてのハイキングに奥多摩へ行ったときである。そのときの案内役として山岳部員が同行することになっているが、由美子の班に付いたのが矢村であった。

矢村は、山馴《やまな》れない一般学生を親切に案内しただけでなく、山の博物にも通じていて、珍しい動植物の名前を教えてくれた。

そのときはそれだけの接触で別れた。矢村は間もなく卒業した。

そのまま再会することがなければ、淡い青春の一触の出会いとして忘れられたことだろう。だが翌年の夏、由美子がクラスメートといっしょに上高地へ行ったとき、穂高《ほたか》の岩登りに来ていた矢村とはしなくも再会したのである。そのとき矢村のザイルパートナーとしていっしょに来ていたのが、木田純一であった。

矢村と木田は、由美子のために一日を割いて、西穂高へ案内してくれた。この再会をきっかけにして矢村との間に交際がはじまった。

由美子の家は明治以来の築地の老舗《しにせ》料亭「あさやま」で、戦災で店は焼けたものの、戦後いち早く再建し、本店の他に都内各所に新しい出店を開いて活発に営業をはじめていた。

また矢村の生家も、仙台の方の素封家《そほうか》で、家格としては両家とも釣り合っていた。由美子が一人娘で、婿を取らなければならないのに対して、矢村が次男であったことも、二人の将来を共にする可能性を強めていた。

やがて矢村家から朝山家に正式な使者が来た。そしてめでたく婚約が整い、由美子の卒業を待って、五月の吉日《きちじつ》に結婚することになっていたのである。

その矢先に、矢村が山へ独りで登って消息を晦《くら》まそうとは！　まったく予想もしないことだった。

矢村の消息不明があまりに唐突だったので、親戚《しんせき》の中には、矢村が急に由美子との結婚が嫌になって、いまさらそれを告げることもできず、山の遭難を偽装して姿を晦ましてしまったのではないかとうがった推測をする者もいた。

しかし由美子には、矢村にかぎってそんなことは絶対にあり得ないという自信があった。二人の感情は、いまや結婚を前にして最高に昂《たか》まっていた。すでに婚約も整い、両家の両親に認められた仲であった。まだ身体の結び合いこそ行なわれていなかったが、由美子は矢村が需《もと》めればいつでも捧げる用意があった。

結婚という儀式のために愛の高潮を抑えるのは意味がないとおもっていた。ところが矢

村のほうが自制をしていた。

「儀式ではあっても、ここまで婚前交際のルールを守ったのだから、最後まで守ろう。きみの最も貴重な無垢《むく》のものを、みんなから祝福されて受け取りたいのだ」と矢村は言った。

当時はまだ性観念が現在のように自由ではなかった。

由美子には、矢村の古風なストイシズムがよくわかった。由美子を愛するほどに、矢村は完璧《かんぺき》な手続きを踏みたいのだ。矢村にはもともとそんなところがあった。

矢村は完全に支配できる女性を最後まで憧憬《どうけい》の雛壇《ひなだん》に飾っておきたかったのである。それほど彼が由美子に捧げた鑽仰《さんぎょう》は強かった。そしていよいよその実体に触れられるという直前に自らの意志で逃げ出すはずがない。そんなことは絶対にあり得ない。

それは、愛し、愛される女の自信でもあった。

3

笠岡道太郎は、笹野麻子を喪《うしな》った。それは彼にとって青春の喪失《そうしつ》であった。麻子が去ると同時に、自分の青春は終わったとおもった。

だが麻子を失った空白の中にしだいに重みをましてきたものがある。最初はそれが何か

わからなかった。これまで麻子が占めていた心の中に無限の暗渠《あんきょ》が穿《うが》たれて、そこに恋の骸《むくろ》がひっそりと横たわっている。その骸が朽ち果て年月によって風化されるまで、暗渠は新たな実質によって埋められないだろう。暗渠は底知れず、深く暗い。その深度と暗黒の濃度が、麻子が占めていた容積につながる。

暗渠は少しも埋められないながらも、暗い奈落《ならく》からしだいに輝きを増してくる光点があった。強い白熱のような輝きでありながら、周囲の闇を少しも照らさない不思議な光だった。

それは一片の温かみも伴わない白い凶器のような光である。闇の奥から笠岡の心を刺し貫くためだけに射かけられてくるようであった。

愛の喪失の中に放心していた彼もようやくその光点の放射に気がついた。意識が気がついたというより、痛覚を経由して悟った。それはまさに、痛覚を伴う放射であった。

それをだれかの凝視と知ったのは、少し後である。だれかが自分を見つめている。闇の奥からじっと。目に集められた白い光は、その目の主《ぬし》の憎悪が結晶したものだ。それが一直線に自分に押し当てられている。

――はてだれだろう？　この目の主は。なぜおれをそんな目をしてにらむのか――

放心から我に返った笠岡は、闇の奥の光の矢を見つめ返した。だがすぐにその凄《すさま》じい放射に弾《はじ》き返されて目をそらした。

(そうだ！ あの刑事の娘だ)

そのときようやく目の主をおもいだした。彼女ならば、笠岡を憎むのも当然だろう。親を笠岡の身代わりに殺された子にしてみれば、笠岡が父親を殺した張本人に見えるかもしれない。親の職業は、子供には関係ないことである。子供には、親を失った事実があるだけだ。

(しかし、あの場の情況は必ずしもおれの身代わりに立ったわけではなかった。松野は、明らかにくりやまを追って来た。くりやまは、松野が個人的に追って来た人間で、松野にとってはくりやまを捕えることが目的であり、麻子を救うのは二次的なことではなかったのか？)

そうだとすれば、松野の遺族から身代わりに死んだと怨《うら》まれるすじあいはない。

しかし、あのときの自分の心には下手に関わり合って怪我をしたくないという怯《おび》えがたしかにあった。その怯えが一片の凶器の前に自分を萎縮《いしゅく》させてしまった。もし自分があのとき、全力を出して松野に助勢してやれば、いやほんの指一本動かしてナイフを取り上げるだけで、彼は死なずにすんだ。

(おれはやはり卑怯《ひきょう》だった)

——もう一度、松野の娘に会ってみようか——

という気になった。麻子を失ったショックに打ちのめされているいま、松野の娘からまるでその父親を殺した犯人のように見つめられるのは、やりきれない。もしあの憎悪を少しでも緩和できるものなら、そうしたい。そしてこちらの立場もわかってもらいたい。

それは麻子を失った後の虚《むな》しさをとりあえずなにかでまぎらせようとする代償行為でもあった。

松野泰造の家は練馬《ねりま》区の片隅の警察官舎であった。父親が死んだので早急にここからも出なければならないのだろう。戦後の安手のモルタル造りで、壁のいたる所に雨水のしみ出た痕《あと》が、陰惨な縞模様《しまもよう》を画いている。まだ治安が完全に回復されていないが、警察官舎ならば若い女が一人で住んでも、安全は保障されるだろう。

この住居を聞き出すまでにだいぶ骨を折った。ようやく勤め先だった所轄署に松野の死の際に居合わせた者だと言っておしえてもらったのである。

あらかじめ都合を聞くと、にべもなく断わられそうな気がしたので、相手の在宅率の高い夜の八時ごろ突然訪ねることにした。

松野時子は、ＯＬということだが、どこへ勤めているのか知らない。教えられた棟の部屋ナンバーの前に立つと、ドアの上の居住者表示に「松野泰造」とすでに故人となった戸主の名前が、まだ掲げられていた。

覗《のぞ》き窓をふたしているカーテンに淡い灯の色がにじんで、すでに住人が帰宅していることをおしえた。

笠岡はドアの前に立って、深呼吸を一回すると、ノックをした。家の中に人の気配が起きて、間もなくドアの内側から「どなた」と若い女の声がたずねた。覗き窓がありながらそこから覗こうとはしない。

「笠岡と申します。夜分突然うかがいまして……」

「かさおか」

松野時子は、すぐにおもいだせないらしい。こんな時ならぬ時間に最も予測し難い訪問者であったのだろう。

「笠岡道太郎です。先日ご尊父の告別式に斎場でお会いいたしました」

「まあ！」

内側にびっくりした声が起きた。そのまま無言で立ちすくんでいる気配である。

「先日は斎場でしたので、お話もできませんでしたが、いずれゆっくりお目にかかって、いろいろとお話ししたいとおもっておりました。ご住所もお勤め先もわからなかったものですから。本日は突然おじゃましました」

「お話しすることなどありません」

たちまち冷たい声がはね返ってきた。それは当然予想していた言葉である。

「失礼は重々承知しております。でも一度お目にかかって、私の立場をお話し申し上げたかったのです」

「あなたの立場？　そんなことをいまさらうかがってもなんにもなりませんわ。どうぞお帰りください」

彼女の声には少しも柔らかさがない。

「今日は夜分なので、これで失礼いたします。後で場所を改めてぜひ会っていただきたいのです」

「何のために？　私あなたにお会いする理由などありませんわ」

「おねがいします。私はあなたに、あなたのお父さんを殺した人間のようにおもわれているのが辛《つら》いのです」

「ほほ、そんなこと、あなたのおもいすごしです。私、あなたが父を殺したなんて考えてもいません。父は警察官として殉職したのです。それだけですわ」

「おねがいです。一度でけっこうですから会っていただけませんか」

「いまこうしてお話ししているじゃありませんか。これで十分です。私、女の一人暮らしですの。夜分の訪問は迷惑ですわ。ご近所の手前もありますし」

「申しわけありません」

「お帰りください。さもないと人を呼びます」

警察官舎だから、救いを求めれば、駆けつける人にこと欠かないだろう。取りつくしまもなかった。その間、ドアは貝の蓋《ふた》のようにぴたりと閉ざされたままだった。

その夜はそこで引き退《さが》った。だが一日おいて翌々日のほぼ同じ時刻に、笠岡はまた訪ねていった。今度は最初の夜よりもっと手きびしい拒絶にあった。笠岡の名前を聞いただけで、彼女は奥へ引っ込んでしまった。

それにめげず、笠岡は翌日の夜また行った。結果は同じだった。笠岡もしだいに意地になってきた。時子の心を解くことが、麻子の怒りを柔らげるような気がした。

——あなたは卑怯よ——

と言った麻子の言葉が、しだいに耳の中で反響を大きくしている。いまは時子に受け入れられることが、自分の犯した卑怯を少しでも償うようにおもえる。

何度めかに行ったとき、まだ帰宅していなかったので、置き手紙をドアの下からさし入れた。あなたが会ってくれるまで何度でも通う。会ってくれる気になったら電話をくれと書いて、家と勤め先の電話番号を付した。

時子から笠岡の勤め先へ電話がきたのは、その翌日であった。ちょうど正午になったときで先方も昼休みにかけてきたらしい。

「一度だけお会いしますから、もうこれ以上私につきまとわないでください」

時子は、笠岡であることを確かめると、いきなり用件を言った。
「え、会ってくださるんですか」
笠岡は、時子から受け入れられたような気がした。
「平日の六時以後でしたら、いつでもけっこうです。時間と場所はそちらで決めてくださ
い」
「それでは早速今夜六時、渋谷の宮益《みやます》坂の途中にある『復活《カチユーシヤ》』という喫茶店に来ていただ
けますか」
「うかがいます」
電話は、それだけの会話で切れた。依然として木で鼻をくくったような無表情な言葉だ
ったが、とにかく会うと言いだしたのは、一歩の進展、いや許容であった。

その夜、約束の時間より少し早めに笠岡は、『復活』へ行った。時子はすでに来ていた。
戦後の窮乏の時期がようやく終わって、戦前の生活水準へ復帰しつつあり、物資が豊か
に出まわりはじめていた。インフレも鎮静し、折から火を吹いた朝鮮動乱によって日本経
済は急速な成長路線に乗った。
盛り場の灯も増えて、街頭にジャズやブギウギが耳をつんざくようにあふれ出ている。
映画館の前には、性映画の露骨な絵看板が立ち並んでいた。

カチューシャは、渋谷では戦後最も早く復活した喫茶店で、若者の間によく知られていた。

店のドアを開けると、内部の暗い照明の底から、時子の刃物のような視線が射かけられてきたので、すぐにわかった。

「やあ、これはお待たせしましたか」

時子が先に来ていたので、笠岡は少しうろたえた。

「いえ、私が勝手に早くまいったのです。なるべく早くすませたいので」

時子の言葉には、まったく妥協がなかった。戦中の統制の反動で、街にはけばけばしい原色が氾濫《はんらん》し、特に女性の服装が大胆になっているのに、時子はことさらに地味なベーシックスーツをまとっていた。髪もヘアバンドでアップに無造作にまとめただけである。髪にまったくふくらみをつけないので、額の広さが強調されて、目が険しく見える。

広い額、切れ長の目、よく通った鼻すじ、引き締まった唇など、よく見るとなかなか見事な造作なのだが、それを自ら押し殺すような粗雑な髪型であった。

髪だけでなく服装も、女の美点を、回教徒の黒衣《チャドル》のように被《おお》い隠しているようであった。それが笠岡には彼女の敵意の強さに感じられた。〝父の仇《かたき》〟に見《まみ》えるために、全身を鎧《よろい》で包んで出て来たのだ。

「ご用件をおっしゃってください。私、あまりこういう所の雰囲気は好きではないので」

ウェイトレスが注文を聞きに来る前に時子はうながした。

「用件は……あなたにお詫《わ》びしたかったのです」

「父は殉職したのですわ。あなたが詫びることはなにもありません」

「しかし、私たちを救おうとして凶漢に立ち向かわれたのです。あのとき私が全力をあげて協力をしていれば……」

笠岡の耳目に、くりやまに組み敷かれた松野が協力を求めた必死の声と姿が、はっきりと刻みつけられている。麻子が詰《なじ》ったように自分はたしかに卑怯だった。自分はなぜあのとき全力をあげて松野を助けなかったのか。いまになって後悔が胸を咬《か》むのだが、あのときは理屈でなく、身体がまったくいうことをきかなかった。

「やめてください。いまさらそんなことをおっしゃられてもなんにもなりませんわ」

時子が遮《さえぎ》ったとき、ウェイトレスがきた。ウェイトレスが時子の強い声にびっくりした目を向けた。コーヒーを注文して彼女を追いはらった笠岡は、

「たしかにいまさらなにを申し上げたところでお父さんの生命が戻ってくるわけではありませんが、一つだけお聞きしたいことがあるのです」

「私に聞きたいこと？」

彼女の敵意のこもった目の中に軽い不審の色が動いた。その機をすかさずとらえて、

「お父さんはくりやまという名前について、あなたになにか話していませんでしたか」

「くりやま？　それがどうかしたのですか」

時子が初めて質《なず》ね返した。

「たぶん、木の栗《くり》に、海山の山という字だとおもいますが、松野さんを刺した犯人は、栗山という名前だった。ところが、警察には、栗山という人間は引っかかっていない。すると松野さんが個人的に追っていた人間と考えられるのです」

「そのことは、もう警察で何度も聞かれました。父は栗山などという名前を私に漏らしたことはありません」

「個人的な知己などに、ありませんか」

「ございません。でもそんなことを聞いてどうするおつもりですの」

「なにか手がかりでもあったら、私なりに探してみたいとおもうのです」

「探してどうなさるおつもり？」

時子の無表情の顔に皮肉っぽい笑いが刻まれた。

「べつにどうするとは決めていませんが、とにかく、栗山の行方を探してみたいのです」

「つまり探偵のまねごとをなさるおつもり」

時子の皮肉っぽい笑いはさらに濃くなった。

「笑わないでください。私は真剣なんです」

「笑ってなんかいません。馬鹿馬鹿しいとおもっただけです」

「馬鹿馬鹿しい⁉」

「そうでしょう。警察は当然、犯人の行方を追っています。それなのに素人のあなたが探偵のまねをなさっても、警察に先んじられるはずがないでしょう。それに万一、あなたが警察より早く犯人を探し出せたと仮定しても、それが何になるのですか」

「ぼくはせめてもの……」

「罪ほろぼしのつもりならおやめになったほうがよろしいわ。そんな安易なことで罪ほろぼしになるとおもったら大まちがいだわ」

「いまあなたは安易だとおっしゃいましたね」

「たとえ犯人を捕まえても、父は還《かえ》ってきません」

「どうすれば、安易ではありませんか」

「父が死んだのは、あなたの責任ではありません」

「それはあなたの表向きの、いわゆる公式発言です。あなたは私がお父さんを殺した間接の、いや真の犯人だとおもっている。だから、犯人を捕まえたくらいでは、罪ほろぼしにならないと言ったんだ」

「とにかく無駄なことはやめてください」

時子はやや辟易《へきえき》したように目を背けた。

「言ってください。どうすれば、安易ではないのか」

笠岡はひたすらに追いすがった。彼も意地になっていた。

「父の命が戻らなければ、償いようがないでしょう」

時子はいささかもてあましてきた様子であった。

「私は責任を感じています。どんな形であれ、またどんなにわずかでも、松野さんの死に対して、自分のできる償いをしたいのです。おしえてください。どうしたら、私の誠意を認めてもらえるか」

「あなたがいくら責任を感じても、どうにもならないことだと申し上げております。私はたった一人の肉親を失い、この世に独りになってしまったのです。あなたにこの悲しみと寂しさがわかるかしら。幼いころ母を病気で失ってから、父は私にとって母でもあったのです。それともあなたがこれから私の両親の代わりとして、私の一生涯の面倒をみてくださるおつもり？」

どうだ、口先だけはきれいごとを並べていても、できないだろうと蔑《さげす》むようにうすい笑いを口辺に浮かべて、時子は笠岡を見た。

「あなたさえよろしければ、そうしますよ」

笠岡は言った。それは一種の売り言葉に買い言葉であった。はずみに乗って言ってしまってから、言ったほうも言われた側も、一瞬、はっとなった。

「まさか、冗談じゃないでしょうね」

否定しようとして言った時子の言葉が、逆に働いた。

「冗談なんかでこんなことは言いません」

「おっしゃったことの意味が、本当にわかっているんでしょうね」

「わかっています」

「そんなことできっこないわ」

「いいえ、できます」

そのとき、はっきりノーと言わなかったのがまずかった。二人とも引っ込みがつかなくなってしまった。

4

当然のことながら矢村重夫を喪《うしな》った後へ、木田純一が入り込んで来た。矢村との交際の端緒になった上高地での再会のときにも、木田が彼のザイルパートナーとして存在していた。木田も矢村の背後から好意的な視線を投げかけていたことは、わかっている。

だが、矢村の強烈な存在に圧倒されて、由美子には、木田の視線を考慮しているゆとりがなかった。

矢村が急にいなくなり、その背後にこれまでかすんでいた木田が、なんのスクリーンもおかずに由美子の前にクローズアップされてきたのである。

木田は、矢村の失踪《しっそう》を奇貨として、にわかに由美子にアプローチしてきたわけではない。彼女に近づくことに、むしろ矢村がいたころよりも、遠慮が感じられた。そこに由美子は木田の矢村に対する友情と床《ゆか》しさを見たようにおもった。

捜索状況を報告に来るときですら、木田は遠慮がちであった。由美子と事務的な用事で外で会うときは、必ずだれかしらを連れてきた。

まるで二人だけで会うのを避けているようであった。

由美子は、捜索がついに打ち切られたという報告をうけたとき、これまでの労をねぎらう意味で木田を、父の経営している店の一つに招いた。そのとき木田は、仲間を連れていってもよいかとたずねた。

「捜索に加わっていただいた方たちには、いずれ改めてお礼をするつもりです。今度は二人だけで、矢村さんを偲《しの》びたいのです。私たちは共通の山友達でもあったのでしょう」

「そういうことであれば、おうかがいいたしますが……」

「なんだか、ご迷惑みたい」

由美子は、木田の歯切れの悪さが気になった。

「なるべくあなたとは当分の間二人だけでお会いしたくないのです」

「まあ、どうして？」

「矢村がいなくなったのを待ちかまえていたようにあなたに近づくのがいやなんです。なんだか下心を見すかされそうで」

「そんなこと気になさるほうがおかしいわ。木田さんに変な下心なんかないことは、私がよく知っていますもの」

「それがあるから困るんです」

「え⁉」

「下心があるのです。あなたが好きなんですよ」

「まあ」

由美子は返す言葉に困った。これは愛の告白である。

「だから当分の間、あなたと二人だけで会うことを避けようとおもったのです」

「私たちいいお友達でしょう」

「そのとおりです。だから友人がいなくなった直後、彼の恋人に近づくのは卑しいことです」

「木田さんの考えすぎよ。もっと単純に考えましょう」

「仲間をだれか連れていってもいいでしょうね、そうだ、青木がいい。彼ならあなたに何度か会っているから」

「しかたのない人」

と答えた由美子は、すでに木田の告白を容認していることに気がつかなかった。

木田は矢村のいとこだけに容貌《ようぼう》や体形に微妙な相似がある。母親が姉妹だから、身許《みもと》もたしかであった。そんなところから矢村のいた位置へわりあい抵抗なく横すべりできたのである。受け入れる由美子よりもむしろ木田のほうが抵抗を感じたらしい。

由美子の両親は早速、後釜《あとがま》を考えはじめていた。名のある老舗の家付き娘であるから、失踪した婚約者にいつまでもこだわらせてはおけない。親にしてみれば一日も早く、よい婿《むこ》を見つけて、伝統ある老舗の後図《こうと》を託さないことには、安心できない。

不幸中の幸いにも、矢村とは婚約だけで、娘の身体には、まったく傷がついていない。矢村の想い出が由美子に刻まれていても、それはいずれ時間が風化してくれる感傷である。新たな相手を見つけてやれば、速やかに忘れてくれるだろう。

矢村が絶望と定まってから一か月ほど後、父母は由美子を呼んだ。その顔を見て、彼女は二人がなにを言おうとしているかを悟った。

「由美子、矢村さんを失ったばかりのおまえにこういうことを言うのは、心ないとおもうだろうが、冷静に聞いて欲しい」

案の定、父親が切り出した。両親はおそるおそるといった態《てい》で、縁談を持ち出した。

「お父さん、お母さん、ひどいわ。いくらなんでも、そんなにすぐ心を切り換えられないわよ」

由美子は抗議した。

「おまえの気持はわかる。だから私たちとしても、いままで待ったのだ。でも、もう矢村さんは望みないよ。木田さんたちがあれほど一生懸命になって探しても見つからなかったんだ。生きているとは考えられない。かりに生きていたとしたら、噂にあったように、なにかの事情があって、私たちから逃げ出したのだ」

「そんなこと絶対にないわ！」

「そうだ。そんなことはあり得ない。だからあの人は、山で死んだのだよ。死んだ人をいつまで待っていても、意味がない。私たちはもう年齢《とし》だ。おまえに早くいい婿をとって、店の行く末をしっかりしておきたいのだよ」

「お店のために、私にお婿さんをとらせたいの？」

「いや決してそういうわけじゃない。ただこのままでは、私たちは安心して隠居もできない。早く孫の顔も見たい。すぐにとは言わないが、矢村さんのことは忘れて、新しい人に目を向けて欲しいのだよ」

「わかったわ。でももう少し待って」

由美子はとにかく老いた両親を悲しませまいとして、時間を稼ぐことにした。

「それで、その新しい人だがね」

母が父に代わって切りだした。由美子はあきれた。いますぐとはいわないと言った口のそばから〝新しい人〟を用意している。

「木田さんをどうおもうね」

由美子はいきなり不意打ちをくったような気がした。両親の用意していた〝新人〟が木田とは知らなかった。

「木田さんなら、矢村さんのいとこで身許もしっかりしているし、おまえともなかなか気が合うようだから」

「そ、そんな、こちらで一方的に決めても、木田さんの意思もあることだわ」

一言の下に否定しなかったのは、すでにそれまでに木田の侵入を許した土壌があったからである。両親から新たな縁談を持ちかけられたとき、抗議したのも、木田の存在が頭にひっかかっていたせいであった。母に言いだされて、矢村のいた位置にいつの間にか木田が坐《すわ》っている事実に初めて気がついたのである。その代置は、矢村との置換を気づかせないほど巧妙であったが、〝新人候補〟として両親に取り入った手並みも見事であった。

木田は、矢村のいとこであり、由美子との共通の友人として以前からよく朝山家に出入りしていた。矢村が消息を絶ってからも、捜索隊のパイプ役となって頻繁《ひんぱん》にやって来た。その謙虚な態度や、身許のしっかりしている点が両親に好ましく映っていたにちがいない。しかし矢村の代役となるほどクローズアップしていたとはおもわなかった。彼の朝山家に対して増した比重は、そのまま由美子の心にあい通ずるものであった。

その事実を両親を経由して悟らされた形になったので、由美子は、うろたえた。

「木田さんならたぶん大丈夫とおもうわよ」

母は自信たっぷりに言った。

「大丈夫って、もう話したの？」

「いいえ。でもそれとなく打診はしておいたの。あの人、長男ではないし、脈は大いにあるわ」

母も朝山家の家付き娘である。朝山家はどうしたわけか女系で、明治以来の老舗も三代にわたって婿を取っていた。

朝山家ほどの門地《もんち》と、資産のある家に入るのを拒否する男はいない。母の自信は、家付き娘としての自負であると同時に、美しい娘をもった母親の自信でもあった。

「私、困るわ」

由美子の口調はだいぶ弱腰になっている。母に言われて、矢村に代わるべき人間がいる事実の発見に、自分でも驚愕《きょうがく》した。矢村の失踪を悲しみながらも、もうその悲嘆の傷口をべつの男をもって手当てしている自分に当惑し、嫌悪していた。

だが嫌悪はあくまでも自分に向けているものであって、木田に対してではなかった。

「なにも困ることなんかないじゃないの、おまえさえいやでなければ、すぐにも人をたてて、先方へ正式に申し込むつもりよ」

「あんまり急すぎるわよ」

「少しも急でないよ、おまえももう二十二歳だからね、来年になると、少し嫁《い》き遅れた感じになるよ。女の花の盛りは短いんだからね」

母は、すっかりその気になってしまっていた。

朝山家から正式に申し込まれた木田の家では断わるべきいかなる理由もなかった。木田の家は、宮城県の旧家であるが、木田の父親の代に主たる持ち山に大きな山火事があってから、家運が傾いていた。

ここに東京築地の老舗料亭へ息子を入婿させたら、家運の挽回《ばんかい》もはかれる。ようやく木田の家にも春がめぐってきたと、両親は大喜びだった。

だが、当の木田純一が抵抗した。矢村重夫のピンチヒッターとしてではいやだと言いだしたのである。しかしどのようなうまい言葉を使っても、矢村の坐るべき場所を、その失踪《しっそう》によって譲られた事実は否定できない。矢村がいれば、絶対にありつけなかった位置であった。

「由美子さん、私はあなたのことがずっと好きでした。あなたの心をとらえた矢村を、どんなにか羨《うらやま》しくおもったことでしょう。いま私に矢村の位置をあたえられたことが、夢のようで信じられない。あなたを妻にする自分が、あまりに幸せすぎて実感がわかないのです。同時に、矢村の後釜として選ばれたことに生理的嫌悪感をおぼえていることも事実なのです」

「後釜なんて言わないで。私はそんなこと少しもおもっていないのよ」

「いまはそうおもっていらっしゃらないでしょう。ぼくがこだわるのはあなたのことではない。自分のことなんです」

「ご自分のこと？」

「彼の生死が不明のうちに、彼の坐るべき場所に坐るのがいやなんです」

「それではどうしたらよろしいの？」

「あなたと結婚した後、矢村がどこからか無事に現われたら、私と離婚して矢村と結婚しなおしてください」

「そんな仮定でものを考えないで」

話しているうちに、由美子には木田の誠実みがさらによくわかってきた。矢村が失踪して五か月ほど後の秋の吉日、木田純一は朝山由美子と結婚して、朝山純一となった。

青春の形見

I

「あなた、あなたったら」

妻の呼ぶ声に、矢吹禎介《ていすけ》ははっと目覚めた。

「また悪い夢を見てらしたのね、まあ、ひどい汗」

妻の麻子が心配そうに覗《のぞ》き込んでいた。ここのところ、しばらく夢を見ない夜がつづいて、いい塩梅《あんばい》だとおもっていたが、また魘《うな》されたらしい。悪夢のようなあの戦いの傷痕《きずあと》は、戦争が終わってもう何年も経ったいまでも、心の深部から血を流しているらしい。それが悪夢そのものとなって深層心理に着床して、眠りの中によみがえってくるのだ。

「いや、起こしちゃってすまない」

矢吹は、妻の眠りを妨げたことを詫びた。

「なにをおっしゃるのよ、それより着替えをなさらなければ」

新しい下着を取りに行こうとして、寝床から身体を抜いたはずみに、妻の寝衣の裾《すそ》が扇情的に乱れた。乱れた裾の間から充実した彼女の下肢が、ちらりと覗いた。意識しない身のこなしだけに、一瞬網膜をよぎった白い形のよい太股《ふともも》と、その奥のミステリアスな翳《かげ》は、よく知っているはずの妻の身体ながら、目が覚めるほど新鮮で刺戟的《しげきてき》な色気を訴えかけてきた。

「替えるほどじゃない」

矢吹は妻を制止した。

「でも湿った下着では、身体によくないわ」

「大丈夫だよ、そんな柔《やわ》な身体じゃない。それより」

妻は、矢吹の制止の底に含まれた意味を悟った。

「あら」

彼女は、一瞬びっくりした表情をしてから、うすく頬を染めた。

「いいだろう、おれたちは夫婦なんだ」

「ええ、でもあまり度が過ぎると、身体に悪いわよ」

彼女がためらったのは、就眠前にすでに濃厚な営みをもっていたからである。

「おれの身体には戦争中の〝貯金〟がある。一眠りしたら、ほらもうこんなに元気よくなっている」

「あらあら大変」

とは言ったものの、若い妻は、夫のよみがえりの早いのを喜んでいる。かたわらに寝ている生まれて間もない英司《えいじ》の寝息を確かめてから、彼女は夫の需《もと》めに応じられる体勢をとった。

矢吹は、妻の身体に挑み、貪《むさぼ》ることに復讐《ふくしゅう》するような快感をおぼえている。いや、それは復讐そのものと言ってもよかった。戦争によって奪われた青春に対する復讐である。戦争は彼の恋人までも奪った。もちろん彼はいまの妻を愛している。だが彼女は奪われた恋人の補償を決してしてくれない。恋人に似てはいるが、それは矢吹が初めて愛を誓い合った女とは、あくまでもべつの女だった。

戦争中は、自分の意思で生きることが許されなかった。祖国を守るという大義名分の下に、政治を壟断《ろうだん》した軍人によって始められた愚かな戦いに、老人から女子供まで駆り出された。

矢吹禎介は、戦争と青春が重なり合った不幸な世代であった。そして彼は青春の最も実り多い時期を失った。だが青春を失っただけですんだ彼は、まだ幸せだった。同世代の多くの若者は、生命までも失ったのである。

心身ともにずたずたになりながらも、ともかく矢吹は戦争を生き残った。戦争中、あれほど渇仰《かつごう》した自分の意思で生きられる時代へと生きのびたのである。

そして失った恋人の代役という形で現われた麻子と結婚した。彼にとって麻子を需める
ことは、失われた青春の補塡《ほてん》と、いくら埋めても埋めきれない喪失に対する復讐の意味が

あった。

矢吹は、そろそろ三十歳に近くなっている。だが、恋人がありながら、戦争によって隔てられていたために、麻子と結婚するまでは、その意味での蓄積があった。

いま、彼は不自然に強いられた禁欲の反動もあって、その蓄積を蕩尽《とうじん》していた。


「あなたは、いまでも私の中に姉を見ているのね」

営みの果てた白けた覚醒《かくせい》の中で、ふと麻子がおもいついたように言った。なにげなく言ったように装っているが、その言葉を長い間胸の奥にためていたのがわかる。

「そ、そんなことはない」

不意を突かれたので、声に狼狽《ろうばい》が乗ってしまった。

「いいのよ、無理をなさらなくとも。私にはわかっているの。あなたは私を見ていながら、決して私を見ていない。私の奥に姉を探しているのよ」

「ちがう！　それはきみの考えすぎだ。おれがこんなにきみを愛しているのが、わからないのか」

「よくわかっているわ。私、あなたと結婚して幸せよ。あなたと結婚できて、本当によかったとおもっているの。あなたも私を愛してくださっているわ。それはよくわかっているのよ。でもあなたは、いまでも私の中に姉のおもかげを探すのよ。あなたを責めてるんじゃないの。ただそれほどあなたに愛された姉は、幸せだったとおもうわ」

「きみと姉さんは、実際、瓜《うり》二つだ。いまのきみは、姉さんが死んだときよりも年上になった。だがますます姉さんに似てくるようだ。だけど姉さんだとおもったことは一度もない。きみはきみだ。きみはぼくの妻だ。つまらないことは考えずに、ぼくの妻としてゆったり構えていればいいんだよ」

「一生、構えさせてもらうわよ」

甘え声をだして身体をすり寄せてきた若い妻を、矢吹は愛《いと》しげに抱いた。妻のにおいがした。それは成熟した女のにおいでもあった。

このようなにおいを、平和な閨房《けいぼう》の中で嗅《か》ぐ日が来ようとは、当時夢想もしたことはなかった。それほど暗澹《あんたん》たる世相であり、地平線のどの方角を見まわしても、暗い戦雲がたれこめていた。

麻子に指摘されたとおり、彼女の中に、その姉の雅子《まさこ》のおもかげを重ねていたことは、たしかである。だが麻子と結婚して夫婦生活をつづけている間に、麻子の固有の部分がしつこく矢吹の心の中に棲《す》みついていた雅子を駆逐しつつあった。いまでは完全に麻子が雅子を吸収してしまったとおもっていた。

それがちがうことを麻子に指摘されたのは、戦争の悪夢といっしょに、雅子のおもいでが、意識の底から浮かび上がってきたからかもしれない。

2

昭和十八年十二月一日、当時東京のある私大に入学したばかりの矢吹禎介は、第一次学徒出陣をうけて佐倉の第五十七歩兵聯隊《れんたい》に現役兵として入営した。すでに同年九月二十二日、学徒の徴兵猶予《ちょうへいゆうよ》停止が決められており、覚悟はしていたはずであったが、たった二か月にみたない名ばかりの大学生活の後に否《いや》応《おう》もなく戦争に引きずり出されていくことに心の動揺を抑えられなかった。

前年から実施された高等学校修業年限の半年短縮は、八月の大学変則入試を産みだした。ひたすらな受験勉強の結果、ようやく入学許可を得ても、すでに十二月一日には入営が決まっているのである。

十一月五日に徴兵検査をうけた。

彼はそのときの屈辱を忘れることができない。愛国婦人会のたすきをかけた女たちのいる前で、全裸に剝《む》かれた彼は、陸軍下士官に、「きさまら、なにをもたもたしとるか、軍医殿の前に整列」と命じられた。

ずらりと並んだ全裸の男たちの前に立った検査官は、彼らの男性器を一つ一つ棒でもしごくようにして、性病の検査をした。これが「M検」と呼ばれる検査である。愛国婦人会の中には若い女性もまじっている。彼女たちは、男たち以上に羞恥《しゅうち》に耐えながら、せめて検査の間視線を男性器の放列からそらせるのに精一杯の努力をしていた。

M検が終わると、下士官はふたたび、「四肢全開《ししぜんかい》にして床につけろ」と命じた。

シシゼンカイという耳なれない言葉の意味がわからず、ぽかんとしていると、「なにをしとるか、四つん這《ば》いになって肛門《こうもん》を出すんだ」とどなられた。

ようやくその屈辱的な命令の意味を悟って、矢吹は、怒りと恥辱で全身がわなわなと震えた。これがいわゆる「カマ検」であった。

いやおうもなく動物的姿勢をとらされた被検査者の前で、検査官の軍医は、「きさまら、なんて汚ない尻《しり》をしとる。畏《おそ》れおおくも陛下のお召しに応じる大切な検査に出る前は、ケツの穴ぐらいよく洗っておけ」と叫んだ。

徴兵検査の後、海軍志望の者は申し出る。陸軍の内務班生活の暗さや海軍のスマートさのせいか、海軍のほうが人気があった。

しかし矢吹は、陸軍へ行った。彼の父親がしきりに陸軍へ行けと勧めたからである。陸軍のほうが、陸の上にいるので生き残る率が高いというのである。

当時、息子をもつ親は、その程度のことでしかわが子を庇《かば》えなかったのだ。

だが、比較的安全とおもって行った陸軍の内務班生活は、まさに恐怖の牢獄《ろうごく》であった。

彼は古兵から毎日、瞼《まぶた》が腫《は》れ上がって目が見えなくなるほど撲《なぐ》られた。

二言めには、「きさまらたるんどる」「軍人精神を叩《たた》き込んでやる」「足をふんばれ、歯を食いしばれ」――と怒号が飛んで鉄拳《てつけん》が炸裂《さくれつ》する。

気ちがいじみた戦場帰りの古兵は除隊できないうっぷんを新兵に振り向ける。特にインテリくさい学徒兵を彼らは目の敵にして、およそ考えられるありとあらゆるシゴキ法を考え出した。

「自転車」「蟬」「空中戦」「電気風呂《でんきぶろ》」「鶯《うぐいす》の谷渡り」など、日本軍隊の悪知恵が結集した感があった。

鉄拳以外の制裁は禁じられているのに、靴や棍棒《こんぼう》で撲り、鼓膜《こまく》を破られた者や前歯を折られた者もある。矢吹も大陸戦線帰りの軍曹《ぐんそう》に撲られて、口中が腫れ上がり二日ほど飯がのどを通らなかったことがある。

間もなく特別操縦見習士官二期生の募集があった。危険は航空隊のほうが大きいが、内務班にいると、戦場で死ぬ前に古兵に殺されてしまうような恐怖をおぼえた矢吹は、直ちに応募した。これが恐るべき特攻隊養成所だったのである。

矢吹の父親は新聞記者で海外特派員生活が長かったので、この無謀な戦争の行方を冷徹に見すえていた。当時の全国民が、祖国という民族共同体を守るために、進んで個の生命を投げ出していくことに、悲壮感を伴った美意識から成る陶酔に浸り切っている時代に、反戦的な姿勢を維持し敗戦を予告することは、大変な勇気と、時代の勢いに流されない信念が必要であった。

いま平和な時代にあって、当時を振り返ると、なんと馬鹿げた戦争を、狂信的な軍部リーダーの下に遂行したものかと冷静に反省できるが、当時のすべての道徳を「忠君愛国」と「大和魂」一色に強引に統一した軍国主義的イデオロギーの下で、国家の集団催眠術に惑わされなかった父は、立派であった。

こういう父の下にあったから、矢吹は、軍隊ぎらい、戦争ぎらいだった。読書傾向も、当時の禁書であった自由主義的文学やプロレタリア文学が多かった。

だがそれらの本は、自宅の奥深くに内蔵し、まちがっても人目に触れさせてはならなかった。友人に同じ傾向の本を読んでいる者があっても、うっかり打ち明けられない。軍部のスパイや特高の手先が学生の中にもぐり込んでいるかもしれなかった。国全体が巨大な暗黒に包まれている時代に、光を信じることは罪悪であった。

「今は日本が、国の歴史はじまって以来の暗黒の時代にある。こんな時代に死んではならない。いつまでもトンネルはつづかない。いつかは必ず抜けられる。それまで生きのびるんだ」と矢吹は自分に言い聞かせていた。

笹野雅子とは、家が近くにあり、家族ぐるみの交際をしていた。雅子は、矢吹と一歳ちがいで幼いころから兄妹のように親しくしてきたので、たがいに異性としての感情は希薄になっていた――とおもっていた。それがそうではなかったと悟ったのは、戦局が苛烈《かれつ》化し、次々に学生が徴兵されていったころであった。

挙国一致しての戦時体制強化の時代にあって、男女の交際などもってのほかのことだった。だが禁圧されるほどに、たがいを見つめ合う視線の中に異性に向ける慕情が濃くなった。明日をも知れぬ緊迫した時局が、二人の兄妹感覚を恋愛感情に変えたのかもしれない。

大学の修業年限は二年半に短縮され、勤労動員によって、その学生の大半を失ったキャンパスは寥々《りょうりょう》たるものであった。残っている学生は、十二月一日に出陣する者で、講義には「最後の学業」としての緊迫した雰囲気がみなぎっていた。十月十六日学生食堂での文学部主催の出陣壮行会は、通夜のような雰囲気であった。

九月にはイタリアが無条件降伏し、米軍総反攻による兵員と兵器の損耗《そんもう》が激しく、戦況はだれの目にもきわめて悪化していた。

純情な学生たちは、進んで国の防人《さきもり》となることを当然の責務として素直にうけ入れていたが、暗い戦局に疑惑と不安を隠せなかった。白けた雰囲気に居たたまれず、そっと中座していく教授もある。

その壮行会からの帰途を、雅子が待っていた。彼女もある女子大に入学していた。

矢吹は最初、偶然出会ったとおもっていたが、彼女がわざわざ待っていてくれたことを知って感激した。

「それなら、家で待っていてくれればよかったのに」

矢吹は周囲を気にして言った。若い男女がいっしょに歩いている姿を見られるだけで非国民呼ばわりをされる世相である。

「ええ、でも、二人だけでお逢《あ》いしたかったの」

彼女は遠慮がちに、しかし決然とした意志をこめて言った。

「家ではまずかったのかい？」

矢吹はその言葉の底の深い意味を探ろうともせずになにげなく言った。

「禎介さん、約束して」

雅子は、顔をあげて、ひたむきな視線を一直線に向けた。おもわずたじたじとさせられるような強い気迫のこもった目であった。幼いころから仲よくしてきたが、こんな目でたがいを見つめ合った記憶はなかった。

「約束、何を？」

視線をようやく受け止めて、矢吹は聞いた。まだその時点では、雅子を〝妹〟として見ていた。

「死なないで。生きて帰って来て」

雅子は言った。彼女がこの度の出征のことを言っていると気がついて、

「死ぬもんか、死んでたまるか」

「私、禎介さんが帰って来るまで待っているわよ。いつまでも」

と一息に吐き出すように言って、雅子は頰をうすく染めた。

「ぼくを待つ……」

と彼女の言葉を反復しかけた矢吹は、初めてそこにこめられた重大な意味を汲《く》み取った。

「まあちゃん」

「禎介さん」

結び合った視線が、兄妹から恋人同士のそれに跳躍した。こういう時代でなかったら、このような形のプロポーズは行なわれなかったであろう。男は女に対して責任を取れなかった。すべては闇をくぐり抜けた彼方《かなた》に預けた空手形である。闇がいつ終わるか、またそれをくぐり抜けられるかどうかの保証もない。

だが空手形でも、雅子はそれを欲していた。手形が具象化する日までいつまでも待つという。裏書きは彼女の愛である。

午後のキャンパスは森閑と静まりかえっていた。人影もなく、黄金色に色づいたポプラや銀杏《いちょう》の葉末ごしに秋の透明な日射しが無限の光の粉となって降りこぼれてくる。みじめな戦争が日本をむごたらしく切り刻んでいるとはとうてい信じられない平和で穏やかな光景であった。

どちらからともなく唇が寄り合った。その一瞬に、彼らの青春が凝縮した。

そして約束どおり、矢吹はその戦争を生きのびた。だが、雅子は約束を守らなかった。

昭和二十年五月二十五日、マリアナ群島の各基地から飛来したB29の大群による大空襲で、彼女は死んだのである。矢吹の家もその夜焼かれた。彼女の愛の裏書きを戦争が抹消したのだ。だが彼が雅子の死を知らされたのは、ずっと後になってからである。

矢吹に残されたものは、あの秋の日の接吻《せっぷん》だけであった。重なりあった黄金色の葉越しに降りこぼれる秋の陽を浴びながら、青春のすべてを一点に凝縮した接吻。戦火も、遠い町の気配も、死に絶えて、二人だけが世界の中に在った。

あのときの雅子の唇の感触はいまでも矢吹の唇に焼きつけられたように残っている。そしてそれが、彼の青春と、二人の愛の形見であった。

雅子が空襲によって、その花開く前の人生を閉じる少し前、矢吹は九州の特攻基地で特攻の訓練をうけていた。連日二百五十キロ爆弾をかかえて、「超低空接敵命中訓練」をやっていた。これは海上超低空飛行と、三、四千メートルの高度から六十度の角度で急降下する訓練である。

空戦技術や着陸訓練はいっさいせず、ひたすら体当りだけを反復練習する。

考えてみれば、特攻機は帰って来る必要がないのだから、空戦技術も着陸訓練も必要ない。要は敵艦のいる所まで飛んで行ければよいのである。

特攻隊員は表むきは内地各部隊より特別志願制をとっていたが、矢吹たちは命令で特攻隊に編入されていた。そして連日一機一艦を目標に体当り訓練ばかりさせられていたのである。

皮肉なことに、矢吹は徴兵されたことによって、空襲から逃れた形になった。雅子の死は、矢吹に伏せられていた。知りたくとも、度重なる空襲で、笹野家の消息自体が絶えてしまったのである。矢吹の家族すら、しばらくはその消息をつかめなかった。ようやく父だけが東京に残り、母やきょうだいは長野県の親戚《しんせき》に身を寄せたという連絡がきたのは、家を焼かれてから一か月も後であった。

いまの妻の麻子とのめぐり逢いは、戦後さらに数年経過した後であった。

3

あの当時に比べると、まるで夢のように幸せな生活であった。男と女が同じ屋根の下で暮らせるのは、なんという幸せであろう。

真夜中に灯をつけるのも自由である。空襲警報によって叩き起こされることもない。どんな本を読み、どんな服を着るのも勝手だ。古兵の言語に絶したシゴキもない。

父のコネのおかげで、父の新聞社に就職できた。待遇もまずまずである。家も、前の家があった跡地に新築した。子供も生まれた。

ようやく長いトンネルを抜けて、明るい光明のみなぎる世界へ出たのだ。まだ戦争の後遺症は、心身に深く残っているが、日を経るほどに軽くなっていくだろう。どんなに辛《つら》いことがあっても、国全体が暗黒に包まれた戦争よりもよい。

死んでいった者の分まで、平和な時代に生き残った者がその人生を有効に使わなければならない。

麻子との夫婦生活が定着しつつある現在でも、彼女から指摘されたように、まだその姉のおもかげを妻の上に重ねているとしたら、深い後遺症がいまだに癒《なお》りきらない証拠であろう。

だがもしかすると、その後遺症は、しだいに軽快はしても、一生、根治することはないのかもしれない。

――たった一度の接吻――

(おもえば自分は、あの接吻のおかげで、戦いを生きのびられたのかもしれない)

彼を生かした雅子の唇が、失った青春の大きさであり、抉《えぐ》られた傷の深さとも言えた。

凶臭

I

笠岡道太郎は、東京都の警察官募集に応募した。試験は、新制高校卒程度の学力試験と、身体検査および身許《みもと》調査の三種類である。年齢は十七歳より二十七歳までだが、都道府県によって多少異なった。

笠岡は、大学を出て、いちおう世間的に名の通った会社の中堅社員になっている。それが、それまでの経歴とまったく異質の警察畑への転職をはかったのであるから、まさに「コペルニクス的転回」と言えよう。

これまでの会社に未練がなかったわけではない。会社の上司の信頼も厚く、このまま順調に行けば、相当のポストまで上って行けるだろう。

それを棒に振って、まったく未知の分野の最後尾につこうというのである。年齢も応募資格の上限に近い。いっしょに受験した連中では、〝最高齢〟のようであった。

笠岡も、この転職がたぶんに感情的な動機によることを知っていた。だが、彼は、笹野麻子から「あなたは卑怯《ひきよう》よ」と言われた言葉がどうしても忘れられないのである。音が音源から遠ざかるほど耳に響くことがあるように、彼女から投げつけられた言葉は、時間が経過するにしたがって、耳の奥に反響を大きくしてきた。寝ていても、起きていても、ふと虚心になったとき「卑怯」という言葉が、遠方から押し寄せる潮騒《しおさい》のように、地表を這《は》い寄って来る死者のうめき声のように耳にまといついて離れない。それは洗っても洗っても落ちないしみのように、耳にしみついてしまったようであった。

これを消すためには、自らの身体をもって卑怯を償う行為をしなければならない。

そんなおもいが萌《きざ》した矢先に、笠岡は松野時子に会った。彼女に会ったのも、犯した卑怯を償おうとする意識の一環からである。

だが彼女は、そんな安易なことで罪ほろぼしになるとおもったら大まちがいだと鼻先でせせら笑った。それが笠岡の心に萌芽《ほうが》していたものをいっきに促し、固定した。

安易か安易でないか、自分のこれからの生き方で証明してやろう。そして卑怯と罵《ののし》った笹野麻子に、いつの日かその言葉を返してやる——と自らに誓って、自分の人生コースを百八十度変針したのであった。

学力試験も身体検査も難なく通った。だが身許調査は厳重だった。ようやく戦後の混乱は鎮静し、経済復興の基盤がおおむね整備されていた日本経済が、朝鮮戦争の勃発《ぼっぱつ》によって、拍車をかけられ、海外貿易も拡大された。

折から共産党がコミンフォルムの批判をうけて、アメリカを真正面から敵対視するようになっていた。

　このような時勢と併せて、戦後の混乱に乗じて、かなりいいかげんな者が警察官にまぎれ込んできたので、警察官の質を向上するためにも身許調べは、いちだんと厳しさを増していたのである。本人、家族、親戚、友人関係が徹底的に調べられる。すでに就職していた者は、その勤め先が洗われる。本人に前科や補導歴があればもちろんはねられる。近親や親戚に前科者や水商売、暴力団関係者がいても、敬遠された。特にうるさいのは思想関係で、友人に共産党機関紙の読者がいたという程度でも不採用になった。

　笠岡の場合、すでに社会人として、いちおうの会社の安定した椅子に就いていたので、転職の理由を詳しく聞かれた。彼のようなコース変更は珍しかったので、なにか隠れた動機があるとおもわれたらしい。

　警察官になれば、給料もかなり落ちるし、勤務態様も厳しく、不規則になる。時には生命の危険もある。表面の物質的条件だけを見ても、恵まれたサラリーマンの椅子との交換バランスを保つためには、特別の理由の加重《バラスト》が要る。

　笠岡は、警官志望の理由を試験官に正直に話した。相手はいちおう納得したようにうなずいたが、その感傷的な理由は選考の客観的資料にならなかったらしい。身許調べは、特に厳重に慎重に行なわれた模様だった。これは後で試験官が漏らしてくれたことだが、結局、彼の採用を決定したのは、笠岡の言葉を裏づけてくれた松野時子だったそうである。所轄署に依頼して、裏づけ調べに行ったところ、時子はびっくりしたように目を大きく開いて、「まさかあの人がそこまで」と言ったという。

彼女は、笠岡の〝実行力〟にひどく感動した様子であった。こうして笠岡は、サラリーマン人生から警察官に鞍《くら》がえした。

松野時子と結婚したのは、一年間の警察学校での初任科教育を終わり、外勤勤務に就いたときであった。

笠岡は、時子に特に愛を感じたわけではない。結婚の動機は意地であったと言ってもよい。

笠岡は初めて時子と渋谷の喫茶店で対《むか》い合って、松野の死に対してせめて自分のできる形での償いをしたいと申し出た。時子は笠岡が父の代わりに彼女の一生の面倒をみてくれるつもりかと聞いた。彼女は、そんなことはできっこない、口先だけはどんなきれいごとでも並べられる。できるとおもったら、実行してみろと蔑《さげす》むようにうすく笑った。

彼は時子のうす笑いを、実行をもって封じたのである。笠岡がプロポーズしたとき、時子はもはや笑わなかった。どうせ口先だけと見くびっていた笠岡が、次々に実行の車輪を押し進めて来るのに、彼女は圧倒され、蹂躙《じゅうりん》されてしまったようであった。

笠岡は自虐的な気持で、時子と結婚した。初夜、時子の身体に荒々しく男の所有の刻印を灼《や》きつけたとき、笠岡はざまあみろとおもった。

それは贖罪《しょくざい》と言うより、復讐《ふくしゅう》であった。自分を卑怯者と罵った女に対する長い復讐の第一歩であった。

復讐でも、贖罪でもよい。要するにそれは笠岡の人生に負わされた債務である。長く苦しい債務の返済を、いま自分ははじめたのだ。

その証拠に、時子はいま笠岡に完全に所有された妻として、彼を蔑むために浮かべた笑いを輾転《てんあつ》されてしまったではないか。

マゾヒスティックな結婚であったが、初夜時子の身体を所有したときは勝利感をおぼえた。

それがどんなに大きな錯覚であったか笠岡は間もなくおもい知らされた。時子は、笠岡の実行に蹂躪も、感動も受けていなかった。軽蔑のうすら笑いは輾転されたのではなく、内なる無表情の中に封じこめてしまったのだ。

理由やきっかけはなんであれ、夫婦生活をつづけるうちに、鋭角が愛液に浸されて円《まる》くなることがある。だが彼らの場合は、それが逆に働いた。愛は湧かず、同居によって干渉《かんしょう》し合ううちに、異物感を強調されて軋《きし》り合った。

（どう探偵さん、父を殺した犯人の手がかりはわかって？）

感情のない時子の目が聞いていた。愛がなくとも、男女の生殖の当然の結果として子供が生まれた。そこにまた彼らの悲劇が促された。

派出所勤務を振り出しに警察官人生を歩みだした笠岡は、自分の感情的な動機による転職と結婚が失敗だったことを認めないわけにはいかなくなった。

それに固執したのは、妻と笹野麻子に対する意地であった。いまここで警察を止めたり、離婚をしたりすれば、彼女らに永久に屈服したことになる。

つまらない意地だとはおもったが、それが彼の人生の債務だった。

警官になったからといって、松野を殺した犯人の行方を直接捜査できるものではない。それは捜一の刑事の仕事であり、管轄もある。外勤巡査の出る幕はなかった。

2

松野殺しの捜査は、迷宮入りとなり、捜査本部はとうに解散されていた。松野の身辺に栗山なる人物はまったく存在しなかった。

栗山について、笠岡がほとんどあきらめかけたとき、少し気にかかるものを見つけた。それは彼が時子と結婚して間もなく、栗山の手がかりでも得られればとおもって、松野の遺品を時子から見せてもらったときである。それらはすでに捜査本部の検索をうけたものだが、笠岡は自分の目で確かめたかった。

遺品といっても、松野の在職中読んでいた警察関係の本が主体であった。警務要鑑、捜査手続法、捜査書類の書き方、刑法、刑訴法、法医学、犯罪史、心理学などの警察関係の専門書ばかりで、いかにも松野の職務一点張りのかたくなな性格をしめす蔵書であった。

趣味や娯楽の本などは一冊もない。

「おやじさんは趣味はなかったのかい？」

笠岡があきれて聞くと、

「趣味は歌謡曲よ。事件のないとき早く帰って来て、ラジオの歌謡曲を聴くのをなによりの楽しみにしていたわ」

「歌謡曲か。他にたとえば、釣りとか囲碁将棋、盆栽などの道楽はなかったのかい」

「釣りは殺生だといって嫌っていたわ。勝負事も嫌いだったし、盆栽のように毎日丹精しなければならないものは、だめなのよ」

「本当のまじめ人間なんだね」

「だから、死ぬまで所轄の平刑事だったんだわ」

時子は自嘲《じちよう》的に言った。松野は、メモ類をほとんどつけていなかった。遺品の中に栗山の存在を示唆するものは見つけられなかった。笠岡は急速に遺品に関心を失った。そこに手がかりがなければもはや手繰《たぐ》りようがない。

やはり専門の捜査官の見逃したものがあろうはずがなかった。

「どうも有難う。もういい」

「あなたにお役に立つものがあったら使って」

「うん、しかしだいぶ古い本ばかりだからね」

「そうね、父ももっていただけで、めったに開いたことはなかったわ」

「おや」

返そうとしてなにげなく手を触れた本の名前が笠岡の目にとまった。

「何かあった?」

「この本だがね」

笠岡は、ふと探りあてた一冊の本を妻の前に差し出した。

「この本がどうかしたの?」

それは一冊のまことに古色蒼然《こしよくそうぜん》たる本であった。茶色に変色した表紙には、シミが浮き出て、背中のとじ糸は切れた、本というより古紙を積み重ねた感じである。

「おやじさんは医学の本を読んだのかい?」

「法医学でしょ」

「いや壊死《えし》、壊疽《えそ》と書いてある」

「えし、えそ?」

「おれもよく知らないが、体の部分が腐って脱け落ちる病気だろう」

「さあ」

「どうしてそんな病気に興味をもったんだろうね？」

「さあ、知らないわ」

「おやじさんは、えそになったことでもあるのか？」

「私のおぼえているかぎり、そんな複雑な病気になったことはないわ。丈夫な人で、たまに風邪でもひくと鬼の霍乱《かくらん》だってからかわれたくらいですもの」

「ふうん、すると、どうしてこんな本を読んだんだろうなあ」

首を傾けながら、笠岡は頁を繰った。ぱらぱらと繰っていた指先がある個所で停まった。そこの頁には赤い傍線が引かれていた。

笠岡道太郎が目をとめた赤い傍線の部分は、次のような文章である。

――閉塞性血栓《へいそくけっせん》血管炎、特発性脱疽《だっそ》、別名ビュルガー氏病、閉塞性動脈硬化症と同様の四肢の乏血症状をしめすが、閉塞性動脈硬化症に比し、若年者に起ることが多くJuvenile gangrene（未成年脱疽）とも呼ばれる所以《ゆえん》である。本症は一万人に一人くらいの割合で発病する難病で、一般にアジア人に多いとされている。本症の成因については欧米特にアメリカでは閉塞性動脈硬化症と同一であるとするものが多いが、発生年齢の差のほかに動脈硬化性のものと異なり、上肢にも現われ、生命の予後もよく、また本症の病変は限局性であることなど、臨床的に差異が認められる。また、本症は喫煙との関係が明らかである――

また少し後の頁において、

——本症における病変は、脳動脈その他全身的に各臓器に閉塞性血管病変をみることもあり、脳動脈に現われるものは、脳型ビュルガー氏病ともよばれる。本症の成因については、喫煙との関係がきわめて明らかであり、タバコ中のニコチンの血管収縮作用が重要な発生因子と考えるものもある——

と以上の個所に赤い傍線が引かれてあった。特に喫煙との関係、およびニコチンの血管収縮作用うんぬんの個所には二重の傍線が引かれてある。

笠岡の目はその個所に釘《くぎ》づけになった。記憶がしきりに刺戟《しげき》をうけていた。

「何か父の書き込みでもあったの？」

熱心な笠岡の様子に興味をそそられたらしい時子が覗《のぞ》き込んだ。

「この個所だがね」

笠岡は赤い傍線の部分を指でしめした。時子の目が読み終わったころを見はからって、

「おやじさんはビュルガー氏病という病気になったことはないのかい」

「鬼の霍乱が、一万人に一人の奇病なんかに取りつかれるはずがないでしょ。五体満足、どこにも脱落したとこなんかないわよ」

時子が抗議するように言った。

「親戚や知り合いには？」

「私の知っているかぎりまずいないとおもうわ」

「おやじさんは煙草を喫《す》わなかったかね」

「煙草もお酒も嫌いだったわ。特に煙草は、空気が汚れると言って嫌っていたわ。煙草を喫うお客が帰った後は、くさいくさいと言って、冬でもしばらく窓を開け放して空気を入れかえたほどよ」

「くさいだって⁉」

「そうよ、ニコチンのにおいを嗅《か》ぐと、頭が痛くなるんですって」

「ニコチンか、そうか、あれはニコチンだったのか」

記憶の再生を妨げていた薄膜が破れた。

「どうしたのよ、いきなり大きな声をだして」

時子がびっくりして、いささか興奮の体の笠岡を見た。

「いままでなにか重大なことを忘れていたような気がしてしかたがなかったんだけど、これだったんだよ、ニコチンだったんだ」

「ニコチンがどうしたの？」

「おやじさんが刺されたとき、強烈なにおいを嗅いだんだ。動転していたのと、ぼく自身、煙草を喫わなかったので、あれ以来、下意識に封じこめられてしまったんだが、犯人には強いニコチンのにおいが沁《し》みついていたんだ。つまり栗山という男は、このビュルガー氏病に関係ある人間にちがいないよ」

笠岡はいま長い抑圧の後によみがえった記憶に興奮していた。

「でも、父の周辺にはさっきも言ったようにそんな奇病の人はいないわよ」

時子の口調はあくまで冷静である。

「いやどこかにいるはずだ。そいつがおやじさんを刺したんだよ」

「どこかにって、どこに？　まさか日本中の病院を探すつもりじゃないでしょうね」

「一万人に一人の珍しい症例だったら、わりあい探しやすいだろう。少なくともなにも手がかりがなかったときに比べれば、大きな進展だよ」

「そうかしら」

時子は、自分の父親のことでありながら、まったく冷淡であった。父に冷淡なのではなく、笠岡の発見に冷淡なことは、よくわかっていた。


だが、笠岡の発見は犯人追跡にまったく役に立たなかった。すでに捜査本部は解散され、一外勤巡査の彼が、本務を放り出して、管轄ちがいの事件を単独で洗えるものではなかった。

それに一万人に一人の発病率といっても、わが国においてはしばしば見られる疾患である。かりに捜査本部がまだ維持されていたとしても、全国病院の脱疽患者の病歴者から追うのは、雲をつかむような話であることがわかった。

それに必ずしも国内の病院とは限られない。終戦によって外地からの引き揚げ者も多い。外地病院も対象に入るとなると、完全にお手上げであった。

大空との抱擁

I

朝、出撃して行った者は、ほとんど帰って来なかった。帰って来る者は、途中でエンジンが不調になったり、悪天候に阻まれた者であった。

だがそれぞれに止むを得ない事情をかかえて、機首をめぐらしてきても、生きて帰った者は卑怯未練呼ばわりをされた。一度特攻隊に選ばれた者は、事情のいかんにかかわらず死ななければならないのである。特攻隊が生還してはせっかくの軍神扱いのイメージが損なわれて、士気にかかわるというわけである。

たしかに特攻は初期のころ目ざましい戦果をあげた。わずか一にぎりの特攻機をもって空母数隻を屠《ほふ》った特攻の成果は、普通の攻撃では数百機をもってしてもあげえないものであった。

だが、米軍が特攻からうけた動転と衝撃から立ち直り、対特攻の防禦《ぼうぎょ》を固めると、もはや、その戦果は皆無に等しくなった。

それでも軍部は特攻作戦に固執した。それはもはや彼らにとって残された最後の戦法であったからである。

空母を中心に輪形陣を組んだ針ねずみのような米機動部隊、その上空は、最新鋭のグラマンヘルキャットやP51ムスタングが、虫一匹入り込めないようにかためている。

そこへ、支那事変以来のオンボロ飛行機に二百五十キロ爆弾をかかえてよたよたと飛び込んで行くのだから、まさに「飛んで火に入る夏の虫」であった。

特攻機は片道燃料と爆弾を積んだだけで、武器としては、機銃一丁も帯びていない。たまたま宝くじ的な確率でグラマンの要撃網をくぐり抜けても、今度はスコールのような対空弾幕の洗礼をうける。

それは、生還の道のまったくない攻撃であり、まさに自殺であった。

それでも軍部は、「体当たりは大和《やまと》精神の発露であり、日本にして初めて為し得る攻撃で計算を越えた威力がある。精神一到なにごとかならざらん。断じて行なえば必ず敵艦を撃沈できる」と空疎な精神主義に立って、前途有為な若者を一死報国の美辞の下に追いやっていたのである。

矢吹禎介も、この蚊とんぼのような飛行機で敵の艦隊上空へたどりつけるとはおもっていなかった。軍部の言うように、大和魂だけで空母を沈められるとも考えていない。

だが死ぬことを、国を守るために止むを得ない責務としてうけ入れるようになっていた。

笹野雅子に必ず帰ると約束したが、この戦争で自分だけ生き残れるとは考えられなかった。

父親の影響で反戦的な矢吹であったが、特攻隊の中に放り込まれて、「己を捨てて国難に殉ずる」悲壮感を伴った愛国精神に染まりかけていたのである。一種の集団催眠術にかけられたといってもよい。

だが、出撃の迫ったある日、矢吹はその催眠術から覚まされる決定的なある事実を目撃してしまった。

矢吹はその日基地の司令部へ行った。そこに同郷の先輩が司令部付きの士官として詰めていたので、ふらりと遊びに行ったのである。司令部などはあまり近づきたくない場所だったが、先輩から話があるから、閑《ひま》のとき来いと声をかけられていた。特攻隊員は出撃命令が下るまでは閑であった。

ところが司令部建物の中に先輩の姿はない。建物の中を探し歩いていると、一つの部屋から声がもれてくる。その中に作戦参謀の声もあった。

あわててその場から離れようとしたとき、一つの声が、矢吹の足をその場に停めた。

「……参謀殿、感状の名前の字がちがっております。大橋多喜男少尉の男とすべき個所が雄になっています」

それは先輩の声であった。ここにいたのかとおもったとき、参謀の声が、

「なに、ちがう？　それなら書きなおせばいいだろう」

「それが感状の余分がありません」

「ないだと。感状の用紙はいつ届くのだ」

「それがもう紙がないとかで、用紙はいつ届くかわかりません」

「弱ったな」

舌を打つ気配がして、

「よし、そのまま送ってしまえ」

「えっ、名前の字をちがえたままですか」

「男でも雄でも大したちがいじゃなかろう。こう大勢、毎日死なれると、いちいち誤字まで気を遣ってはおれん」

「しかし、名前の文字がちがっておっては……」

「かまわん」

「はっ」

鶴の一声で決まった模様である。矢吹は、しばらくその場に茫然《ぼうぜん》と突っ立っていた。彼らが話していた「感状」とは、軍が戦死した特攻隊員の遺族に航空総軍司令官の名前で出すものであった。

矢吹も一度、それを見たことがある。

――その武功真に抜群にして、その忠烈は全軍の亀鑑《きかん》たり。よってここに感状を授与し、これを全軍に布告す――というような文章がすでに印刷されていて、戦死場所、氏名、年月日を記入さえすればいいようになっていた。その感状を見せられたとき、矢吹はショックをうけた。一死報国の代償が、この印刷された一枚の感状とは！　だが代償をもらうために死んでいくのではなく、このような一枚の感状でも、遺族にとっては有難いと知って、ショックをなだめたものである。

だがいまの参謀の言葉は、決定的なとどめになった。彼は、戦死者の名前を「男でも雄でも大したちがいはない」と軽く言ったのである。

その同じ人物が今朝、

「諸士の肉体は死んでも、諸士の精神は悠久の大義に生きる。特攻隊は日本人の最後の一人までつづく。いずれ私も行く。決して諸士だけを死なせはしない。諸士は安んじて死ね」と言って送り出したばかりだった。

その中に、大橋多喜男少尉もいたのである。

矢吹は、精神主義のラッパを高らかに吹きならしながら、自分たち若者を死に追いやっていく者の正体を、そのとき見たと思った。

こんなやつの命令で、若者たちは、一身を捨てているのだ。彼らにとって死んでいく特攻隊は、人間ではなかった。感状の空白に記入すべき一個の記号でしかなく、その記号すら平然と誤記している。

それでも感状をもらえた者は、まだしも幸いと言うべきであろう。もはや感状の用紙が尽きて、その補給はいつつくかわからないという。

おれはこんなやつのためには絶対に死なない——と矢吹はそのときかたく心に決めたのである。

2

当時の矢吹の心に強烈な印象を残した者があった。それは、ビルマ方面の作戦基地から帰って来た戦闘機のパイロットで迫水《さこみず》という航空士官学校出身の中尉である。

彼は、所属していた飛行機が彼を除いて壊滅したために、止むを得ず内地帰還となり、特攻隊の戦果確認機と護衛隊をつとめていた。

歴戦のパイロットで二十数機撃墜の記録をもつ輝かしい空のエースであった。それほどの腕前の持ち主が特攻基地へ送り込まれて、いずれは彼も特攻隊に組み込まれる予備ゴマとされるほど、日本の戦力は底をついていた。

だが迫水は黙々としてあたえられた任務を果たしていた。

迫水は、特攻隊員によく言った。

「きさまら、死に急ぎをするな。指揮所のやつどもがなんと言おうと、機が不調になったり、天候が悪くなったら、何度でも引き返せ。特攻隊になったからには、いつでも死ねる。決して死に急ぐことはない」

実戦の経験者は、内地で命令だけだしている上層部のようにヒステリックな精神主義を振りかざさない。ただ冷静に戦争を見つめていた。

軍人は命令を遂行するだけで、批判はしない、最もよい死に場所を見つけて死ぬだけだという迫水の哲学には、やはり実戦で得た悟りがあった。

特攻基地の兵舎の夜はわりあい静かである。酒を飲んで騒ぐ者もあるが、それも周囲の静寂の圧力に閉じこめられて放散しない。出撃すれば、必ず死ぬ。死と直面した者が、束の間酒の力を借りて、その恐怖と、生に対する未練をまぎらせようとするのだが、結局は、死から目をそらすことができない。

電灯もない兵舎の中では、パインアップルの空き缶に灯油を入れて燃やしている。手紙を書くか、ぼんやりと壁に揺れる自分の影を眺めているだけである。

迫水中尉が珍しくなにか書いていた。矢吹はこれまでに彼が手紙を書いている姿を見たことがない。迫水は、家族の話もしたことがなかった。天涯孤独の身を軍に投じたような孤絶した雰囲気があった。

「中尉殿が手紙を書かれるとは珍しいですね」

矢吹が声をかけると、彼はいたずらを見つけられた子供のような表情をうかべて、

「手紙じゃないよ」

「すると……」遺書ですかと聞くのはためらわれた。ここへ配属された者は、みんなもう

遺書を書いている。手紙を遺書にする者もあるし、遺書としてべつに書く者もいる。

迫水は、純然たる特攻隊員ではないが、学徒兵出身の即成特攻隊員とは比べものにならない多くの死地をくぐり抜けてきている。いまさら改めて遺書など書く必要はないように見えた。

「詩だよ」迫水は、矢吹の胸の内を読んだように言った。

「詩……?」

「そんな妙な顔をするな。おれだって詩ぐらいは書くさ。これでも講義録で勉強したんだ」

「それはそのうつまり……辞世のようなものでありますか」

「辞世か。まあ辞世と言えば言えないこともないがね、実はおれがつくった詩じゃないんだ」

「だれの詩でありますか」

「見たいか」

「はい」

迫水はうなずいて、矢吹の前にノートブックを差し出した。そこには、
太陽を背にうけて、おれははなやぐ

太陽が目に沁《し》みて、おれは泣く
太陽が海にきらめき、永遠が見える
太陽はなぜかいつでも、夢の世界へおれを誘う

祖国のためにきみが命を捧げるように
おれたちもまた命を捧げる
いずれの命が散華《さんげ》しても
おれたちの骨は、空を漂う無量の粒子となって
輝くだろう、太陽をうけて

祖国のためにいまは戦っても
いつか平和の空で
翼を並べて翔《と》べる日がくるように祈ろう
太陽を背にうけて

「これは……」
読み終わって矢吹が面《おもて》を上げると、

「どうだ、いい詩だろう。もっとも翻訳にはあまり自信はないがね」

「翻訳といいますと?」

「実はな、これはアメリカさんのつくった詩なんだよ」

「アメリカ人の!」

「うん、アメリカだろうと、イギリスだろうといいものはいい。気に入ったから、おれ流に凄《すご》い意訳をして、そっともっていたんだ」

「どんなアメリカ人がつくったのですか」

「聞きたいか」

迫水中尉はパイ缶のほの暗い照明の下でじっと矢吹を見た。

「はい、ぜひ」

「よし」

迫水は大きくうなずいた。


当時、迫水は独立飛行第101戦隊に所属して、ビルマ平原の最前線基地マグウェに進出していた。

全ビルマは日本軍の制圧下に入り、戦線はアラカン山系を越えた彼方《かなた》へ後退していた。だがその北方には敵空軍が最後の拠点とするロイウイン飛行場があって、シェンノート将軍麾下《きか》の米国義勇空軍フライングタイガー部隊のカーチスP40が配備され、わが空軍と連日鎬《しのぎ》をけずり合っていた。

このロイウイン基地に大型機三十機、小型機四十機の集結していることを司令部偵察機が写真撮影してきた。それを叩《たた》くべく、九七式重爆撃機二十七機、隼《はやぶさ》十二機の戦爆連合で出撃した。三機編隊九機三隊の密集隊形で進む重爆の後上空に戦闘機は散開して掩護《えんご》態勢を取っていた。

高度約六千、低空には乾期のビルマ平原の靄《ミスト》がたむろして視界はよくない。目的地まであと五分という地点で、隊長機が大きくバンクして、増槽《タンク》を捨てた。

「タンク落とせ、空戦に備えよ」の命令であった。まだ敵機影は視野にないが、いつでも敵に対応できるように、身軽になった。

「前方、後方上空に注意」

敵機が最も待ち構えている方向は、前進方向上空である。そして後上空が空戦において最も有利な位置である。

はたせるかな、前方上空にきらりと光るものがあった。目を凝らすと、いま網膜を射たものは錯覚のように消えていた。だが実戦に磨かれたカンは、それが錯覚でないことを教えている。戦機は熟していた。

数秒後右前方十五度の方角にごま粒のような黒点が浮かんだ。

「敵機発見！」

ごま粒はみるみる拡大して右側方へ移る。間もなく敵はP40と識別された。四機である。

「迫水編隊は、敵の攻撃を阻止せよ」

指揮官機から命令が出た。足環を解かれた猛禽《もうきん》のように、迫り来る敵機に対して迫水機以下三機の隼が翼をひるがえして反撃に出た。残りの友軍戦闘機は折から目的地上空へさしかかった重爆を掩護してそのまま直進をつづける。

敵の四機は機間距離約五百メートルをおいて一直線に突っ込んで来た。それに対《むか》って迫水を先頭にした三機の友軍機が食いついていく。

このタイミングをまちがえると、せっかく敵の一番機を屠《ほふ》っても、味方一番機は敵二番機に食われてしまう。

迫水は、敵二番機の射程距離《レンジ》に入る前に一番機のエンジンに必殺の一連射を浴びせかけていた。敵機は一瞬にして火を噴いた。つづいて二番機も炎をあげた。赤い炎と対照的な白い花が墜落していく機体から開いた。搭乗員がパラシュートで離脱したのである。

一瞬の間に二機撃墜されて、おじけづいた残存敵機は機首をめぐらして遁走《とんそう》した。

空戦はまたたく間に終わった。彼我《ひが》の機数はほぼ同じだったが、搭乗員の技術に格段の差があった。黒煙を吹いて落ちたのは敵機ばかりだった。敵味方の銃火の交錯した大空は、本来の澄んだ静けさを取り戻し、そこを友軍機だけが悠々と翔んでいる。

その間重爆隊は目的上空に到達して盛んに爆弾の雨を降らせている。

地上攻撃は功を奏して、多数の敵機と地上施設は破壊された。敵戦闘機による迎撃が少なかったのは、奇襲が成功して、飛び立つ間がなかったのだろう。燃料も時間もまだ余裕があった。

迫水は今日こそ、かねて胸に温めていた計画を実行する絶好の機会だと悟った。すでに友軍機は基地へ帰投するために空中集合しつつある。

彼は、自分の列する指揮官機の無事を確かめると、いきなり機首をめぐらした。

高度五千、空は好天をしめすわずかな層雲を刷毛《はけ》で描いたように浮かべるだけであいかわらず晴れ上がっていた。在空敵影なし。迫水機を発見して舞い上がって来る敵機もない。さっきの空戦で戦意を失ってしまったらしい。遠方に白く輝く巨大な雲堤が連なっている。雲が、ヒマラヤよりも高くつくりだした巨大な連峰である。気流の状態はよい。計器盤の速度計、高度計、旋回計、コンパスなどの諸計器にも異常はない。天心に太陽が眩《まぶ》しく輝いていた。迫水は晴れた静かな空と抱擁していた。雲と風と光の只中《ただなか》で操縦桿《そうじゅうかん》一本を楔《くさび》として空と結合しているのである。

空は彼に微笑み、光は彼を優しく包んでくれている。だがその空は敵の空であった。いつこの平和に澄んだ蒼《あお》い空間から敵戦闘機が牙《きば》を剝《む》いて襲いかかって来るかわからない。

また地上には対空火器が照準を合わせて、獲物の近づくのを固唾《かたず》をのんで待ち構えている。

どんなに穏やかで透明な空であっても、その空との抱擁は後ろ手に凶器を隠しもった敵の女性との抱擁であった。

だが、少なくともいまは凶器は隠されている。凶器さえなければ、美しくふくよかな、限りない包容力に富んだ女性であった。

「やるぞ」

迫水は、自分の意志を空に告げた。まず緩降下をして速度をつけ、機首の引き起こしをはじめる。スロットルを開いて吸気圧をあげ、ピッチレバーを操作して上昇飛行のための回転数にする。エンジン出力は増して、機は上昇をはじめた。地上が遠ざかり、空が視野いっぱいにかぶさってくる。

太陽が眩しい。その太陽を目がけてさらに上昇をしていく。プラスのG（重力加速度）がかかった首が身体にめり込む。やがて頭上から地平線が見えてきた。機体は完全な背面状態になった。今度はマイナスのGがかかって、渦の中に引き込まれていくような放心状態に陥る。頭に血が集まり、思考力がうすれる。この一瞬、迫水は空と完全に結合した。失神寸前に機は急降下に入り、大地が激流のように流れる。大地が真下に見えて、盛り上がるように近づく。やがて機首がしだいに上がって、水平飛行に戻った。

迫水は同じ操作を繰り返して、つづけて三度宙返りを打った。いい気分だった。その間、敵は一発も射って来ない。迫水は増長した。

彼は高度を二千まで下げて、ふたたび三回連続の宙返りを打った。地上の対空火器は沈黙をつづけていた。依然として空も太陽も微笑みを送っていた。

敵基地の上空で宙返りをする。——それが迫水がマグウェに着任して以来、胸に温めていた計画であった。ユーモラスないたずらだが、命がけの賭《か》けだった。稚《おさな》いヒロイズムに裏打ちされた戦闘機乗りの、危険ではあるが、ささやかな夢とデモンストレーションであった。

胸にかかえていたものを果たしたので、すっきりした迫水は、友軍基地へ帰るべく機首を向けた。その瞬間、彼は空のどこかに気配を感じた。実際に動くものの影を見たわけではない。歴戦の経験によって研ぎすまされた本能がなにかを感じ取ったのだ。

右四十度の上空に絹糸状の層雲系《シーラス》の雲が刷毛で描いたように浮かんでいる。その雲の背後になにかがいるようだった。

視線を凝らしていると、きらりと光の粉のように光ったものがあった。高度約六千メートル、距離約五千メートルの空間に敵機が雲に隠れていつの間にか忍び寄っていたのだ。

迫水は全身の毛を逆立てた針ねずみのように戦闘諸元をととのえて接近していくと、敵の機体に赤い亀のマスコットマークが見えた。

それが目に入ったとき、迫水はぎょっとなった。それは友軍機の間で「赤い死亀《しにがめ》」と呼ばれて恐れられている、敵の凄腕《すごうで》パイロットだった。すでに友軍機が十数機食われている。マグウエ基地からも腕自慢のパイロットが一騎打ちを挑んで何人もやられている。

迫水はまずい所でまずい相手に遭遇したとおもった。たとえ互角の腕の相手でも、敵の基地上空では、大きなハンディをつけられる。燃料も少なくなっている。

それにいまは連続六回の宙返りで身体が疲労していた。

「ままよ、食うか食われるかだ。赤い死亀と相打ちなら、101飛行隊のエースとしての面目も立つ」

迫水は覚悟を定めて接近した。ところが奇妙なことに、赤い死亀は空戦圏内に入る前に反転すると、戦う意志はないと言うように連続バンクを振りながら逃げて行った。こちらにも追いすがって決戦を挑むほどの気迫はない。

迫水は、敵が敬遠してくれたので、ほっとして基地へ向かった。赤い死亀は一万メートルほど遠方の空間から見送っている。隙を狙って仕掛けて来る気配も感じられない。

基地へ向かいながら、迫水ははっと気がついた。赤い死亀は、迫水が宙返りをはじめる前からあの空域にいたのではあるまいか。彼は迫水の稚気に感心して攻撃をしかけなかったのではないだろうか。いや仕掛けるどころか僚機が攻撃しないように秘《ひそ》かに守ってくれていたのではないのか。

きっとそうにちがいない。そうでなければ攻撃に絶好の位置にあって、食ってくれと言わんばかりのカモを見逃すはずがない。赤い死亀は、いい気になって宙返りをしている迫水機を苦笑して見まもりながら、戦いにもこれくらいの遊びはいいさと、味方を抑えていてくれたのだろう。だから一発の対空砲火も、一機の迎撃機も仕掛けて来なかったのである。

安全圏に達すると、改めて冷汗がどっと噴き出した。迫水は赤い死亀に命を救われたことを悟った。

基地へ帰り着くと、司令をはじめ全員が心配して待っていた。だれも知らないはずなのに迫水が敵基地上空で宙返りをやったことは、いつの間にか、基地全員に知れわたった。

それから数日後、迫水の基地は敵戦闘機隊の急襲をうけた。超低空《トリートップレベル》で飛来したP40十数機は、反撃の機会をまったくあたえず、列線上の飛行機に掃射をかけ、次々に燃やした。隼《はやぶさ》の搭乗員たちは、防空壕《ぼうくうごう》に退避したまま、歯がみをしながら敵の蹂躙《じゆうりん》にまかせていた。わが軍の完全な制空圏下をまさか敵がここまで反撃に出て来ようとはおもってもいなかった油断を見事に突かれたのである。

ワニのマークをつけたP40トマホークの中に一機だけ胴体に赤い亀の図柄を画いたのがいた。

「赤い死亀だ!」

だれかが叫んだ。敵機は基地をおもうさま叩くと帰途についた。だがその中の一機だけいったん反転して基地上空へ引き返して来た。地上の視線を集めてその敵機は急上昇した。機体に赤い亀のマークがはっきりと認められる。

「あいつ、何をするつもりなんだろう?」

迎撃する間もなくみながあっけに取られて見まもっている上空で、赤い死亀はクルリと胸のすくような宙返りを打った。

「くそ!　なめたまねしやがって」

機銃手がくやしがって射とうとしたのを、飛行隊長が制止した。

「やらせろ。迫水中尉のお返しだ。ありがたく受け取ろうじゃないか」

赤い死亀は三回連続宙返りを打つと、大きくバンクを振りながら帰途についた。それはこちらの沈黙を感謝しているかのようであった。

戦闘機乗りは、敵機と空で渡り合っている最中には激しい敵愾心《てきがいしん》をおぼえるが、戦いの後には好敵手に対する一種の友情のようなものをおぼえる。それは戦争が国家の争いで、個人的な憎悪に根ざしていないせいもあるだろうが、パイロットには歩兵のように、自らの剣や銃で敵を殺す感触がないからでもある。

戦いの相手は常に敵機であって、敵兵ではなかった。そこに自らの命をかけて戦う中にも強敵に向ける敬意が生ずるのである。憎悪と敵意のみから発する戦争における、人間の矛盾したロマンチシズムであり、戦争と人間の愚かさをしめす一つの心理の倒錯であった。

赤い死亀は、去りぎわになにかを落とした。

「通信筒だ」

整備員が数名、通信筒の落ちた所へ駆けつけた。

「その通信筒に、この詩が入っていたのですか?」

話し終わった迫水に、矢吹は言った。

「そうだ。横文字だったがね、詩の末尾にこんなことが書いてあった。戦争が終わったら、また空で会いたいと」

「しゃれたやつですね」

「うん、あのころは命のやりとりの実戦の間にも、そんな余裕があった。それがいまは……」

迫水は、ビルマの空で死んだ戦友のおもかげを偲《しの》ぶように目を宙に泳がせた。

「その後、赤い死亀はどうしたのでありますか」

べつの声が背後の闇から聞いた。いつの間にか全員が迫水の周囲に集まっていた。

「101飛行隊は一人一人討ち減らされて、とうとうおれ一人になってしまった。その後赤い死亀に食われた者もいる。だが赤い死亀を墜《お》としたという話は聞いていない。おれは内地帰還を命ぜられて、きさまらの護衛をすることになったが、もしかすると、次の出撃で、赤い死亀に遇《あ》えるかもしれないぞ」

「中尉殿は、赤い死亀と渡り合ったことがあるのですか」

「ロイウイン基地上空での宙返りの後、いつもすれちがって、戦ったことはない。だが今度出会ったら、勝負をつける。彼が勝っても、おれが勝っても、この詩のように、死んだら空に骨をばら撒《ま》きたいとおもってな」と語った迫水中尉は、平和のよみがえった大空を赤い死亀と翼を並べて翔《と》ぶことがついになかった。迫水は、それから間もなく大空に散華《さんげ》したのである。

　矢吹は、いまでもそのときの光景を昨日のことのように鮮やかにおぼえている。あと二か月ほど生きていれば、迫水は平和の時代に生きのびられたのである。そして迫水の代わりに矢吹が生きた。それは本来迫水のためにあった生へのルートであった。その生と死を分ける運命の信号を逆転させたものが、以来矢吹禎介の背負う十字架となった。十字架の上に燃える太陽の光が彼の心の傷をいつまでも灼《や》きつづけるのである。平和な空にみなぎる太陽が彼は恐ろしかった。

一万に一つの符号

I

「パパのようになってはだめよ」と言うのが時子の口ぐせであった。子供はその言葉を呪《じゅ》文《もん》のように聞かされて育った。

「なぜ、そんなことをいちいち子供に言う必要があるのか」と笠岡道太郎が抗議すると、時子は、

「あなたは約束を守らなかったわ」

「おれは精一杯やった」

「何を精一杯やったというのよ」

「そのためにそれまでの職を捨てて、警察官になった」

「それがいったい何だというのよ、父を殺した手がかりのかけらでも見つけられて？」

「一生かけても追うと言ったろう」

「捕まえられたらお慰みだわ。まあ精々、気長に待ってるわね」

「なんだか犯人が捕まらないほうがいいような口ぶりだな」

「捜査本部が解散された後、管轄ちがいのあなたに何ができるというのよ。半七ならぬ、とんだ半端の捕物帳だわ」

「おまえって女は、心の底から意地が悪いんだな」

「そんなこと結婚する前からわかっていたことでしょ。隠していたつもりなんかないわよ。私、あなたに結婚してくれと一度でも頼んだおぼえはないわ。いやならすぐに離婚してもいいのよ」

時子は嘲笑《あざわら》った。笠岡は何度も別れようとおもった。二人はたしかに結婚すべきではなかった。

この世に自分のための「ただ一人の異性」がいるとすれば、それはいまは他の男の妻となっているはずの笹野麻子である。そして、時子はこの世のすべての女性の中で笠岡にとって最も遠い所に位置していた。結婚すべきではない男女が、ふとした人生のはずみから結婚した代償は高かった。しかもそれを一生支払いつづけなければならない。

支払うのは笠岡だけでなく、時子もである。時子は、笠岡の胸の中に自分のいないことを初めから知っていた。夫婦として同じ屋根の下で生活をつづけるうちに愛が生まれることを期待もしていなかったし、それを生もうとする努力すらしなかった。

愛の代わりに呪詛《じゅそ》を、夫婦の和合と協力の代わりに憎悪をせっせと積み重ねてきた。それは時子の心の強迫観念となって、夫を憎み、苛《さいな》むことにサディスティックな喜びを感じるようになっていた。そうすることを彼女の生きる支えとしているようであった。

呪詛と憎悪の間にも、たまゆらの凪《なぎ》のようにふと心が夫に対して和むことがある。長い夫婦生活の間、憎しみの緊張を持続できないのである。そんなとき、時子は慌てて心の弦を引き絞り、父を失ったときの悲しみと怒りをおもいだすことによって、憎しみをかきたてるのである。

時子自身にも自分の心のありようがよくわからない。笠岡の為したことはおよそ考えられる償いの最上限であろう。だれがしても、これ以上のことはできまい。それにもかかわらず、彼女は笠岡を許さない。許すことを拒否している。その執念深さを自己嫌悪している。夫を憎むことは、自分を憎むことであり、夫の心の傷をかきむしるのは、自分をかきむしることであった。時子は自身が掘った心の陥穽《かんせい》に深くはまり込んでしまったのである。

それは笠岡も同様であった。ひとおもいに別れてしまえばこれ以上傷のかきむしり合いをせずにすむ。しかし笠岡も時子も夫婦であることに強迫症状に陥っていた。

「おれにこれ以上何をしろと言うんだ」

「私は何も求めていないわ」

「だったら、約束を守らなかったなどと言わないでくれ」

「それはあなたが言いだしたことでしょ。私は初めからそんなことできっこないと言ったのよ。あなたは自分の言った言葉に勝手に縛られているだけだわ」

「少なくとも、それはおれたちの間だけのことだ。時也《ときや》には関係ない。子供にいちいち言う必要はないだろう」

「そんなことはないわ。時也にはあなたのような人間になってもらいたくないもの。だから、折にふれては、あなたのようになるなと言いたいのよ」

「おれのどこがいけないのだ」

「それを私に言わせるつもりなの」

「言ってもらいたいね」

「じゃあ言うわ。あなたは卑怯《ひきょう》よ」

「なに！　おれが卑怯だというのか」

それは笠岡にとって最も痛い言葉であった。その言葉の故に彼は人生のコースを大幅に変えたのである。

「おれのどこが卑怯だと言うんだ」

笠岡は少し声を高くした。それでも精一杯、感情を抑えている。

「あなたは償いのつもりで、私と結婚したのかもしれないけど、決してそうじゃないわ」

「だったら何だと言うんだ」

「逃げ込んだのよ。あなたは私の所へ逃げ込んで来たのよ。そうすることでいっさいの責任をまぬかれようとしたんだわ。あなたは昔の武士が切腹するようなつもりで、私と結婚したのよ」

時子の言葉は、笠岡の胸の最も柔らかい個所をぐさりと突き刺した。時子は、すべてを見透していた。見透したうえで笠岡のプロポーズを受け入れたのである。

「切腹」とはいみじくも言い当てた。笹野麻子から投げつけられた「卑怯」と、松野泰造の死の責任を償うために、時子と結婚したつもりであったが、時子に言い当てられたように、下意識に、たしかに切腹的免責のおもわくが潜んでいた。

時子は言わば、笠岡の切腹の道具にされたわけである。

このころから笠岡は、警察官の仕事に情熱を失いはじめた。すでに捜査本部の解散した管轄ちがいの迷宮入り事件を、一介の外勤巡査がどうあがいたところで、捜査できるはずがない。またかりになにかの奇跡でも起きて、犯人を挙げたところで、時子は心を解かないだろう。むしろ彼女はそれを自分の敗北としてますます内閉してしまうにちがいない。

時子はそういう女だった。

笠岡は、時子と張り合うのが馬鹿馬鹿しくなった。競合の姿勢を止めると、その後に慣性による怠惰がきた。

夫婦が怠惰になると、憎しみも希釈されるが、同時に相互の関心もなくなる。ただ男女が同じ屋根の下に起居しているだけで、たがいに露ほどの関心もない。

こうなると、対抗していたときの緊張も圧力もなくなるから、楽になる。たがいはいまや空気のようなものだ。だが決してきれいに澄んだ空気ではない。暗所に澱《よど》んで、新鮮な空気の流入を拒否する古い汚れた空気である。

それがたがいの健康を徐々に損いつつあるが、ともかく腐った基礎の上の偸安《とうあん》の均衡があった。

こうして笠岡夫婦の上に歳月が流れた。歳月の風化は、彼らの結婚のきっかけを生活の苔《こけ》で被《おお》った。芯《しん》の本質は変わらぬながらも、外見は普通の夫婦と同様になった。

月日は流れ行く水のように流れた。日常生活の堆積《たいせき》が、いつの間にか人生の大河をなし、源流は茫々《ぼうぼう》たる過去に遠ざかり見きわめもつかない。

笠岡は外勤巡査から刑事になって、都内の所轄署を転々とした。刑事になったのは、上司から勧められたからであって、舅殺《しゆうとごろ》しの犯人を捕まえようとする意志からではない。たとえ意志があったところで、奇跡でも起きないかぎり、犯人はどうたぐりようもない迷宮の中へまぎれ込んでしまっている。

笹野麻子の消息も聞かなくなった。結婚をして子供を生んだと風の便りに聞いたことはあったが、その後どうなったか知らない。

彼女から投げつけられた「卑怯」も歳月の風化をまぬかれなかった。それは完全に風化してしまったわけではない。心の深層の負担として、依然として生きている。だが前のような鋭角は鈍化し、心を刺すことがなくなっている。負担としての重量も失ってしまった。

いまにして、若気のいたりだったとおもう。人生は一瞬の感動や激情では生きられない。その後に長い単調な生活があるのである。それが若いときは、一時の燃焼によって、すべての人生を生きてしまったように錯覚しやすい。

おおかたの人生はそれほどドラマチックではない。人生の債務だの、屈辱を投げ返すだのと大見得切って、走りだしたものの、長い人生マラソンの間に、そのようなたぶんにセンチメンタルでロマンチックな気負いは消えて、無限の波のように寄せて来る一日一日を無感動に過ごすようになってしまう。

そして人は、それが本当の人生、少なくとも無名の大衆の人生だと悟るのである。

笠岡には警察官として出世しようという野心もない。最初からそのような野心の下に警察官になったわけではない。また舅殺しの犯人を捕えようとする意志も、警察の巨大機構の微小歯車としてはめ込まれていく間に、速やかに失ってしまった。

彼はいまや最もサラリーマン的な警察官になっていた。もはやどうあがいたところで末は知れている。もともと警察内部の「有資格者」と呼ばれる特殊高級警察官と、一般警察官との〝人種差別〟はよく知られていることである。途中から警察官に鞍《くら》がえした笠岡が、最も順調に上っていったところで、精々警部である。それすら、五十六、七歳になれば、肩を叩《たた》かれて、退職を勧奨される。

警察の捜査が名刑事による岡っ引き的捜査から科学的な組織捜査に移行してから、笠岡は特にやる気を喪失した。

　科学と組織にきたえられた若手の刑事が、プロジェクトチームを組んで系統的な近代捜査を行なうと、もはや笠岡のような小部屋育ちの岡っ引き型刑事の出る幕はなかった。出る幕がなければ、無理に出る必要はない。笠岡は、さっさと後ろへ退《さが》った。後ろにいるかぎり警察は呑気《のんき》なものである。捜査は、神輿《みこし》をかつぐのに似たところがある。神輿にたかってわっしょいわっしょいかけ声をかけているだけで、力を入れなくとも、はたから見ると、いかにもかついでいるように見える。

　組織の捜査は、組織の網目に隠れることができる。人数が多く、幹部は組織全体を把握しにくくなるので、報告だけしておけばそれでつじつまは合ってしまう。

　そうでなければ、先の希望もなく、わらの山から一本の針を探し出すような地道な捜査など馬鹿馬鹿しくてやっていられない。

　どんなにまじめに勤めたところで、刑事の末など決まっている。デパートやホテルの守衛か、精々、警備会社に余命を拾われるくらいである。

　署長クラスの幹部でも、いちおう面子《メンツ》があるので、自動車学校の校長や民間会社の保安部長に天下りしていくが、これもたいてい最初の三か月ぐらいで、結局居辛《いづら》くなってやめてしまうケースが多い。

　こういう連中のほうが現役時代なまじ「ベタ金」付けていたために、つぶしがきかない。

警察では下積み刑事、家に帰れば、底に軽蔑《けいべつ》を隠した他人のように無関心な妻の目、一人息子の時也も、母親の影響をうけて、父親を馬鹿にしきっている。

笠岡は、澱んだ職場と、冷たい家庭にサンドイッチにされて、自分が腐っていくのを感じた。だがあえてそれを食い止めようとはしなかった。腐敗に身をまかせてしまえば、それはそれなりに居心地がよかった。醱酵《はっこう》の適温に心身を柔らかく包まれて、やがて無機質に分解されていく過程には一種の悟りにも似たマゾヒスティックな快感があった。

そして事実笠岡の身体は深部から腐りつつあった。

このまま何事も起きなければ、笠岡は、腐敗にまったく抵抗することなく、人生のゴールまで行ったことだろう。だがここに一つの事件が起きた。そしてそれは彼にとってまさに奇跡でもあった。

2

毎日の日課なので、油断したのがいけなかった。床の清掃をした後、新しい餌を補給した餌箱を餌入れ口から差し入れようとして戸を開けたはずみにするりと逃げられてしまった。慌てて戸を落としたときは、リスはすでにカゴの外にいて、急に得た自由にかえってとまどうようにつぶらな眼をきょろきょろ動かしている。

「リキマル、いい子だ。さあこっちへお帰り」

小川賢一は精々猫なで声をだして、ペットのシマリスの名前を呼んだ。かなり馴《な》れてはいるが、まだ放し飼いするまでにはいっていない。

呼ばれた力丸《りきまる》は、そろそろとカゴの近くまで戻って来た。だがあと数歩の所まで帰って来ながら、なかなかカゴの中へ入ろうとしない。いまにもカゴの中へ戻りそうなジェスチャーをしめすだけで、また自由の空間の方へ駆け戻ってしまう。

賢一はカゴの入口を開いて、補給したばかりの餌を見せびらかした。ヒマワリの種と新しいリンゴとチーズ。いずれもリスの大好物である。

力丸は空腹だったとみえて、餌に惹《ひ》かれて、入口のすぐ前まで帰って来た。あと一歩だ。そうあと一歩。首をそろそろ入口に入れかけた。そううまい、うまい。その調子だ。

賢一が固唾《かたず》をのんだとき、玄関のガラス戸が勢いよく開けられて、外から弟妹がドタドタと帰って来た。せっかくカゴへ戻りかけたリスはびっくり仰天して飛び上がり、壁を伝って下駄箱《げたばこ》の下へもぐり込んだ。

「あっ馬鹿め！」

賢一はなにも知らずに入って来た弟と妹をどなりつけた。中一の賢一の下に、小五と小二の弟と妹がいる。

「お兄ちゃん、どうしたんだい？」

弟の健二がいきなりどなりつけられてびっくりした顔をした。

「いいから早くそこを閉めろ、しめるんだ」

賢一が言ったときは遅かった。いったん下駄箱の方へ避難した力丸は、開いたままの玄関のガラス戸の隙間からより広大な自由に向かってちょろりと逃げ出した。

「逃げたあ!」

「あっリキマルだ」

健二も妹もようやく事態を理解した。戸外にはリスの好きな雑木林がたくさんある。あの中へ逃げ込まれたら、もはや連れ戻しようがない。

「あ、リキマルのやつ、あんな所にいるわ」

妹の早苗《さなえ》が指さした。見ると、家の前のツツジの植え込みのそばにちょこんとかしこまってこちらを見ている。もう一年以上、カゴの中で飼われていたので、飼い主の家から離れて未知の空間の中へ飛び込むのが恐いらしい。

「リキマル帰れ! 帰るんだ」

きょうだいが声を合わせて呼んでも、いまにも帰りそうな素振りを見せるだけで、家のまわりの草地をちょろちょろ走りまわる。近づくと、その分だけ逃げるが、決して遠方へは逃げない。

「そうだ。網をもってくるんだ」

賢一は弟に捕虫網をもってこさせた。だが力丸は利口で、網の柄の長さだけ遠ざかって、はからずもつかんだ自由を楽しんでいる。三人は少しずつリスに誘い出されて、いつの間にか家の近くの雑木林の中へ入り込んでいた。

賢一が捕虫網を構え、その後ろからカゴをもった健二と早苗がつづく。

「ちきしょう！　なんて頭がいいやつなんだ。リキマルのやつめ、おれたちをからかってるよ」

賢一がくやしがったが、三人を後ろに従えて力丸はクヌギの木に登りかけたり、灌木《かんぼく》の繁みに隠れたり、またなにかの木の実をかじったり、自由気ままに遊んでいる。そのくせ、常に三人の飼い主を視野の端においているのである。飼い主の目の届かない所へは絶対にいかない。飼い主に見まもられる範囲で、せっかく得た自由を存分に楽しんでいる。未知の自由に潜む危険をちゃんと察して、飼い主をガードマンにしているのだ。

「もういいかげんに帰ってくれよ」

賢一が懇願してもどこ吹く風で、森の中を跳ねまわっている。

「おれ、腹へっちゃったよ」

「私、恐いわ」

弟と妹がベソをかきかけていた。無理もなかった。一日たっぷり遊んで空腹をかかえて帰って来たところに、このリス騒動に巻き込まれてふだんは来たことのない林の奥深くまで入り込んだのである。木の密度が濃くなり、よく方角がわからない。

そろそろ夕方で、ただでさえも暗い木の下闇《こしたやみ》に濃い夕闇がたむろしはじめている。

「おまえたち、先へ帰れ」

賢一は弟妹に命じた。

「道がよくわからないよ」

二人は本当に泣きだしそうな顔をした。

「しょうがないなあ。それじゃあリキマル、おまえを置いていくぞ」

賢一は自分の不注意から起きたことなので、弟と妹をいつまでも森の中を引きずりまわせなかった。それに彼自身もいささか心細くなっていた。暗くなってくると、梢《こずえ》のかげや幹の根本に、いかにもおどろおどろしい化け物の群が息を殺しておどりかかる隙を狙っているようである。

――リキマルはあきらめよう。あんなに可愛がってやったのに馬鹿なやつが。またお小遣いをためておまえよりもっともっと利口なリスを買うぞ。おまえなんか蛇か野良猫にでも食われてしまえ――

と心に罵《ののし》ったとき、力丸がキキッとひときわ高い声で鳴いて、コナラの木の根本の枯葉のプールを必死にかき分けはじめた。いままでとちがう異常な気配だった。

「どうしたんだろう?」

三人は心細さを忘れて、顔を見合わせた。

「なにかあそこに埋めてあるみたい」

早苗が言った。

「行ってみようか」

ついに好奇心が勝った。賢一が兄の面目を保つために先頭に立った。力丸は三人が近づいても逃げるでもなく、必死に小さな前脚をせわしなく動かして枯葉をかき分けている。

「あれ、ここの地面、新しいよ」

健二が、力丸のかき分けた枯葉の下の地面を指した。そこは掘り返して埋めた跡のように、まわりの土と少し色がちがう。力丸はなおもそこに小さな爪を突き立てている。

「掘ってみよう」

三人がその場に近づくと、ようやく力丸が横へ逃げた。土は手で掘り返せるほどに柔らかかった。少し掘り下げたところで、健二が鼻をヒクヒクさせた。

「お兄ちゃん、変なにおいがするよ」

言われて賢一もようやく気がついた。彼も少し前からそのにおいを嗅《か》いでいたのだが、枯葉のにおいかとおもっていた。

「ねえ、お兄ちゃん。だれかが変なものを埋めたんじゃない?」

早苗が掘る手を止めて言った。彼女の面には、好奇心で束の間まぎらわされていた不安がよみがえっている。

「変なものって何だい」

「だれか犬か猫の死んだのを埋めたんじゃないの」

「そんなはずはないさ。ペットはペット専用の墓地に埋めなきゃいけないんだ」

「ねえ、もう帰ろう」

「そうだなあ」

その気になりかけたとき、掘りつづけていた健二が殺されるような悲鳴をあげて、地面に尻《しり》を落とした。

「どうしたんだ」

ぎょっとしながらも、健二の所へ走り寄る。

「お兄ちゃん、あ、あ、あれ」

健二は尻もちをついたまま、いままで掘っていた場所を震える指でさした。そこになにか木の根の端のようなものが覗《のぞ》いている。

「何だあれは」

「あれ、人間の指みたいだよ」

「何だって⁉」

「恐い！」

早苗が悲鳴をあげて逃げ出した。そのあとを二人が追った。好奇心も圧倒的な恐怖に踏みつぶされてしまった。もうリスどころではなかった。賢一が兄らしかったのは、その恐怖に耐えて、きょうだいの殿《しんがり》を走ったことである。

3

六月二十八日午後六時ごろ三人の小中学生きょうだいがペットのリスを追いかけて行った先の山林中で地面に埋められている人間の指らしいものを発見したという急訴を、一一〇番経由でその両親から受けた所轄署は、署長以下全捜査員が現場に急行して調べにあたった。

現場は東京都東大和《ひがしやまと》市芋窪《いもくぼ》地域の多摩湖畔《たまこはん》の山林である。湖の東畔の緩斜面でクヌギ、コナラ、スギなどが密度濃くおい繁り、アベックも入りこまない場所であった。

発見した三きょうだいの最年長の小川賢一（十三歳）の案内で現場を検索した警察は、死後二十五―三十日間と見られる男の変死体を発見した。死体はパンツ一枚の裸で、年齢は五十―六十歳くらいである。顔面は潰《つぶ》され、後頭部には鈍体の作用によって形成されたとみられる陥没が認められた。

第一報をうけた本庁からも、捜査一課長はじめ捜査一課、鑑識課が臨場して来た。薄暮にもかかわらず、本庁、所轄署協力して死体の確認、現場保存、参考人の確保等の初期捜査の手が次々に打たれた。検視の結果、死体の状況は次のとおりである。
①身長百七十センチ、筋肉型の五十—六十歳くらいの男。
②右側頭部に十円玉くらいの禿《はげ》。
③左上第二切歯《せつし》欠損。
④全歯にわたってニコチンによる変色がいちじるしい。
⑤右手中指第一関節より先が欠損、左右の脚の小指が欠損。残存手指の指紋はすべてなにかの化学薬品によって消去されている。
⑥腹部両側に縦十二センチの手術痕が二条認められる。
⑦後頭部および側頭部に鈍体の作用によって形成されたとみられる陥没骨折。
——以上であったが、死体は俗に「猿股《さるまた》」と呼ばれる男子用下着一枚を着けただけで、身許《みもと》をしめすものはいっさいない。

死体の埋められていた近くにマッチの空箱が落ちていた。長く野ざらしにされていたらしくラベルが剝《は》げ落ち、わずかに、「割……中……」の文字のみ判読できる。これが犯人あるいは被害者によって運ばれてきたものかどうか断定できない。

現場から採取されたものはそれだけで、凶器、犯人の足跡、遺留品など、その後のローラー検索によっても発見されなかった。

現場および死体の状況からみて、殺人、死体遺棄事件であることは疑いをいれない。ここに所轄の立川署に刑事部長を捜査本部長とする総員百三名による捜査本部が設置された。

まず第一回の捜査会議において、被害者の身許について、右手中指先端を欠損しているところから、暴力団関係者が疑われた。これはヤクザが不始末を詫《わ》びるために指をつめたものではないかというのである。

これに対して、「ヤクザの指つめは、小指から切られるのが普通である。また切り口が刃物によるものではなく、化膿《かのう》によって脱落したような痕跡《こんせき》をとどめている。また脱落しているのは手の指だけでなく左右の足の小指も欠けている」と異論が出されたが、ともあれ、右手中指の欠損は重大な特徴なので、暴力団関係の線は捨てられないとされた。

さらに頭部の創傷は交通事故による創傷にもあい通ずるところから、被害者を轢《ひ》いた後、死体を埋めて、轢き逃げの隠蔽《いんぺい》を図ったことも考えられた。

この捜査会議において、捜査本部は被害者の身許を割り出すために、
一、現場付近の通行人、目撃者の捜査。
二、現場付近の会社関係退職者、怠業者の捜査。
三、現場付近の大工、左官、工事人、御用聞き、集金人、セールスマン等の出入関係者の捜査。――等を重点とした捜査方針を打ち出した。
これによって捜査員は、
第一班、猿股、パンティ、ソックス等下着メーカーおよび販売元を捜査する遺留品捜査

班。

第二班、暴力団関係者、テキ屋、船員、家庭状況の乱れている者、私生活の荒れている者、素行不良者、病院関係者、サウナ、ソープランド、銭湯等、被害者の足取りを洗う地取捜査班。

第三班、土地鑑捜査、現場の実況見分、遺留品の発見等の捜査を担当する現場鑑識班。

第四班、容疑情報の掘り下げ捜査を担当する容疑者捜査班。

第五班、現場付近の出入車輛《しゃりょう》の割り出しと交通事故関係の洗い出しを担当する轢き逃げ捜査班。――の五班に分けて、いよいよ本格的な捜査活動を開始した。

翌々日の三十日、死体は慈恵《じけい》医大法医学教室に移されて佐伯《さえき》正光教授の執刀の下に司法解剖に付された。その結果は次の通りである。
①死因、頭蓋骨《ずがいこつ》陥没骨折による脳圧迫。
②自他殺の別、他殺。
③死後の経過時間、二十日―三十日。
④創傷の部位および程度、頭頂より約八センチ後方に直径約五センチの陥没骨折、右耳上約五センチの側頭部に頭蓋骨粉砕骨折、対側打撃《コントル・クー》による前頭葉および、左側頭葉に脳挫《のうざ》傷巣《しょうそう》が見られる。
⑤凶器の種類およびその用法、金槌《かなづち》、ハンマー、棍棒《こんぼう》状の鈍体を後方から前へ、右側方

から左へ強く作用したものと考えられる。
⑥死体の血液型、B型。
⑦その他の参考事項
A　胃内容に食後三、四時間と推定されるワラビ、ゼンマイ、エノキダケ、セリ、コゴミ、ヤマシイタケ等の山菜、動物性肉片（鑑定の結果、ある種の貝の身および、山女《やまめ》、岩魚《いわな》、鮎《あゆ》いずれかの身）、ソバ等が証明された。
B　腹部の手術痕、両足小指および右手中指の欠損については同大学病院外科医の検案をうけ、「脱疽《だつそ》治療のための腰部交感神経切除および両足小指、右手中指切断の手術痕」と鑑定された。また腹部の手術痕から推測して、特発性脱疽（ビュルガー氏病）らしい。これは閉塞《へいそく》性血栓《けつせん》血管炎とも呼ばれ、四肢の乏血症状をしめして、血液の循環機能が悪くなり、指先が腐って脱落するものである。またこの病気は喫煙との関係が深く、煙草中のニコチンの血管収縮作用が重要な発生因子と考えられている。
死体のほぼ全歯にわたってニコチンによる変色をうけているところから、死者の強度の喫煙がビュルガー氏病の発症をうながしたことが考えられる。――

以上の剖検《ぼうけん》の後、検案医は、

「欧米式の術式は横に切るのが普通であり、現代では欧米式が普遍的です。ところがこの検体は縦に切っており、一九五〇年代の医師の術式とおもわれます。二条の手術痕のうち、右側が若干古く、左がそれより後に手術されています。この病気は自覚症状発現後手術まで二、三か月、手術後の治療に二、三か月かかるので、この場合少なくとも一年は入院し、通院を含めて二年以上は養生していたものとおもわれます」と意見を述べた。

本症は一万人に一人くらいの率で発病する難病で、一般にアジア人に多いとされている。厚生省でも難病奇病対策の一環として調査を進めており、東京大学の石川教授を中心として「ビュルガー氏病調査研究班」が編成されていることがわかった。

「一万人に一人」ならば、必ず身許は割れると確信した捜査本部は、全国の病・医院および、医師会に対して広く照会を行なうと同時に、調査研究班に協力依頼をした。

4

この捜査に所轄署から笠岡道太郎が参加していた。彼は解剖結果が出たとき、ふと遠い記憶に刺戟《しげき》をうけたようにおもった。そのときはおもいだせなかった。

ビュルガー氏病という奇妙な病名にたしかに古い記憶がある。だがなにぶんにもあまりに古いのですっかり錆《さ》びついてしまって、わずかな刺戟では記憶の海底から意識の表面になかなか浮かび上がってくれない。

思考を集めて、刺戟を送りつづけた結果、帰宅途上の横断歩道を信号無視して渡りはじめ、運転手にどなられたはずみにおもいだした。

忘れてはならない病名であった。それをいつの間にか忘れていたという事実にも笠岡の精神の堕落があった。だがいまはそれを自責するよりも、二十数年してよみがえった「栗山」の亡霊に向ける驚きのほうが大きい。――しかし、まさか――とおもった。一万人に一人の発症率とはいえ、一億人なら一万人いることになる。松野泰造を殺した「栗山」が、この被害者だとはおもえない。

仏《ほとけ》の推定年齢は五十―六十歳となっている。一瞬の観察だったが、松野を刺したとき「栗山」は三十前後の膂力《りょりょく》のすぐれた若者だったようにおもえる。あれから二十数年経っているからいまの栗山の年齢は五十代にかかっているはずである。

「いやいや、そんな偶然があるはずはない」

笠岡は激しく打ち消した。だが打ち消したそばから、思考はそこに戻っている。

「もし仮にだ」

――もしあの被害者を栗山と仮定したらどういうことになるだろう？――

あのとき、栗山はなにかの悪事を犯して、松野に追われていた様子だった。松野を殺して、彼の悪の箔《はく》はますますついたことだろう。そんな悪《わる》だから悪運つきて殺されてしまった。とすると、犯人は栗山の悪仲間だ。その悪仲間も松野殺しに間接に関わっているかもしれない。

そこまで考えて、仮定の馬鹿馬鹿しさに、笠岡は頭を振った。いまさら栗山の亡霊がよみがえってきたところでどうにもならない。栗山――それもはたしてそういう字をあてるのかどうかもわかっていない。栗山は松野の表音から笠岡が勝手にあてはめただけであり、それも笠岡の聞きちがいかもしれないのだ。

要するに、きわめて曖昧《あいまい》な「栗山」という名前以外には、なにもわかっていない。

「まあこの捜査も、いつもの伝《でん》でおみこしわっしょいで適当にやっておこう」と笠岡はおもった。

彼の分担は、第一班の被害者の下着メーカーと販売元の捜査である。被害者が身につけていた唯一《ゆいいつ》の衣類で、きわめて重要な捜査だったが、先の長い若手のぱりぱりならまだしも、行く手に定年の灰色の壁しかないこの齢で馬鹿馬鹿しくて、猿股の調べなんかできるかという気持があった。

猿股なら笠岡も穿《は》いている。彼は最近の若者が好んで穿くブリーフというやつが嫌《きら》いだった。男のくせに、あんな女のパンティのようなものをよく身に着けられるものだと軽蔑していた。

いまの四十代から六十代の戦前、戦中派はほとんど猿股党のはずである。その中からたった一枚の猿股を探すなど、それこそ雲をつかむような話だ。コンビになった本庁の若い刑事を時間と手間を省くために手分けしようと言葉巧みに追っぱらい、大いにサボった。報告書だけつじつまを合わせておけば上司はなにも言わない。所轄では署長も一目おくほどの古株だし、本庁側も所轄のベテランにはなにかと遠慮をする。

それにこのごろひどく疲れやすくなっていた。胃の具合が悪くて、食欲もない。頑丈なだけが取得だとおもっていた身体も年齢相応のガタがきたらしい。

笠岡には警察をやめた後にも、生きなければならない〝余生〟がある。それに備えて、体力を蓄えておく必要がある。末の見えた第一の人生で燃料を費《つか》い果たしてしまわないように、いまのうちから体力と健康を調整しておかなければならない。息子の時也はまだ在学中で、結婚もしていない。これからまだまだ金が要る。

笠岡は栗山の亡霊に向きかけた関心を、世俗的な功利の手綱で引き戻した。

捜査会議で最も問題になった点は、
一、犯行現場は、死体発見場所か、それともどこかべつの場所で殺害した後、死体を運んできたのか。
二、単純な殺人事件か、それとも交通事故がからんでいるか。
三、単独犯行か、それとも複数犯人による犯行か。――の以上三点である。
一に関しては、死体を裸にしている点で、犯行後の死体移動説が有力であるが、現場犯行の可能性をまったく否定するものでもない。また、二、三についてもさまざまな説が出されたが、いずれも裏づけに欠け推理の域を出ない。

その後、死者の胃内容物の詳細検査を依頼した科警研によりフェロバルビタールが検出されたという報告が寄せられた。

これはバルビツール酸系の持続性睡眠薬であり、抗けいれん剤にも用いられるきわめて作用強力なクスリである。この新事実によって被害者は睡眠薬を服《の》まされて眠らされた後、殺害された疑いが強くなった。つまり第一問題点は、べつの場所で殺害されて死体が運ばれてきた可能性がきわめて大きくなったのである。すると第二問題点も、単純な刑事事件の要素が強くなる。

しかし、睡眠薬を服んで酔《ラリ》った状態で道路へ飛び出して轢《ひ》かれた可能性も捨てきれないので、捜査は刑事、交通の両面で進められた。

5

ごくありふれた猿股しか身につけていない被害者の身許を割り出す最大の手がかりは、脱疽手術の痕である。捜査本部では、被害者のカラー写真入り手配書を二万枚作成し、これを全国の病・医院、歯科医師、診療所、保健所、各警察署等に配布した。また各新聞社およびテレビ局の協力を得て一般公開による情報蒐集《しゅうしゅう》をはかった。

さらに日本医師会と、日本歯科医師会の機関紙および週刊朝日、サンデー毎日、週刊読売、週刊サンケイなどの新聞社系週刊誌にも関係記事を登載してもらい、全国医師および医療関係者に広く協力の呼びかけが行なわれた。

一方、警察庁鑑識課では、死者に前歴のあるのを確信し、コンピューターシステムによる「全国犯罪情報管理システム」に照会した。このシステムは犯罪の広域化に伴い、犯罪情報を集中管理するために犯罪前歴者、暴力団構成員、指名手配者、家出人、犯罪関係車輛《りよう》番号、犯罪手口、指紋など約三千万点の捜査資料をコンピューターにファイルして、駐在所やパトカーなどの第一線からの照会に対して各県警本部の照会センターからデータ通信回線によって警察庁の全国犯罪情報管理システムにつながり、コンピューターが作動して端末装置のテレビにすぐに回答《アウトプット》が映し出されるリアルタイムシステムである。

これはこれまでの気の遠くなるような根気と時間のかかる手めくり調べに比べて、問合《インプッ》せ《ト》とほとんど同時に回答《アウトプット》の出る能率的なシステムである。

だが、この犯人は、ここにおいても抜け目なく被害者の指紋を消去していたので、他の特徴だけをコンピューターにインプットしても、データ不足で「回答不能」と拒《は》ね返される。さしもの新兵器も、この犯人には通用しなかった。

マスコミの協力を得ての一般公開捜査によって夥《おびただ》しい情報が寄せられたが、いずれも犯人につながらない泡沫《ほうまつ》情報であった。捜査は早くも暗礁《あんしよう》に乗り上げかけていた。

6

小川賢一は、いまだに死体発見のショックからなおりきらなかった。地面から生えた死者の手が自分の首を絞めつける夢を見て、おもわずあげた悲鳴で目をさますことがある。全身がびっしょり盗汗《ねあせ》をかいていて、もう朝まで眠れなくなる。

妹の早苗はもっとひどかった。魘《うな》されてひきつけをおこした。弟の健二がいちばんケロリとしていた。しかしさすがに湖畔の森の方へは遊びに行かなくなった。

死体発見のきっかけをつくったリスの力丸は、自分がどんなに重大な役割りをつとめたのかも知らぬげに、あい変わらず狭いカゴの中で8の字跳《と》びをやっている。警官を案内して森へ戻って行くと、力丸はちゃっかりカゴの中へ戻っていたのである。

あの事件があってから、賢一は力丸のカゴの掃除にひどく慎重になった。今度森の方へ逃げ出されたら、もう追いかけて行けない。力丸は逃げれば必ず森へ入り込むだろう。逃がすことは即、力丸の喪失につながる。

賢一は、力丸のカゴの掃除を、これまで使っていた玄関の三和土《たたき》を止めて、勉強部屋をしめ切ってするようになった。ここなら逃げられても家の中である。だが部屋の中なので、おもいきった掃除ができない。

「しかたがないよ、おまえが悪いんだからな」

賢一は言いわけをしながら、その日もカゴの床板を小箒《こぼうき》で掃いていた。抜き取った床板をふたたびカゴの中にさしこもうとしてカゴの本体を傾けたとき、ころころと転がり出たものがあった。床板とカゴの本体の隙間に落ちていたものが、出て来たらしい。

「おや何だろう?」

指をのばしてつまみとってみると、なにかの巻貝の殻《から》であった。螺旋《らせん》形をした殻で、その高さは約三センチ、直径は二センチぐらいで先端が少し欠けている。中身はリスが食べてしまったのか、ない。一見カタツムリに似ているが、一回り大きく殻もかたい。

「何の貝だろう」

どこかで見たようだがおもいだせない。餌《えさ》に貝などはあたえていない。

——どうしてこんなものが入っていたんだろう?——と首を傾げながら、ポイと捨てようとして賢一は指先を宙に停めた。ふとおもい当たったことがあったのだ。

賢一があたえなければ、だれもそんなものをカゴに入れるはずがない。健二も早苗も勝手に餌をやることをかたく禁止されている。

すると、この貝殻は力丸が外から持ち込んだとしか考えられない。彼がそんなものを持ち込める機会は、逃げ出したときだけである。死体に仰天して、力丸をそのままに家に逃げ帰って来て両親に自分たちの見つけたものを告げたのだが、警察を案内して現場へ再度行ったときは、力丸はカゴの中へ戻っていた。

力丸が貝を持ち込んだとすれば、そのときにちがいない。そして、それを拾ったのは、死体が埋められていた現場からだ。

ここで賢一の想像はさらに飛躍した。

――死体があった現場付近にこんな巻貝は住んでいない。湖にもいない。ということは、これは犯人が落としていったものではないだろうか?――

いったんそうおもうと、ますますそのようにおもえてきた。その後の新聞やテレビの報道によると、死体の身許はいまだにわからないらしい。夢にまで出て来る恐ろしい死体だが、自分たちきょうだいが見つけただけに、早く身許が突き止められ、犯人が捕まればよいとおもう。

(この貝殻が犯人を捕まえる手がかりになるかもしれない)

賢一は、貝殻を警察へもっていくことにした。捜査本部へたずねて行くと、発見時に顔なじみになった刑事がちょうどいた。刑事らしくない優しそうな顔をした五十ぐらいの人だった。

「やあきみか。今日は何だね」

彼は賢一をおぼえていてくれて、愛想よく笑いかけた。彼は賢一の話を聞いているうちに表情を引きしめて、

「それはいいものをもってきてくれた。有難う。とにかく材料不足で困っているんだよ。

いずれ警察から正式にお礼をするからね」

「お礼なんかいりません。ただ役に立ってくれればいいんです」

「きっと役に立つよ。本当に有難う」

刑事は、頭を撫《な》でかねない様子だった。賢一は届け出てよかったとおもった。だがその後、貝殻によって捜査が進展した様子は見えなかった。

貝殻を受け取ったのは、笠岡道太郎であった。彼は中学生の協力を感謝してそれを預かったが、それが大した手がかりになるとはおもっていなかった。

貝殻など、どこにでも転がっている。一見カタツムリに似た貝殻だから、その辺の森や田畑に生息しているものかもしれない。まあ自分の怠勤をカバーする一つの道具にでもなってくれれば、言葉どおりの拾い物だというくらいの軽い気持で預かった。預かったものの、本部室にあたえられたデスクの引き出しに放り込んだまま、速やかに忘れてしまった。

債務の督促

I

病室の前まで来て、二人は「あ」と顔を見合わせた。駅を下りてから同じ方向へ行く若い女性を、笠岡時也はそれとなく意識していた。豊かな髪をきりっと後頭部に無造作にまとめた二十歳前後のモダンな面立ちの女性が、ピンクの花模様をあしらったワンピースの裾《すそ》を軽やかに風にひるがえしながら、彼の前を歩いていた。以前どこかで見かけたような顔だがおもいだせない。街角ですれちがった未知の美しい女性のおもかげが、記憶に泡沫のように浮かび上がってきたのかもしれない。

ワンピースの女性の行く方角にはA大付属病院がある。

おそらく彼女もだれかを見舞いに行くのだろう。——あの佳人《かじん》に見舞われる幸福な病人はだれか——と想像をたくましくしながら、その女性を尾《つ》けるような形で歩いて来た。先方も、そんな時也を意識したのか、少し歩調を速めた。

それを追いかけるようにして時也も足を速めた。これが人通りの絶えた暗い路なら、その女性は恐怖に駆られて駆けだしたかもしれない。しかし夏の白昼のことでもあり、駅から同じ方角へ向かう人の姿はかなり多い。ところが、まさか同じ病院の同じ病室を見舞いに来たとおもわなかった。

　花形の外科、内科から眼科、歯科まで臨床十四科を網羅した大総合病院の八百床を越える入院患者の中の同一人物を同時に見舞いに来たのであるから、奇遇《コインシデンス》と言うべきであろう。

「まあ、あなたもこちらへ」

「あなたも石井さんを」

　顔を見合わせていた二人はほとんど同時に、口を開いた。

「そうとは知らず、大変失礼いたしました」

　彼女はぴょこんと頭を下げた。そんなしぐさは意外に子供っぽい。

「いいえ、こちらこそ失礼しました。本当は痴漢かとおもったのでしょう」

「本当のことを言うとそうですわ。だって駅からずっと尾けて来るんですもの」

　笑うと右頰に小さな笑くぼが生まれて、現代的な輪郭の濃い面立ちをあどけなくする。

「べつに尾けるつもりはなかったのですが、ついあなたを追いかける形になりました。笠岡時也です。A大法学部四年です」

「あら、私もA大ですわ。英米文学部三年の朝山由紀子です」

　自己紹介し合って時也は納得した。彼女に対する既視感は、街角ですれちがった女性によるものではなかった。同学のキャンパスで見かけた姿が意識のフレームに引っかかっていたのである。

その日笠岡時也は、大学の先輩石井雪男を見舞うためにA大付属病院へやって来た。石井の家は、日本橋の呉服店の老舗《しにせ》で、いずれはその跡を継ぐ身であるが、大学在学中から自分の名前の「雪男」の存在を信じるようになって、生家の資力をバックに何度もヒマラヤへ雪男の探索に出かけていた。大学卒業後も雪男熱はますます高くなるばかりで、今度は北米に雪男が現われたというニュースに、そちらへ探しに行こうとして準備を進めていた。その足ならしに穂高へ登り、なんでもない岩場から転落して全治一か月の右大腿部《みぎだいたいぶ》骨折と全身の打撲傷を負ったのである。ちょうど通り合わせた登山者の報《し》らせで救援隊に救い出されたが、当分は病院で絶対安静を強いられる身となった。

もちろん退院してもすぐには過激な運動などできない。雪男探険行も断念せざるを得なかった。

二人が入って行くと、石井は奇声を発して喜んだ。全室個室によって構成されている高級病棟の最も居心地のよい一角で、カラーテレビやラジオも備えつけてあるが、石井の退屈を救えなかった。

「先輩どうですか」

時也は全身包帯でぐるぐる巻きにされたミイラのような石井の姿に、おもわずこみあげてきた笑いを嚙《か》み殺してたずねた。

「どうもこうもねえよ。この体《てい》たらくだ。危ないところで命拾いしたけれど、おかげでこのかき入れ時に身動きできねえ。まったくついてねえよ」

石井は戸外のよく晴れた夏の空へうらめしげな視線を送った。一般病棟の屋上越しに積雲の頭がプラチナのように光っている。外は三十度近い暑熱だが、病室の中はほどよい冷気が空気調節によって送り込まれている。

「でも大したことはないそうで、不幸中の幸いです。一か月ほどおとなしくしていれば、またすぐに雪男でも雪女でも探しに行けるようになりますよ。まあ、これまでさんざん好き勝手なことをしたんだから、税金でも納めるつもりでおとなしくしているんですな」

「おい、人のことだとおもって、つめてえことを言うなよ」

「いいえ本当にそうよ。今度のことは雪男さんにとっていいお薬だったとおもうわ」

由紀子がかたわらから言葉をさしはさんだ。

「なんだ、ユキッぺまでがそんなにつめてえのかよ」

「そうよ、私、本当言うと、あなたが足の一本ぐらいどこかへ失《な》くしてきたほうがよかったとおもってるのよ。そうすれば、もう雪男なんか探さずにお家のお仕事に腰を据《す》えられるわ。伯父《おじ》さんも伯母《おば》さんも安心して隠居できるわよ」

「おいおい、ひでえことを言うなあ」

「まあ先輩、朝山さんの言うとおり、もういいかげんにご両親を安心させてやるんですな」

「後輩の分際で、おれに意見する気かよ。ところで、おまえさんたち、知り合いだったのかい?」

石井はいまごろになって二人の間に既成されていた親しさに気がついたらしい。

「駅からいっしょだったのよ。偶然に病室の前で鉢合わせしてびっくりしちゃったわ」

「先輩がこんなすばらしい女性のお知り合いをもっていたとは意外でした」

「それにしても、笠岡、おまえどうしてユキッペの名前を知っているんだ?」

「ここへ入る前に自己紹介し合ったんですよ」

「あい変わらず、すばしっこいやつだな。ユキッペはおれのいとこなんだ。ユキッペ、こいつは山岳部の後輩だよ」

「よろしく」

「よろしく」

二人は改めて微笑を交わし合った。

「ところで笠岡、おまえ、この山屋のかき入れ時にどうして東京でくすぶっているんだ。いまごろ部は北か南で合宿だろう」

「今年は南アルプスの全山縦走で、七月の初めから入山しています」

「おまえはどうして行かないんだ」

「就職試験が重なるんです」

「そんな試験、振っちまえばいいじゃねえか。山へ登れるのもいまのうちだぞ」

「そうはいかないんです。なにせおやじの脛《すね》が細いでしょう。いつまでもぶら下がっていられないんですよ、先輩みたいにね」

「おまえは一言多いんだよ。あんたたちおれの雪男探険をドラ息子の遊びだとおもっているかもしれないが、雪男は必ずいる。こいつをとっつかまえてくれれば、学問に大いに貢献するし、テレビに出し、本も書いて、元《もと》をいっぺんに取り戻《もど》せる」

「まさか、そんな商売気からやっているんじゃないでしょうね」

「あたりめえだ。みんながどら息子の道楽扱いしやがるから、学術的な価値と実利性もあることを教えてやったんだ」

石井はしゃべっているうちについ夢中になって足を動かし、痛いと顔をしかめた。

笠岡時也と朝山由紀子は連れ立って帰る形になった。電車もいっしょに乗った。あけすけな石井を仲介《クッション》にして、二人はかなり親しい雰囲気になっていた。

帰路の電車で、時也は由紀子の家が築地の有名な料亭「あさやま」であることを知った。時也が由紀子の身許《みもと》をもっと深く知るために誘導訊問《じんもん》して聞き出したのである。

だが由紀子は、自家が東京で有数の老舗料亭であることをむしろ「水商売」として恥じているようであった。時也は由紀子との出逢《であ》いにある予感を感じていた。別れなければならない場所へ来たとき、彼は由紀子の瞳《ひとみ》の奥をじっと見つめて「またお会いできますか」とたずねると、彼女は時也の視線をヒタと受け止めて、「ええ」とうなずいた。

時也は、彼女の瞳の中に積極的な許容の手ごたえを感じた。

2

笠岡道太郎は最近急激に体重が減っていることに気づいた。毎年夏になると一、二キロは減る。だが今年は六キロも減ってしまった。しかも食欲はまったくなく、疲労感が全身を鉛のように包んで、体重はますます減少していく気配である。

彼は比較的体重が安定していて、二十年来五十七、八キロを維持していた。それがこの調子でいくと五十キロを割りそうな気配である。

特に最近にいたって、食物がいつも胸につっかえているような感じがした。水をのみ込んでも、落ちない。しきりにゲップが出て、胃から逆流したいやな臭いが口中に広がる。

「あなた、このごろひどく口が臭いわよ」

妻の時子が遠慮会釈なく指摘した。彼女に言われるまでもなく、口に掌を当てて息を吹きかけると、自分でもわかるような口臭であった。それは口腔《こうこう》から発するものではなく、胃の奥深くから吹き上げて来る悪臭であった。

「どうも近ごろ胃の調子がおかしいんだよ」

「そうね、あんまり食欲もないし、少し痩《や》せたようだわ。一度、医者に診《み》てもらったほうがいいわよ」

「うん、そうしよう」

笠岡が素直に病院へ行く気になったのも、それほど身体に異常を感じていたからである。五十代に入り、頑丈なだけが取得だとおもっていた身体も、そろそろオーバーホールが必要な時期になったのかもしれない。

警察病院へ行くのは恐かった。異変が発見されると、直ちに第一線からおろされてしまう。将来に野心は抱いていないが、捜査の第一線に留まりたいというのは、警察官の本能のようなものである。

そのために彼は、息子の時也の大学の付属病院へ行った。

笠岡の訴えを聞いた医者は、型通りの打診と聴診をした後、今度は診察台の上にあおむけに横たわらせて、腹部のあちこちを押しながら、いちいち痛むかどうか質《たず》ねた。その慎重な診察になにか重大な疾患があるのではないかと、笠岡はかえって心配になった。

その日は触診だけで終わり、翌日エックス線写真を撮影した。アルミカップ一杯の造影剤を医者の指示の下に飲むのは、辛《つら》かった。彼はバリウムを飲んだのは、これが初めてだった。白い粘土を溶かしたようなバリウムにはうす甘い味がつけられていたが、一口飲んだだけでもう胸が一杯になってしまった。そこへさらに胃部を脹《ふく》らませるための発泡剤を飲まされたから、腹の皮が張り裂けそうに張り切ってしまった。だが医者はゲップをすることを許さず、次々にバリウムを飲むように命じた。

医者は、笠岡の身体を乗せた撮影装置を水平や斜めに倒したり、また笠岡の体位を撮影台に対して横やあおむけにしてさまざまな角度から造影撮影を行なった。写真の結果は二日後にわかるということだった。

二日後指定された時間に行くと、担当医はすでに笠岡のエックス線フィルムを観察器にかけて待っていた。内側からの光に照らし出された前衛絵画風の臓器フィルムは、自分の体の内部を撮《うつ》したものとはおもえない。

医者はフィルムを慎重に覗《のぞ》き込んだまま、なにも言わない。とうとう耐え切れなくなって笠岡が、

「どこか異常があるのでしょうか」と質ねると、

医者は初めて笠岡の方へ顔を向けて、

「まあ年齢相応の胃炎が見られるだけですね」

「胃炎ですか。ああやっぱり診てもらってよかったですわ。どうもこのごろ胃の調子がおかしかったのですが、すると胃炎のせいだったのですね」

「念のために胃カメラによる検査もしておきましょう」

医者はさりげない調子で言った。

「胃炎じゃないのですか」

「まだ検査の段階ですからね、決定的なことはなにも申し上げられません。胃カメラは胃の中に直接カメラを入れて撮影するので、ほとんど盲点がなく、より明確な写真を撮《と》れるのです」

しかしバリウムを飲まされただけで苦し涙が出たほどである。この上胃カメラなどを飲まされたら、たまったものではないとおもった。

そんな笠岡の心の内を見すかしたように医者は、

「最近の胃カメラは進歩しまして、体腔に入れる部分はごくわずかですから、苦痛は軽くなりましたよ」と元気づけるように言った。

とにかくせっかくここまで調べてもらったのだから、この際徹底的に調べてもらおうとおもった。検査をはじめてから薬をもらっているが、症状はいっこうによくなっていないのである。

原因がなんであれ、心身にまつわりついている曖昧《あいまい》な不快を早く振り落として、すっきりしたかった。忙しい勤務の合間を抜けて来るのだから、やりかけたときに最後までやってもらわないと、次の機会はなかなかもてない。

笠岡は翌日、胃カメラの検査を受けることになった。彼は医者の慎重すぎるのが、気になってならなかった。なにか複雑な異変が身体の深部に進行しているのではなかろうか。そうでなければ、単純な胃炎にこんなに慎重になるはずがない。

(まさか、――)浮かびかけた不吉な想像を彼は慌てて打ち消した。そんな想像の一片の所有がその実現をうながしそうな気がした。

「とんでもないことだ。考えすぎだ。きっと胃潰瘍《いかいよう》でもあるにちがいない」

彼は一瞬浮かびかけたまがまがしい想像を振り落とすように、激しく頭を振った。

外来部の建物を出た笠岡は少し前方を肩を並べて歩いて行く若い男女の姿に、おやと目を上げた。

男の後ろ姿にどうも見おぼえがあるとおもったら、息子の時也だった。

(あいつがどうしていまごろこんな所を歩いているのだろう?)

不審におもった笠岡は声をかけようとして危ういところでおもいとどまった。彼らの仲《なか》睦《むつま》じげに寄りそった姿が笠岡にブレーキをかけたのである。いま声をかけたら、さぞテレるだろう。

時也の連れは笠岡のまったく知らない女性だった。育ちのよさそうな様子のいい女性である。後ろ姿なので顔はよく確かめられないが、時也との会話に傾ける横顔は美しい。

(時也のやつ、いつの間に)

とおもう一方、息子がそんな年齢に達していたことを改めて知らされたのである。

考えてみれば時也も来年は大学を卒業する齢《とし》なのだから、ガールフレンドの一人や二人いても少しもおかしくないのだが、山登りばかりにうつつを抜かしていた彼が、美しい女性といっしょに歩いていたので、びっくりさせられたのである。

彼らは病棟部の方から出て来た様子だった。ここはA大学の付属病院だから、時也が来てもおかしくはない。

運営は大学から独立しているそうだが、医者や研修医はA大学の教授や学生で固めている。入院患者もA大関係者が多いという。

だれかを見舞いに来たのかもしれないと笠岡は一人うなずくと、息子に見つからないように、自分のほうから人混みの中へ入って行った。

胃カメラ検査の結果、慢性胃炎と診断された。また胃壁に軽い前胃潰瘍症状があるので内科療法で治療することになった。

笠岡は、無罪放免されたようにおもった。慢性胃炎なら、年齢に応じてだれでもかかえているもので病気の中に入らない。潰瘍も、いまのうちなら大したことはないらしい。

気のせいか、その診断が下っただけで、胃のあたりが軽くなり、急に腹が空いてきたようだった。

彼のことを同居している男ぐらいにしか扱っていない妻も、喜んだ。

「よかったわ。まだ時也も親がかりだし、いまあなたに倒れられたら、私たち、明日から路頭に迷ってしまうわよ」

「おれなんか、いてもいなくとも同じだろう」

笠岡は、精一杯の皮肉をきかせた。

「なに言ってんのよ。あなたは、私たちの大黒柱だわ。まだまだ頑張ってもらわなくちゃあ。せめて時也が結婚するまではね」

結婚という言葉で、笠岡は先日、時也が美しい女性と連れ立っていたことをおもいだした。時子にそのことを話すと、

「時也にそんな女《ひと》がいたの、あの子もなかなか隅におけないわね」と愕《おどろ》いた表情をした。

「なんだ、きみも知らなかったのか」

「知らなかったわ。あの子の愛するものは山だけで、ガールフレンドなんてできないとおもっていたんだけど、心配するほどのこともないわね」

「単なるクラスメートかもしれないよ」

「でもあなたが声をかけるのをためらったほど仲睦じげにしていたんでしょう。それに病院へ連れだってだれかを見舞いに行くなんて、かなり親密な間柄だわよ」

「おまえ、よその子のことのように言うが、もし本当にそうなら、娘の身許を調べなければなるまい」

「そこまでは気の回しすぎだわ。時也はまだ学生よ。まあクラスメートと恋人の中間とい

うところかな」

時子は、息子に美しいガールフレンドがいるらしいと聞いて、すっかりご機嫌になった。

3

多摩湖畔殺人死体遺棄事件の捜査は低迷していた。被害者の身許は依然として不明である。「人の噂も――」で最近は民間からも情報が寄せられなくなった。

被害者の胃内容に、食後数時間の山女《やまめ》、鮎《あゆ》、あるいは岩魚《いわな》とみられる川魚の肉が証明されたところから、多摩川畔の川魚料理店や料亭をあたったが、収穫はなかった。

川魚料理は、まず一人で食べることはない。被害者は殺害される前に犯人とともに料亭のようなところで川魚と山菜の料理を食した後、殺されたとみられる。睡眠薬を飲まされたのは、その食事のときか、あるいは後か。

いずれにしても満腹したうえに、フェロバルビタールの作用でいい気持に眠り込んだところを凶器を振るわれた。

ここで注意すべきことは、犯人が執拗《しつよう》なくらいに被害者の身許を隠蔽《いんぺい》している点である。

ということは、被害者の身許が明らかにされると、犯人が脅かされることを意味する。つまり被害者の身許は、そのまま犯人逮捕につながるのだ。

だが、犯人と被害者が会食したとみられる場所はかいもくわからなかった。

鮎を食わせる場所は六月一日の解禁以後ならどこにでもある。また養殖鮎なら、禁漁期でも食える。ただ山女、岩魚の類になると、都内や、多摩川下流の料亭では無理だろう。

捜査の足は、三多摩地方の奥まで伸びたが、いっこうに手がかりはつかめなかった。

笠岡は、診断が下ったので、いくらか捜査に取り組んでみようかという気になった。あんまり要領をきめ込んでいても、おろされてしまう。適当に気を抜き、また適当に気を入れる間合いのとりかたが、ベテランの年功というものである。

笠岡がようやくやる気になったとき、なにげなくデスクの引き出しを開けたはずみに奥の方から転がり出て来たものがあった。

つまみ上げて、はっとおもいだした。死体を発見した中学生が、現場からリスが拾ってきたものかもしれないと届けてくれたものである。

胃の検査にまぎれてすっかり忘れていた。届けてもらってから、すでに半月も経っている。もしこれが犯人逮捕につながる重大な資料だったら、笠岡の懈《け》怠《たい》の責任は大きい。

いまさら公然と捜査会議に提出できないので、彼はツテをたぐって国立科学博物館のその方面の専門家にそっと鑑定を頼んだ。

鑑定の結果、その貝殻《かいがら》はタニシのものであることが判明した。それも日本産のマルタニシという種類で、農薬に駆《く》逐《ちく》される前は、その辺の田や沼の泥の中に住んでいたものである。

笠岡は鑑定結果に新たな視野が開いたようにおもった。彼は「貝殻」ということから海の貝を予想していたのである。タニシなら少年のころ、田圃《たんぼ》や沼地でよく取ったものだが、すっかり忘れていた。ここで関連しておもいだしたことがあった。被害者の解剖によって、その胃内に川魚の肉といっしょにある種の貝の身が証明されていたことである。その貝は、タニシではないのか？　いや、タニシにちがいない。タニシなら、川魚といっしょに出される可能性がある。それにソバ。

やはり被害者が食した料理は〝山の幸〟を中心としたものであった。そのかぎりにおいて捜査本部が三多摩地方の奥の旅館まで溯《さかのぼ》って調べたのは、誤っていなかった。

しかし、三多摩でタニシを出すか？　出すかもしれない。タニシなどはその辺の田圃にいくらでも転がっていたもので、べつに珍しくもない。以前は一杯飲み屋や小料理屋で酒のつまみによく出したものだ。だが最近は農薬禍《のうやくか》で急激に姿を消してしまった。

現に、笠岡は、最近タニシを食ったことがないし、タニシが載ったメニューや献立を見たこともない。都会育ちの人間には、タニシが食えることを知らない者も多い。

笠岡は、それとなく部内の仲間にタニシを食ったことがあるか聞いてみた。地方へ出張したとき田舎の旅館で出されたことがあると答えた者が二人いた。

「どんな味だったかね？」

笠岡が食ったのは、少年のころで、味を完全に忘れている。

「そうですね、固くこりこりしていて、ちょっと泥臭い感じでしたね」

「田圃の泥の中にもぐっているんだから、泥臭いだろうね」

「それもタニシだと言われてそんな気がしたので、それまでは海の貝だとおもって食っていましたよ。タニシがどうかしたのですか」

「いや、ちょっと気になったことがあったんでね。有難う」

さりげなく躱《かわ》した笠岡は、被害者がタニシを食ったという想定が胸の中に凝固するのを悟った。それを食った場所は多摩川流域ではない。そこは捜査本部がすでに洗いつくしている。多摩川流域以外のどこかで被害者は川魚とタニシと山菜とソバを食い、殺害されて多摩湖畔へ運ばれて来た。

川魚と山菜とソバは、わりあいどこでも食える。問題はタニシだ。

笠岡は、ふたたび専門家に質ねることにした。彼は東京料亭組合連合会から、銀座の郷土料理の店、〝田毎〟を紹介された。

店主は彼の問に、

「以前はタニシは一杯飲み屋や、小料理屋でよく出しましたが、最近は農薬の影響で、田圃のタニシが少なくなったので、もっぱら高級料亭や郷土料理の店でないと食べられなくなりました。しかし、あえものや煮つけにしておつまみ程度に出されるだけで、タニシを主体にしたタニシ料理というものはありません。主皿《メーン》になるほど魅力ある食物ではないし、味もフランスのエスカルゴには及びもつきませんからね」

「都内でタニシを出す店はお宅の他にありますか」

「それはあるとおもいますよ。こういうものをつまみに出すと地方出のお客さんは喜びますのでね」

「その店はわかりませんか」

「それは無理ですね。おそらく献立にも載せずに、客の好みや板前の気分によってつけて出すものですから」

「タニシはどこから仕入れますか」

「仕入れ専門の業者がもってきます。業者は産地から直接仕入れたり、あるいは市場で買ってきます」

「タニシの産地が特にあるのですか」

「ありますよ。天然のタニシはほとんど姿を消してしまいました。いまは全部養殖です」

「どこで養殖しているのですか」

「有名なのは琵琶《びわ》湖のナガタニシと、このあたりでは厚木のマルタニシです」

「厚木——、神奈川県の厚木ですか」

「そうです。厚木のタニシは有名で、全国の約四割から六割のタニシを産出しています」

「すると厚木付近ではタニシを出す店は多いでしょうね」

「それは産地ですからね」

「川魚や山菜といっしょにタニシを出してもおかしくないでしょうか」

「よく合いますね。もともとみんな山の幸です」

笠岡は礼もそこそこに飛び出した。途中で見つけた本屋に飛び込んで厚木周辺の地図と案内書を買った。

笠岡の目は同市域を流れる川に吸いつけられた。相模《さがみ》川とある。上流において中津川や小鮎川を分岐している。

「小鮎川」とはいかにも鮎の居そうな川だとおもった。また相模川は鮎の釣り場として笠岡も名前を聞いたことがあった。

同市域およびその近郊には、温泉や観光名所も多い。案内書に載っているだけでも、広《こう》沢寺《たくじ》、七沢《ななさわ》、鶴巻《つるまき》、飯山、塩川などがある。

その中で笠岡の目を惹《ひ》いた個所があった。

それは「中津渓谷」とある。案内書によると——中津川上流の落合—半原《はんばら》間の渓谷、地形上は先行性流路で、澄んだ豊富な水流と奇岩、岩壁、両岸を埋める濃厚な森林の三位一《さんみいっ》体《たい》の渓谷美をなす。関東耶馬渓《やばけい》の別称がある。

名物の味覚として山菜料理、鮎、山女、岩魚の塩焼、丹沢《たんざわ》ソバ、タニシ——笠岡の目はしだいに光ってきた。被害者の胃の腑《ふ》にあったものはすべてである。

それらの品は、おそらくこの近郊の旅館へ行けばどこでも出してくれるだろう。だが案内書に記載してあるのは中津渓谷だけであった。

そこまで思考を追ってきた笠岡は、突然強い光に目を射られたような気がした。現場の近くに落ちていたマッチのラベルに残っていた「割……中……」の文字が、闇《やみ》の中に光る電飾の文字のように瞼《まぶた》に浮かび上がった。

あの文字の一つは「中津渓谷」から脱け落ちたものではないのか。割はタニシと結びつけて「割烹《かっぽう》」を組成できる。

それに中津ならば、死体発見場所からもそれほど遠くない。神奈川県で殺して、わざわざ人目の多い東京へ運び込んだのも、目を神奈川からそらさせるためだったかもしれない。あるいは犯人は、被害者に食事をさせた後で、食物の種類から会合場所（あるいは犯行場所）を割り出されるおそれがあることに気がついたのかもしれない。多摩湖へ運べば、捜査の目は、川魚や山菜がふんだんにある奥多摩へ向かうと単純に考えたのか。

いずれにしても、奥多摩とともに、丹沢地域も調べるべきであった。都道府県警察の壁は意識の中にも壁をつくって、おもわぬ死角や盲点をうみだす。まして神奈川県警の警視庁に対する対抗意識は熾烈《しれつ》で、警視庁は、神奈川県に跨《また》がる捜査を無意識のうちに敬遠するようになっている。先方の所轄に挨拶《あいさつ》せずに、調べに行って、あとでいやみを言われたり、抗議をうけたことも少なくない。

そんな意識の中の鬼門が、自分の管轄内《テリトリー》の三多摩地方へ捜査のレールを強引に敷かせたのかもしれない。

「とにかく厚木周辺を一度洗ってみる値打ちはある」

笠岡は、「タニシの結論」を出した。だがここに一つのネックがある。それは彼が得たタニシの結論をいかにして捜査本部へ提出するかという問題である。

小川賢一がそれをもってきてくれたのは、二十日も前である。その後、胃の検査にまぎれて、デスクの引き出しの中にしまい忘れていた。彼の懈怠によって時間を失った後、さらに単独で捜査をしたために二十日ほど過ごしてしまった。

いまごろになって提出すれば、そんな重大な資料をなぜ二十日間も伏せておいたかと当然、詰《なじ》られる。それは被害者と犯人の会合点をしめすかもしれない重大な資料である。懈怠と同時に、その後の単独捜査は功の独り占めを狙ったと責められても、仕方がない。

笠岡は当惑した。自分の発見した新資料を出さなければ、捜査はいつまでも方角ちがいを空転している。出せば、責められる。笠岡はどうにもならない所へ追いつめられた。

このうえは、単独の捜査を秘《ひそ》かに進める以外にない。これまでは都内で用が足りたので、なんとか同僚の手前を糊塗《こと》できたが、神奈川県となるとやりにくくなる。神奈川県警にも挨拶せずに調べたことがわかれば、後で面倒だ。

「休日に手弁当で行く以外にないな」笠岡は判断した。

帰宅すると、時子が風呂《ふろ》がわいているからすぐに入るように勧めた。風呂から上がると、食卓に冷えたビールが出ていた。最近、時子が急に優しくなって、とまどうことが多い。風呂もサラ湯だった。以前なら、自分がさっさと先へ入っていたところである。糊《のり》のきいた浴衣《ゆかた》に着かえて、食卓の前に坐《すわ》りながら、笠岡は、雪でも降るんじゃないかとおもった。

「あなたが急に胃の検査なんかしたものだから、改めてあなたの存在価値を見なおしたのよ。私たちの大黒柱にいつまでも丈夫でいてもらわなくちゃね。一杯いかが。それとも私のお酌《しゃく》じゃおいや」

時子から酌をしてもらうのは、おそらく結婚以来初めてであろう。笠岡は喜ぶより、むしろとまどっていた。

「おや、これはタニシじゃないか」

「ええ、今日スーパーに出てたのよ。珍しいので買ってきたの。懐しいでしょ」

「子供のころ田圃や小川へ行ってよく取ったもんだよ。ボッカンといってね、小川に泥や石で堰《せき》をして、フナやドジョウを取るんだ。足跡のくぼみの下からたくさんのタニシが出て来る。バケツに水を張って入れておくと、いつの間にかたくさんの子タニシを生んでいる。しかし、よくこんなものをスーパーで売っていたなあ」

タニシの話をしたわけでもないのに、笠岡が懸命にタニシを追いかけているときに、それを食膳《しょくぜん》にのせるとはタイミングのよい符合であった。

笠岡はひょっとすると、身許不明の仏が、「栗山」と同一人物というもう一つの符合もあるかもしれないとおもった。口に含むとタニシはしこしこして時間をかけて嚙んでいる間に野の味が口中に広がった。それは忘れていた郷愁の味でもあった。

彼は久しぶりにやってみようかという気になった。

数日後の日曜日、笠岡は中津渓谷へ手弁当捜査に出かけた。家を出るとき時子が、

「世間はみなお休みなのに大変ね」と言った。

「事件が解決するまで刑事は休めないよ」

笠岡は答えたものの、それは捜査が順調に進展しているときのことで、いまのように低迷しているときは、休日は人並みに休む。

「あなた、有給休暇は取れないの？」

「そりゃあ取れないことはないがね、刑事だって人間だから、まとめて休みたいこともある。郷里が遠方にあれば帰省するにも数日かかるからね。しかしおれは関東生まれだからな」

警察官には一年二十日間の有給休暇があるが、それを全部消化する者はまずいない。当然の権利として行使しようとすれば、次の異動で転勤その他の不利益な扱いを覚悟しなければならない。だが笠岡が有休を取らなかったのは、不利益な扱いを恐れてではなく、必要がなかったからである。

「たまには休暇を取って、家族で旅行へ出かけたいわ」

「家族で旅行だって!?」

笠岡は愕《おどろ》いて妻の顔を見つめた。そんな言葉を彼女からかけられたのは初めてである。

「なにをびっくりした顔をしてるのよ、私たち結婚してから一度も旅行したことなかったでしょ。新婚旅行へも行かなかったわ」

当時は、まだ戦後の治安が回復されていなかった時代でもあったし、それに結婚の動機が異常だったので、彼らはどこへも行かなかった。

「きみは、おれといっしょに旅行へ行きたいのか?」

笠岡は、いまだに信じられないおもいがつづいている。結婚以来、夫に対して憎悪しか積み上げてこなかった妻が、最近急激に変化してきた。外で疲れた夫を、家庭という港で精一杯いたわろうとしている。そんな優しさはかけらもなかっただけに、笠岡は面喰《めんく》らってしまうのである。

まんざら演技でもなさそうだが、いったい何が、妻を変えたのか。なにかの心境の変化があったにちがいないのだが、笠岡はこの後に強烈な反動がくるようで、素直に妻の優しさの上にくつろげなかった。

ともあれ、優しいということはいい。——優しくなければ生きていく資格はない——とチャンドラーはフィリップ・マーロウに言わしめたが、時子は、その意味で生きていく資格を取り戻したわけである。

笠岡は、時子の軟化のおかげで、結婚後二十数年にして、初めて家庭の味というものを知った。なにかが底にあるようで、素直には味わえないものの、家に帰って来るのが楽しくなった。これまでは、家庭とは寝に帰るためだけの場所にすぎなかった。

「この事件がかたづいたら、休暇を取って旅行をしようか」

笠岡ははなやいだ気分になって言った。

「本当⁉ 嬉《うれ》しいわ。時也も喜ぶでしょう」

時子がはしゃいだ声をだした。

「え？ 時也も行くのかね」

息子も母親の感化をうけて、幼いころから父に背を向けるようにして育ってきた。外で偶然、出会ったときなど、彼から声をかけられないように逃げて行ってしまう。小学校のころ父親参観日があっても、時也は笠岡が行くのをいやがり、いつも時子が代理に行った。

「あの子も本当は父親おもいなのよ。それを素直に現わせないだけなのよ。ひどいテレ屋なのね。初めての家族旅行と聞いたら大喜びするでしょうね」

「親子三人の旅行か。よしぜひ実現しよう」

笠岡は妻に約束した。それは自分に対する約束でもあった。

4

中津川は丹沢山域のヤビツ峠付近から発して厚木市域で相模川に合するまでの全長三十六・四キロの支流である。愛甲《あいこう》郡清川村落合付近から川幅を狭めて、渓谷になる。渓谷の核心部は落合の東約一キロにある石小屋橋の付近で、ここには旅館やレストハウスが数軒かたまっている。

笠岡が中津渓谷に目を着けたのは、現場に残されていたマッチのラベルの「割……中……」の文字を「中津」にあてはめたのと、案内書に記載されていたそこの名物料理が、たまたま被害者の胃内に残されていた未消化の食物と同一であったというはなはだ漠然たる理由からであった。

だから手弁当で出かけて来ても、それほどの期待を寄せていたわけではない。中津渓谷へは小田急線で本厚木まで来て、そこから半原までバスで行く。半原から渓谷に沿った道を徒歩で二十分ほど溯《さかのぼ》る。都心から電車とバスを合わせて二時間足らずの所だが、緑が豊かで山気が身に迫った。渓谷沿いの道は緑のトンネルである。日曜日なので、車は渓谷入口で乗り入れ禁止となっている。

途中に瀞《とろ》があり、若い外人の男女が水とたわむれている。さらに渓谷を溯ると、一軒の旅館が見えた。渓谷に面して断崖《だんがい》の上に建っている。「山菜、川魚料理」と看板が出ている。日曜なので、家族連れが多く休憩している。笠岡はタニシ料理を出すかたずねた。タニシはここ数年扱っていないという返事だった。

「橋の畔《ほとり》の中津屋あたりへ行けば、タニシをやっているかもしれない」とその店の者に教えられて、笠岡はふたたび渓谷沿いの道へ出た。繁茂する緑の葉末越しに夏の太陽がこぼれ落ちてくる。谷の両岸はますます切り立ち、水の流れは速くなった。

清涼の気があふれていたが、笠岡の顔色はすぐれなかった。第一の聞き込みに収穫がなかったからではない。ここのところおさまっていた胃の症状がまたぶり返してきたようである。バスに乗ったころから、しくしく腹が痛みはじめて、背中へ放散していくような感じだった。

梢越《こずえご》しの陽光が凶器のようなとげとげしさで身体に突き刺さってくる。目がくらくらして立っていられなくなった。笠岡は渓谷に面した路肩に坐り込んだ。

しばらく憩《やす》むと、いくらか痛みがうすらいだ。

笠岡は身体を庇《かば》いながらそろそろ立ち上がった。間もなく渓谷の左岸に家のかたまりが見えてきた。渓谷の岩畳に多数の人影が見えた。流れの畔で料理をしている人や、水とたわむれている若い男女の歓声が水音とともに岩壁にこだましている。明るく健康的な光景である。家群《いえむれ》の奥にコンクリート製の立派な橋が架かっている。石小屋橋であった。ここが中津渓谷の核心部である。

渓谷に面して旅館と、レストハウスが五、六軒つづいている。旅館では軒下に水槽をおき養殖のマスを泳がせている。厚木署の夏期臨時警備派出所があるが、パトロールに出ているとみえて、警官の姿は見えない。

最初の最も構えの大きい旅館に「割烹旅館、中津屋」と看板が出ている。マッチのラベルに残っていた二つの文字が綴《つづ》り込まれているのを見て、笠岡は気負い立った。

笠岡は早速中津屋から聞き込みをはじめた。渓谷の崖縁《がけぶち》に建てられた建物は、部屋にいながらにして渓谷の全景を視野におさめられる。

旅館部と喫食部とあり、玄関から入った取っ付きに土産物類を並べた土間がある。その奥に渓谷を見下ろせる大広間がある。壁に貼《は》られたメニューにはタニシのあえものと醬油《しょうゆ》煮《に》もある。

だがすでに被害者が食事をしたと推定される日から二か月以上も経っているので、店の者の記憶はすっかりかすんでいた。それに、笠岡が現に見ているとおり、都心から二時間の緑陰と渓谷の別天地として最近知られてきたので、土日や祝祭日には多数の人がやって来る。釣りやハイキング客も憩んでいく。

犯人と被害者が会合したのは休日か平日かわからないが、それら無数といってよい客の中から、おそらく特徴を隠すようにしていたにちがいない特定の客の印象を二か月も溯って求めるのは無理であった。

しかもその特定の客が、「五月下旬から六月上旬にかけてワラビ、ゼンマイ、エノキダケ、セリ、コゴミ、ヤマシイタケ等の山菜、山女、岩魚、鮎等の川魚、ソバ、タニシを食った、上の前歯が欠け、右手中指の第一関節より先が欠損している五十歳―六十歳ぐらいの男、連れは一人以上」というはなはだ漠然たるものであった。

このような場合、最も有力な聞き込みの武器になる被害者の写真すら、笠岡はもっていなかった。手弁当捜査なので、唯一の証拠品のマッチももってきていない。またもってきたところで、マッチ箱は風雨にさらされてほとんど原形を留めていないので役に立たない。いちおう中津屋のマッチを見せてもらったが、ありふれたサービスマッチで、はたして現場に落ちていたものと同種の品かどうか判定できない。被害者の身体のかなり顕著な特徴だけが唯一の頼りである。

店の者の記憶の表皮に浮かび上がるものはなかった。

「うちに見えたお客さんは、たいていいまの品を注文しますからねえ」

主人は、笠岡の気落ちした様子に気の毒そうに言った。簡単に見込みが的中するとはおもっていなかったが、身体の調子がおもわしくないところを押して、貴重な休日を当てて来ただけに、落胆は大きかった。

だが、まだ数軒残っている。設備は中津屋より劣るが、〝被害者一行〟が、これらの店で食事をした可能性もある。

また胃が痛んできた。せっかくここまで来たのだから、石小屋橋にある店はすべて聞き込みをしようとおもった。

笠岡は、胃痛と疲労で重くなった身体を引きずるようにして、次の店へ入って行った。つづいて三軒ほど聞き込みをしたが、いずれも徒労であった。また旅館以外のレストハウスでは、タニシを出していなかった。

やはりタニシと中津渓谷を結びつけたのは、短絡であったか。空腹感とともに胃はますます痛くなった。なにかを腹におさめれば、とりあえずこの痛みをだませることを知っていた笠岡は、最後のレストハウスで鍋焼《なべやき》ソバを食った。これは中津渓谷の名物だそうである。

太陽は渓谷の向こう側に渡り、行楽の人たちはそろそろ帰り支度をしていた。ソバをすって、ようやく人心地ついた笠岡は、岩床を駆け下る急流の飛沫《ひまつ》にぼんやりと視線を泳がしていた。緑はあくまでも濃く、流水は清い。一日の清遊にはもってこいの場所だった。――今度は仕事を離れて時子を連れて来てやろうか――徒労の一日に、ふと妻の顔が瞼《まぶた》に浮かんだ。出先で妻を想ったことなど一度もなかった。笠岡は自らの心の推移に驚いていた。（おれにも優しさが足りなかったな）

笠岡は碧《あお》い急流の中に自分の心を見つめていた。そのとき背後に気配を感じた。振り向くと、最初に聞き込みをかけた中津屋の仲居らしい中年の女が立っていた。

「ああ、刑事さん、ここにいらっしゃいましたか。よかったわ」

彼女は笠岡を見てホッとした表情をした。

「どうしました」

質《たず》ねながら、彼は予感がした。案の定彼女は、

「ちょっと気になることをおもいだしたのです」

「気になること? 何です。それは」

笠岡の声におもわず力が入った。

「お質ねのことには関係ないかもしれませんけど」

「いいから聞かせてください」

関係あるかないかは、聞いたうえでこちらで判断する。

「六月二日午後四時ごろ、男のお客が二人で来て、さっきお質ねになったような注文をしたのです」

「一人は上の前歯と右手の中指が欠けていましたか」

「それが歯のほうはいつも顔を背けるようにしていたし、注文はもう一人のお客がしましたので、よく気がつかなかったのですけれど、右手に白い手袋をしていました」

「手袋を」

「はい。右手だけにはめていたので、ちょっと気にかかったのです。怪我でもしているの

かとおもいました。そう言えば中指の先が少し短いような気もしました」

「いっしょにいた連れはどんな男でしたか？」

「中年の貫禄《かんろく》のある人だったようにおもいます。言葉遣いも丁寧だったし、態度に落ち着きがありました」

「身体や服装の特徴はおぼえていますか」

「それがよくおぼえていないのです。二人とも普通の背広を着ていたようでした。でも、料理の注文をしたお客さまの身なりのほうが上等だったような気がします。お金もその人が払いました」

「その二人は車で来たのですか」

「たぶんそうだとおもいます。駐車場に駐《と》めると、うちからは見えませんので」

笠岡がソバを取ったレストハウスは橋の最も近くにあって、駐車場は橋の畔にある。つまり中津屋は駐車場から最も離れた位置にある。

笠岡は、犯人（未確定）が車を見られないように、駐車場から最も遠い中津屋に入ったのではないかとおもった。

「ところであなたが気になったのは、その客の一人が右手に手袋をはめていたからですか」

「それもありますけど、その人が眼鏡を落としたんです」

「眼鏡を？」

「はい。三階の個室で食事をしていたのですけれど、渓谷を眺めている間に誤って眼鏡を落としちゃったんです。慌てて渓谷へ下りて、しばらく探していましたけど、こわれたレンズの破片が見つかっただけで、枠のほうは岩の間に落ちてしまったらしく見つかりませんでした。すると、連れのお客さんがどうせレンズが割れたのだから使い物にならない。おれがいい眼鏡をつくらせてやると言って、未練げに探していた手袋のお客にあきらめさせました」

「なるほど、それがどうして気になったのですか」

「連れのお客さんは、とても時間を気にしているようでした。眼鏡が見つからずに出て行こうとしたとき、手袋のお客さんがレンズ拭《ふ》きを忘れかけたのです。それを連れのお客さんが気がついてもっていったのです。使いものにならなくなったと言って眼鏡を探すのをあきらめさせたくせに、レンズ拭きをもっていくなんて、おかしなお客さんだなあとおもいました。レンズ拭きなんて眼鏡屋がサービスにくれるものでしょう。その後すっかり忘れていたのですが、いまおもいだしたので」

「とてもいいことをおもいだしてくれましたよ。それで眼鏡を落としたという場所はどのあたりですか」

笠岡は胃痛を忘れた。身なりのいい中年の客が時間を気にしたのは、その後に殺人計画をひかえていたからであろう。岩の隙間に落ちた眼鏡は人に拾われる恐れはないと判断した。河原の岩の間だから、増水すれば下流へ運ばれてしまうだろう。

それにひきかえて、レンズ拭きのほうには、眼鏡店の名前が入っていたのかもしれない。彼は万一の危険を考慮して後日の証拠となるようないっさいのものをもっていったのだ。それは被害者の完璧《かんぺき》な身許隠蔽《いんぺい》を図った手口と相通じている。

「ご案内しましょうか」

「ぜひおねがいします」

「あれから梅雨で何度もあのあたりは水が来ましたから、たぶんなくなっているとおもいますよ」

「とにかくその場所を見てみましょう」

笠岡は仲居に案内されて中津屋へ戻った。客の姿はない。人出の波は退《ひ》いた様子である。

「この部屋でお食事をされたのです」

それは三階の六畳ほどの個室で窓が渓谷に面している。昼は休憩客や食事客に提供されるが、夜は宿泊用に使われるのであろう。床の間、鏡台、座卓など一通りそろっている。

「手袋をはめたお客さんが窓の方に坐《すわ》り、もう一人のお連れ様が反対側に座卓をはさんで坐っていました」

仲居はそのときの二人の位置関係を説明した。渓谷側に坐るとちょうど窓枠にもたれられる。

「それで手袋の客が眼鏡を落としたのですね」

「落としたときは、私はその場にいなかったのですが、三階から慌てて下りて来られて、眼鏡を落としたと言いながら、河原へ飛び出して行きました」

「二人いっしょにですか」

「お連れの方は少し後から下りて来ました。私もいっしょに行って探してあげたのですが、あの岩のあたりにレンズの破片が見つかっただけで、枠はいくら探してもありませんでした」

仲居は窓と真下あたりの岩を指さした。そこは渓谷の河原になっていて、さまざまな形の岩が累々《るいるい》と積み重なっている。旅館と河原は建物に密着するようにめぐらした塀によって仕切られている。塀の背は一階の天井あたりまできているが、これは河原の人目を避けるためらしい。

「ここから岩の上に落ちたのでは、レンズは助からないな」

笠岡は河原を見下ろしてつぶやいた。

「河原へ下りてみますか」

「おねがいします」

河原へ下り立つと、両岸はいっそう切り立ち、渓谷は深く感じられる。水声が耳に迫る。太陽はすでに対岸の山かげに隠れて、渓谷は影の中にあった。

「この岩の上にレンズの破片がこぼれていました」

仲居は水に研磨されて扁平《へんぺい》になった白っぽい岩を指した。石英を多量に含んだ閃緑岩《せんりょくがん》である。

「レンズを拾っていきましたか」

「いいえ、こわれたレンズなんてなんにもならないでしょう」

「手袋をはめた男は、枠のほうを探したのですね」

「枠だけでもあれば、あとはレンズを入れるだけですものね」

「それを連れの男が、レンズがこわれた眼鏡の枠なんて役に立たないからと言ってあきらめさせた」

「気に入っていた枠とかで、ずいぶん残念そうでしたけど、結局、見つからなかったんです」

「あるとすれば、このあたりの岩の間にちがいないな」

笠岡は早速積み重なった岩の間を探しはじめた。

「あれからだいぶ日が経っていますから、岩の間に落ちたとしても、水に流されていますよ」

仲居が諫《いさ》めるような口調で言った。

「どうもいろいろとありがとうございました。ぼくは少しこの辺を探してみますから、どうぞお引き取りください」

笠岡は礼を述べて、彼女を帰らせた。無駄《むだ》とはわかっていても、あきらめきれない。眼鏡の枠から、被害者の身許を割り出せるかもしれないのだ。

渓谷を被《おお》う影は、ますます濃くなった。それはそのまま笠岡の捜索の徒労の色をしめすものでもあった。枠どころかレンズの破片一つ見つけられない。二か月以上も、何度か水が来た河原に軽い眼鏡の枠や、微小なレンズ破片が残されているはずはない。

捜査が徒労と確定したとき、笠岡は激しい疲労をおぼえた。疲労が全身を圧倒して立っていられなくなった。たまらず岩の上に腰を下した。胃に錐《きり》をもみ込まれるような痛みをおぼえたのは、そのときである。体をくの字にして胃を押えつけても、胃が体内で勝手に転げまわっているような痛み方である。いままでにない激烈な痛みだった。

笠岡は突き上げる苦痛にうめいて、救いを求めようと、旅館の建物の方を見た。あいにく人影は視野にない。絶望の網膜に蒼茫《そうぼう》とたそがれた夏の夕空が空しくうつった。声をあげたくとも、あまりの苦痛に声も出ない。

――だれかおれをたすけてくれ――

声にならないうめきをあげたとき、体内の深部から突き上げてくるものがあった。体内に凝固した病変が、食道を逆流してくるようである。

次の瞬間、笠岡は夥《おびただ》しい吐血をした。血塊は岩の上に叩《たた》きつけられ、周辺の砂地や草むらにまではね飛んだ。発作はなおもつづいた。胃内容とともに吐き出された血は、血とはおもえないような黒ずんだ色彩で、岩や草を染めた。

強烈な苦痛に意識を引きちぎられそうになりながら、笠岡は眼鏡の枠が残されているかもしれない一つの可能性におもい当った。

5

「あっ、だれか倒れているぞ」

「やあ大変だ、血を吐いている」

釣り人らしい二人が渓谷からの帰途、笠岡を見つけた。一人は笠岡に付き添い、もう一人は中津屋の方へ救いを求めに走った。数人の人が駆けつけて来た。その中には臨時警備派出所の警官もいた。

彼らはとりあえず笠岡を中津屋の一室へ運んで休ませることにした。激痛でほんの一時失神した笠岡はすぐに意識を取り戻した。悪血と胃の内容物をすっかり吐き出してしまったので、いくらか楽になった。

笠岡は警官に身分を打ち明けた。

「医者を呼びましょう」

警官は心配してくれた。岩に打《ぶ》ちまけられた吐血は、大した出血量でなくとも、見た目

なお

には凄惨《せいさん》である。

「いや、医者を呼ぶほどのことはありません。ここで少し憩《やす》ませてもらえば、すぐになおります」

「顔色が大変悪いですよ」

「本当にご心配なく。あとで車を呼んでもらえますか」

「署の車を用意しましょう」

「とんでもない。実は手弁当捜査で来たものですから、お宅の本署の方にもまだ挨拶《あいさつ》をしていないのです。大袈裟《おおげさ》になりますから、どうぞおかまいなく」

笠岡は人の善さそうな派出所の警官を押しとどめた。顔色が悪いのは、吐血のせいもあったが、もう一つ重大な理由があった。

笠岡は、いまようやくおもい当たったことがあったのである。それは最近になって妻が異常に優しくなった事実であった。時子は、彼が胃の異常を訴えて初めて大黒柱としての重要性を認識したと言っていたが、彼女の性格としてその程度のことで積年のしこりを融解するはずがなかった。

時子は、父親を見殺しにされた復讐《ふくしゅう》のために笠岡と結婚したのである。それが最近の急激な軟化は信じられないくらいであった。現に今朝、彼が家を出るときも家族で旅行をしたいと言いだして面喰らわせた。

それもこれもこの異変のせいだった。これは胃炎などではなく、もっと深刻なものなのだろう。医者は笠岡には前胃潰瘍《ぜんいかいよう》症状などと言ったが、後で秘かに妻を呼び寄せて、不治の病名を告げたのだろう。そして、どうせたすからない命だから、いまのうちに客を遇するように大切にしろと忠告したのかもしれない。

――おれは間もなく死んでいく身だったのだ――

笠岡の胸に絶望感が墨のように広がった。そうだとすれば、あとどのくらいの命だろうか？　一年、いや半年かもしれない。この調子ではもっと短いかもしれぬ。

と同時によみがえってきたのは、二十数年前、笹野麻子から投げつけられた「卑怯《ひきよう》」という言葉であった。

（このまま死んでしまえば、結局あの卑怯を少しも償わなかったことになる。麻子に対しても、また時子に対しても、自分は借りを負ったままになってしまう。おれは自分の人生の債務を返済できないのだ）

それは無念であった。身体が故障して、精神が深所で燃え上がったようであった。

（返済できないまでも、返済する努力をつくしてみよう）

このまま動けなくなったら、人生との闘いに全面降伏をするのと同じである。急がなければというおもいが衝《つ》き上げてきた。

「おねがいがあるのですが」

笠岡は警官に声をかけた。

「はっ、何でございましょう」

枕元にいた警官が顔を覗《のぞ》き込んだ。

「この旅館の裏の河原との境に塀がありますね」

「はあ、ありますな」

「その内側を調べてもらいたいのです。もしかすると、眼鏡の枠が落ちているかもしれません」

「眼鏡の枠が？」

「それが、いま我々の担当している事件の重大な資料になるかもしれないのです。初め、河原に落ちたとおもい、そちらの方ばかり探していたのですが、塀の背に弾んでその内側に落ちる可能性もあることに気がついたのです。お使いだてをしてすみませんが」

「早速、調べてみましょう」

警官は気軽に立ち上がりかけた。

「指紋がついているかもしれませんので」

笠岡は、いちおう念を押した。警官は、間もなく戻って来た。顔を見て収穫があったのがわかった。

「ありましたよ、これじゃないですか」

彼はハンカチに包んだ黒縁の眼鏡の枠を差し出した。レンズが割れたのは右眼だけで左眼は無事だった。眼に当ててみると、それは老眼鏡のようである。

「たぶんこんな枠だったとおもいます。でもまさか塀の内側に落ちたとはおもわなかったわ。そういえば塀の背は、あの窓の真下にありますからね。いったん背中に当たって、レンズが割れ、その一部分が河原に落ちたんでしょうね。いくら河原を探しても見つからなかったはずだわ」

女中は、笠岡の着眼にすっかり感心していた。笠岡はようやく被害者のものかもしれない〝遺留品〟を手に入れた。もしこの眼鏡のサイズが被害者の顔幅に合い、そこに指紋でも残されていれば、身許を割り出す可能性が大きくなる。

笠岡は、吐いた血を代償としてこの眼鏡を購《あがな》ったような気がした。眼鏡をたぐり出したタニシの殻《から》についていては不問に付された。

眼鏡の弦《つる》に右手親指の指紋が残されていた。塀の内側に落ちて、河原の冠水からまぬかれたために、辛うじて対照が可能であった。

採取された指紋は、直ちに「全国犯罪捜査資料」に問い合わされた。その結果、コンピューターは、本籍神奈川県伊勢原市沼目一八×、住所国立市中二—三—九×、栗山重治《しげはる》（六〇）と回答してきた。

栗山は三十一歳のとき強姦《ごうかん》未遂事件を起こして一年六か月の刑をうけて以来、婦女暴行や傷害で前科三犯を累《かさ》ねている。

眼鏡の持ち主は栗山重治であった。だがまだこの段階では、彼が被害者とも、また、松野泰造を殺した「栗山」とも断定できない。

直ちに栗山重治のより詳細な身許調査が指示された。記録された住所にはすでに団地が造設されていて、栗山の消息を知る者はいなかった。栗山の本籍地である伊勢原市役所をあたったところ、栗山には結婚歴のあることがわかった。昭和二十八年五月に結婚して、三十二年九月に裁判上の離婚をしている。現在、栗山の前の妻、田島喜美子は静岡県伊東市に居住していることがわかった。

捜査員は伊東市に飛んだ。田島喜美子は市内にこぎれいな小料理屋を経営していた。四十代前半と見える豊満な女性であった。正式に再婚はしていないが、背後にスポンサーの存在が感じられる。前夫の栗山が殺害された疑いがあると聞いて表情をこわばらせた。

「栗山さんはいまどちらにいるか消息をご存じではありませんか」

捜査員は直ちに核心に入った。

「栗山のことなどおもいだしたくもありません。彼がどこで生きようと死のうと私の知ったことではないわ。別れてから全然連絡していません」

「先方からも連絡がありませんか」

「私が店を開いたという噂をどこかで聞きつけたとみえて、一度金の無心に来ましたけど、くせになるので門前ばらいを食わせました」

「それはいつごろのことですか」

「たしか四十五、六年の夏ごろです」

「栗山さんとはどうして別れたのですか、さしつかえなければ話してください」

「どうしても話さなければいけませんか」

「あなたの前のご主人の栗山さんは、殺害された疑いがあるのです」

「だれにも言わないでくださいね。あの人変態なんです」

「へんたい」

「私を縛ったり、靴をはかせたりしないと、欲望を行なえない男なのです。結婚した初めのうちはストッキングをはかせる程度でしたが、だんだん本性を現わしてきて、しまいには私を縛り上げて、笞《むち》で打ったり、熱した金火箸《かなひばし》を押しつけたりするようになったのです。ああいうのをサドというのでしょうか。私はあのままいたら、殺されてしまうような気がしたので、裁判所に訴え出て、別れたのです」

「お子さんはなかったのですか」

「子供が生まれなかったのが、不幸中の幸いでした。子供がいたら、コトはもっと複雑になったでしょうね」

「ところでつかぬことをうかがいますが、栗山さんは脱疽《だっそ》という病気になられたことはありませんか」

「ありますよ、なんでもビュルガー氏病とかいう複雑な病気で手足の先が腐ってしまう」

捜査員の求めていた答えを喜美子はいとも簡単に言った。

「その病気になったのは、いつごろのことでしたか」

「結婚する前のことでよくわからないのですが、三十二、三歳のころのようでした。T大の付属病院で神経節と手足の手術をうけたということでした。結婚した後も、その傷が痛むという口実で、私をクラブなどで働かせて、自分はブラブラしていました。そのくせ、少しでも帰りが遅いと、浮気したんじゃないかと、ひどい折檻《せっかん》をするのです。あの男は、正常ではありませんでした」

「病気になる前は、栗山さんは何をしていたのですか」

「何をしても永続きのしない人でした。結婚したときは、いまはつぶれてしまった証券会社に勤めていたのですが、間もなくお客から預かったお金のルーズな取り扱いがバレて、馘《くび》になりました。その後、タクシーやトラックの運転手、ホテルの雑役夫、自動車のセールスマン、キャバレーのドアマンなどをやりましたが何をしてもつづかず、結局、私の稼ぎにぶら下がって、のらくらしていました。それも離婚をうながした理由なのです。あの人といっしょにいると骨の髄まで吸い取られてしまうような気がしました」

「証券会社に勤めていた前は、何をやっていたかご存じないのですか」

栗山の前科は、すべて結婚前のことであった。前科のある彼がどうして証券会社に勤められたのか、その辺の事情を知りたかった。

「全然知らないのです。神奈川の素封家《そほうか》の息子で、いずれ家を継げば億万長者になる身だと大ボラを吹いていましたが、結婚したとき、生家の方から一人も来ませんでした。結婚して間もなく素封家どころか、わずかな土地を不動産屋に欺されて、家族が夜逃げ同様に逃げ出したことがわかりました。私と結婚するための嘘八百だったのです。栗山は見えっ張りで、いつも一発勝負ばかりを狙っていました。いまに一発でかいことをやってやると大言ばかり吐いていました。私のヒモの身分でありながら、のらくらしている仲間と遊びに行くと、札ビラ切っていい格好をしたがるのです。そのポーズに欺されて結婚した私は愚かでした。でも殺されたというのは本当なんですか」

喜美子は、栗山に前科のあることも知らずに結婚したらしい。

「栗山さんに怨《うら》みを含んでいたような人間の心当たりはありませんか」

「ああいう見えっ張りの性格ですから、どこでだれに怨まれていたかわかりませんけど、特に心当りはありません」

「特に親しくしていた人物は？」

「遊び仲間はいたかもしれませんが、私は栗山の仲間とは離れていましたので」

「ところで松野泰造という人物に心当りはありませんか」

捜査員は、笠岡から頼まれてきたことを質《たず》ねた。

「まつの？」

「元淀橋署の刑事です。もっとも二十七、八年前ですがね」

「それじゃあ、私がまだ十五、六歳のころですわ」

「いえ、奥さんではなく、栗山さんの関係です」

「栗山の結婚前についてはなにも知らないのです。その人と栗山が何か？」

「いや、ご存じなければけっこうです」

捜査員自身あまり興味をもっていたことではなかったので、速やかに質問を打ち切った。

田島喜美子によって、栗山重治がビュルガー氏病を患い、腹部両側交感神経切除と両足小指切断手術をうけた事実がわかった。時期も昭和二十四年で、解剖の所見と一致していた。

一万人に一人の発病率の難病が発症期も一致していた。しかも、笠岡が身体を削って割り出した一人の男が、その病歴をもっていた。被害者の身許はほぼ断定されたといってよかった。

そのころ笠岡道太郎は病床にあった。潰瘍《かいよう》が進行して、胃穿孔《いせんこう》をおこしたために、出血をうながしたという診断であった。大量の出血を補うために輸血が行なわれたが、胃の穿孔部分から腹膜炎を併発する危険があるために手術が行なわれた。

忌避《きひ》された青春

I

石井雪男の病室で偶然知り合ってから、朝山由紀子と笠岡時也の間に交際がはじまった。若い者に理屈はいらない。二人はたがいの中にある種の予感を感じた。

「ぼくは、あなたをずっと以前から知っていたような気がしてならないのです」

と時也が言えば、由紀子もうすく頰を紅潮させて、

「私も」とうなずいた。

「そのずっと以前というのは、こんなことを言っていいのかどうかわからないけれど、生まれるずっと前からという意味なんです」

「あら！　私もそうなのよ」

二人はたがいの目の奥を見つめ合った。それはすでに愛の告白であり、彼らはたがいの中に運命的なものを嗅《か》ぎ合っていたのである。

時也は間もなく就職が決まった。それはいちおう名の通った市中銀行であった。父親の堅い職業が入社試験において好感をもたれたらしい。待遇も世間の水準よりよく、入社と

同時に結婚しても、どうにかやっていける程度の月給が保証されている。

就職が定まってから時也の由紀子に向ける姿勢はより積極的になった。由紀子は老舗《しにせ》「あさやま」の娘として、いい縁談が降るようにあるだろう。現にきているかもしれない。

時也はそれを知りながらも、就職が決まったことは、女性にプロポーズする経済的資格を得たような気がした。

「時也さん、一度、私の家へ遊びにいらしてくださらない？」と由紀子が言ったのも、彼を自分の将来に深い関わりをもつ人間と意識しだしたからである。

自分が選んだ男を両親に絶対に気に入ってもらわなければならない。

まだ両親には、時也のことをなにも話していない。具体的に話す前に、時也を引き合わせ、好感の土壌をつくっておいてから切り出すつもりであった。

それに運命的な予感はあったものの、言葉に出して約束したわけではない。二人の間にどんな障害が横たわっているかわからない。

「えっ、あなたの家へ行ってもいいのですか」

時也はびっくりした声をだした。まだ異性の家へ招かれたことはなかった。

「もちろんよ、両親にも会っていただきたいの」

「ご両親に⁉」

時也はますます驚いた表情をした。相手の両親に引き合わせられることは、異性との交際において、親の許容を取り付けたことになる。

「会ってくださる？」

「も、もちろん喜んで」

由紀子に顔を覗《のぞ》き込まれて、時也は慌ててうなずいた。

「そんなに固く考えることはないのよ、家に遊びに来たついでに、ちょっと顔が合ってしまったという感じでいいの」

「あなたのご両親は、ぼくのことを知っているのですか」

「母にはごく簡単に話してあるの。母ってとても理解あるのよ。あなたのことを話したら、一度ぜひ連れていらっしゃいって」

「お父さんは、どんな方なのですか」

「父もいい人よ、あまり話をしないけど、とても優しいの。私のいうことだったら、なんだって聞いてくれるわ。父と母は、恋愛結婚なのよ」

「しかし、お母さんは家付き娘だったんでしょう」

由紀子の父が入婿したことは、由紀子の言葉の端からそれとなく聞いたことがあった。

「家付きでも、愛する人と結婚できるわ。母は父と愛し合い、自分の意志で結婚したのよ」

「もしあなたにそういう人ができたら、ご両親にはっきり表明できますか」

時也はおもいきって一歩踏み込んだ。

「私にそれを言わせるつもりなの。意地悪」

由紀子は怨《えん》ずるようなまなざしで時也を見返して、すねた素振りをした。


次の日曜日、時也は朝山家を訪れた。由紀子の家は、銀座七丁目の料亭「あさやま」の裏手で、いわゆる築地料亭街とは目と鼻の先にある。「あさやま」とは廊下でつながれているが、居住区には、料亭の方の気配はいっさい伝わって来ない。

由紀子は素朴なもめんがすりを着て、時也を迎えてくれた。日ごろ軽快な洋装の彼女ばかりを見なれていた時也は、しっとりしたかすり柄の着物に身を包んだ由紀子に、まったくべつの女性を見出したように目を見張った。

「何をびっくりしてらっしゃるの」

由紀子にうながされて、ようやく我に返ったように、時也は中へ通った。彼はまず、由紀子の居室へ通された。若い女性からその居室へ導き入れられた男は、かなりの好意と信用を負託されたと考えてよい。

時也は、そのことの重みを測っていた。ごくふつうの六畳の和室で、勉強机と本棚、小さな鏡台と衣装箪笥《だんす》、隅にアンサンブルのステレオがあるだけの質素な部屋であった。朝山家の令嬢の居室としてのきらびやかさや贅沢《ぜいたく》はまったく感じられない。デスクに飾いる。

られた薔薇《ばら》と、ステレオの上の博多《はかた》人形が、辛うじて若い娘の居室らしい雰囲気を出している。

「あまり汚ないので驚いているんでしょう」

「とんでもない。あなたの飾らない姿に触れたようで、嬉《うれ》しいんです」

「本当？　それを聞いて安心したわ。母がもう少し、若い女性の部屋らしく飾ったらと言うんだけど、私、あまり飾りたてた部屋はきらいなのよ。本と音楽があれば、人間の部屋として十分だわ」

聞きようによっては気障《きざ》な言葉が、少しも抵抗を感じさせない。

「本と音楽」というだけあって、壁を塞《ふさ》いだ書棚には内外の本がぎっしりつまり、その一角はレコードジャケットによって占められている。本もレコードジャケットも不揃《ふぞろ》いで汚れており、装飾用の「全集」ではないことがわかる。

「レコード、聞きましょうか」

由紀子が誘うように言った。

「ご両親は？」

時也はそちらの方が気になってならない。

「もう少ししたら、応接間の方へ行きましょ。私、あなたをいきなり応接間へお連れしたくなかったのよ。だって応接間では、本当にその家へ迎え入れたような気がしないわ」

「しかし、いきなり女性の居室へ入り込んで、無作法なやつだとおもわれないだろうか」

「大丈夫よ。母にちゃんと話してあるもの。ねえ、そんな心配よりレコード聞きましょうよ。そのうちに父母も出て来るわ」

由紀子ははなやいだ声でレコードジャケットを引き出して、

「あなたの好きな曲がある？」と聞いた。

「あなたにおまかせしますよ」

答えながら、時也は今日の引き合わせが、重大な意味をもつことを感じ取った。由紀子は彼を「自分の選んだ人」として紹介しようとしている。これは二人の将来を決するかもしれない〝面接試験〟である。その深刻な雰囲気をリラックスさせるために、由紀子は音楽を聴こうとしている。

由紀子に案内されて、朝山夫妻の前に来た青年は、意志的な男らしい表情と、スポーツで鍛えあげたような引き締まった身体をした、いかにも若々しい雰囲気をもつ若者であった。

初対面の挨拶《あいさつ》も歯切れがよく、態度が礼儀に適《かな》っている。娘の由紀子から、ボーイフレンドを連れてくるから会ってくれと頼まれたとき、母親の由美子はどきりとした。由紀子はただボーイフレンドと言っただけだが、家に連れて来て両親に紹介しようというところに、単なるクラスメートやグループの仲間ではなさそうな真剣みを母親の直感で感じ取ったのである。

「由紀ちゃん、そのボーイフレンドって、あなたの特別の人なの」

おもわず真顔で聞くと、

「いやあねえ、お母様ったら、すぐ気をまわすんだから。ただ紹介したいだけよ、とてもいいお友達なの」

由紀子は笑って軽くいなした。

「だったら、なにもわざわざ紹介なんかしなくても」

「あらどうして？　お母様は私がどんな男の人とおつき合いしているのか興味ないの」

「そんなことはないけれど、突然言われたものだから」

「だったら、ぜひ会って。親に異性の友達を引き合わせるのは、異性との交際のマナーでしょ」と押し切られた形になった。

しかし父親まで引っ張り出したところに、由紀子の下心が感じられてならない。それだけに、今日の〝初会見〟には緊張して臨んだのである。

——もしあまり変なのを引っ張って来たらどうしようか——と昨夜は心配でよく眠れなかったほどであった。

「馬鹿だな、おまえは。べつに縁談の相手でもあるまいし、そんなに深刻になることはないよ」

と夫に笑われたが、どうにもならない。娘がボーイフレンドを家へ連れて来るのは、初めてのことだった。

それが予想した以上の好青年が現われたものだから、安心すると同時に嬉しくなった。夫の純一も、妻を笑いながらも、心の底では心配していたらしい。時也を見てすっかり上機嫌になってしまった。特に時也が山登りをやると聞いて、意気投合した。純一も若いころは大学山岳部に所属して、精力的に登っていた。

女たちの知らない山の名前や登山の術語が二人の間にぽんぽんと飛び出して、山の話題がはずんだ。

「私たちは、すっかり置いてけぼりだわね」

母娘は、顔を見合わせて苦笑した。

「ところでまだお宅のことをうかがっておりませんでしたが、お父さんはどんなご職業ですかな」

朝山純一はくつろいだ雰囲気でたずねた。もっと早く質《たず》ねるべきことがらだったが、それだけ彼らの間に山の話題が弾んだのである。

「父は警察官をしています」

「なに、警察官!」

純一の声がふと硬直したようであった。

「刑事なんです。敏腕からほど遠いので、いい齢《とし》をして所轄の平刑事をしています」

時也は自分のことのように面目なげに言った。母の時子から口ぐせのように「お父さんのようになってはだめよ」と言われて育ったために、いつの間にか父の職業を、いや父そのものを蔑視《べっし》するようになっていた。だから父のことを聞かれるのがいちばんいやであった。聞かれないのを幸いにいままで避けてきた話題を、とうとう聞かれたので、時也は、顔を伏せて答えた。そのために純一の表情と口調の硬直を見逃し、聞き過ごしてしまったのである。

むしろ、由美子と由紀子親娘のほうが、それに気づいた。

「ほう刑事さんですか」

純一は、すぐに平静な口調に戻って、言葉を追加した。だが話題はそれ以上に進展しなかった。元の山の話題へ戻ったが、急に油が切れた機械のように、話題が軋《きし》ってしまうのである。

これまでの和やかな雰囲気が信じられないくらいに、しらけてしまった。

由美子と由紀子が話に加わって、座を取りもとうとしたが、いったんしらけた空気は元へ戻らなかった。純一が全然話に乗ってこないのである。

「それでは私はこれで」

朝山純一は、まるで糸を引きちぎるように唐突に席を立つと、部屋から出て行った。

「お父様ったら、急にどうしたのかしら。せっかく時也さんがいらしてくださったというのに」

由紀子が父の立ち去った方角に愕《おどろ》きと非難のまなざしを向けた。

「お父様は、ご用事をおもいだしたのよ」

母がとりなした。

「でも失礼よ」

「本当に。ごめんなさいね、あの人、ああいうところがあるんです」

由美子は、時也にあやまった。

「いいえ、とんでもない。ぼくこそお忙しいところをお邪魔してしまって」

時也はそそくさと立ち上がった。

「あら、まだいいじゃありませんか」

「失礼します。これからまだ回る所もございますので」

時也は尻《しり》に火をつけられたように帰り支度をはじめた。今日は朝山家を訪れるためだけに当てている。しかし、由紀子の父親から拒絶されたことを雰囲気で悟っていた。

会見の前半はしごくうまくいっていた。意気投合して、女性たちが「置いてけぼりにされた」と怨《うら》むほど、話題が嚙《か》み合い弾んだ。

それが後半からすっかり興醒めてしまった。その原因は、どうやら時也の父の職業にあるらしい。純一の態度は、時也の父の職業を聞いてから冷えたのである。

それは当然だと、時也はおもった。明治以来の築地の老舗料亭の娘と、平刑事の息子とでは、まったく釣《つ》り合わない。まだ正式にプロポーズしたわけではないが、そんな大それた野心をもつ前に、家格のちがいをはっきりおもい知らせるために、冷たい態度に出たのだろう。

「あさやま」ほどの娘となると、行きずりに拾ったインスタントラヴのようなわけにはいかない。家格、資産、親の職業、一族の人間、血筋などが、本人の素質以前に問題にされる。

「所詮《しょせん》、おれは高望みをしていた。由紀子の好意に、見てはならない甘い夢を見ていたのだ」

時也は、打ちのめされて朝山家を出た。後ろから由紀子が呼びかけたようだったが、振り返らなかった。いまほど父の職業というより、社会的位置の低いことが呪わしくおもわれたことはなかった。ほぼ同じ時刻にその父が中津渓谷で夥しい血を吐いて倒れていたのを時也は知らなかった。

「あなた、さっきはどうなさったの、笠岡さんに失礼じゃないの。由紀子は部屋に閉じこもって泣いているわよ」

時也が逃げるように帰って行った後で、由美子は夫を詰《なじ》った。

「ここへ由紀子を呼んで来なさい」

朝山純一は、妻の抗議に耳も傾けずに言った。

「由紀子に何のご用事？」

「いいから呼びなさい」

純一は妻の問いに答えず命じた。やがて由紀子が目を充血させてやって来た。

「由紀子、おまえいま来た笠岡時也という男と、どの程度の仲なのだ？」

純一は、娘にいきなり聞いた。

「どの程度って、ただのお友達よ」

「そうか、それならよかった。今日かぎり、あの男との交際を止めなさい」

純一は高飛車にきめつけた。

「お父様！」

「あなた」

母娘が驚いて抗議しかけるのへ、

「あの男は、おまえにふさわしくない。いいか、いまかぎり、会うことはもちろん、連絡してもいけない。由美子もいいね、絶対に電話など取り次いではいかんぞ」

「あなた、笠岡さんは今日初めて家へ見えたばかりじゃないの。それをまたどうして？」

由美子が娘になり代わって聞いた。由紀子のほうはただ茫然《ぼうぜん》としている。

「あの男はよくない」

「笠岡さんのどこがいけないの？」

「父親の直感だ。男でなければわからない。あの男は食わせ者だ」

「そんなあいまいなことで。相手に失礼じゃないの」

「父親には娘を守る義務があるんだ。男と女の仲は、まちがいが起きたときは、いつも女のほうが被害者になる。とにかくあの男との交際は、私が許さない」

由美子は、夫がこれほど強圧的な態度に出たところを初めて見た。入り婿の身として常にひかえめに、妻の背後に隠れるようにしていた。それがいまは、自我を剥《む》きだしにしている。

「お父様、どうして笠岡さんとおつき合いしてはいけないの？」

由紀子が意外に冷静な声をだした。

「だから、おまえにはふさわしくない男だと言ったろう」

「どこがふさわしくないの？」

「すべてがだよ。いまのうちならただの友人だから、交際を絶ってもどうということはないだろう。男と女の仲は火事のようなものだ。ただの友達だとおもっていたのが、いつの間にか消し止められない恋愛の大燃焼になってしまう。そうなってから相手の正体を悟っても手遅れだ。火はボヤのうちに消し止めておいたほうがよいのだよ」

「お父様、本心はそうじゃないでしょう」

「本心だって」

純一はぎくりとしたような声をだした。

「そうよ、本心はそんなことじゃないわ。笠岡さんのお父さんが刑事なのが気に食わないのよ」

「なにを言うんだ」

「いいえ、それが本心なんだわ。だってそれまではあんなに話が弾んでいらしたのに、刑事と聞いたとたんに、急によそよそしくなって、早く帰れがしにしたじゃない」

「そんなことはない」

「いいえ、そうだわ。お父様は警察を恐れるようななにか悪いことでもなさったの」

「馬鹿！」

純一は、いきなり娘の頰を平手で張った。

「まあ、あなたったら。由紀子もお父様に向かってなんという口をきくのです」

由美子は、夫と娘の間に立っておろおろした。純一が娘に手をあげたのは、これが初めてである。それだけに、父母娘三人三様にショックが大きかった。

この父親の介入が逆効果となった。時也を両親に引き合わせたうえで正式に交際の許可を取るつもりでいた由紀子には、時也に対する傾斜に余裕があった。

運命的な燃焼はすでにはじまっていたが、まだ父の言うところのボヤの段階であったのである。それが父の阻止にあって油を注ぎかけられた形になった。堰《せ》かれることによって慕情が募った。彼らの距離は一気に縮まった。現代の若者だけに、親の阻止におとなしく従ってはいない。

連絡はいくらでもつけられた。家に閉じこめておくわけではないので、学校で自由に逢《あ》えたし、由紀子が帰宅した後でも、連絡手段はあった。

こういう親の目を盗んだアングラの交際は、二人の恋に悲恋の彩りをなして、ますます燃焼の火力を強める効果しかなかった。

3

「英司はどうしている？」

矢吹禎介は夕食の膳《ぜん》に向かいながら聞いた。

「出かけてるわ」

麻子の眉《まゆ》がくもった。

「またバイクか」

「ええ」

麻子が仕方なさそうにうなずく。夫の仕方のないやつだと舌打ちする気配が聞こえるようだった。しかし、彼は舌打ちはせずに、

「日曜日の夕飯くらい家族いっしょに食ってもいいのにな」と寂しげに顔を傾けた。

「すみません」

麻子は、息子の代わりに詫《わ》びた。

「きみがあやまることはないさ。英司も齢がくればわかるだろう」

矢吹は妻を慰めた。

「もうとうにその年齢になっているはずなのに、あの子ったら本当に、いつまで親に心配をかけるつもりかしら」

「英司は英司なりに自分の進路を探しているのさ、あまりうるさく言わないほうがいいだろう」

「私、わが子ながらあの子の気持がわからないのよ。あの子の心が途方もない遠方に行っているようで」

「あの年齢の子供は、みんなそうなんだよ。人生のどの方向にも行ける無限の可能性があると同時に、どこにも出口のないような不安ともどかしさの矛盾の中で悩んでいる」

「要するにわがままなのよ。あなたの若いころは、死ぬことだけが定められていた。ところが、いまの若い人たちは、決して死ぬことはないわ。豊かな社会の中で、自分自身も決して貧しくない。お小遣いは親からもらって、足りなければアルバイトでもなんでもして、手軽に稼いでしまう。ガールフレンドにもこと欠かない。あまりに充ち足りていることが、欲求不満になっているのよ」

「それだけに悩みが多いんだ。ぼくたちの年代の者にはその種の悩みはまったくなかった。人生は二十年しかないとおしえ込まれていた。二十歳になったら、確実に国のために死ぬ。そのように信じ込んでいるから、迷いも悩みもなかった。もっともそれはあきらめかもしれなかったがね、人生に選択の許されないことは確かだった。自分の人生は、自分の意志に関係ないんだ。その意味であまりにも膨大な選択の岐路に立たされている現代の若者は、可哀想だとも言える」

「行く気があれば、どちらの方向にも行けるのに、決して行こうとしないのよ。そしてそれを社会やおとなたちのせいにしている。いまの若い人たちは卑怯《ひきよう》だわ」

「きみは卑怯が嫌いだったね」

矢吹は、ほろ苦そうな表情をして妻を見た。自分も特攻隊の生き残りである。もし彼女が矢吹の背負っている十字架を知ったら、何と言うだろうか。

「そうよ。私は卑怯が嫌いなの。私自身それほど立派でもないくせに、人の卑怯が許せないのよ。英司だけは、そういう風に育てないつもりでいたのに、テレビの前で寝転がっているか、そうでなければ、バイクに熱くなっているあの子が、私のいちばん嫌いなタイプになりそうな気がしてならないのよ」

麻子は自分の、卑怯を許さない潔癖から失った青春をおもった。あの霧の夜の一事がなかったら、自分は、矢吹の妻にならず、英司も生まれなかっただろうとおもうと、苦いものが胸にこみ上げてくる。

矢吹は、麻子の霧に隠されたあの夜の傷痕《きずあと》を知らない。それは決して知らせてはならない青春の傷痕であった。

「少なくとも英司はバイクに熱くなっている。一つだけでも熱中できる対象をもっているということは、無気力ではない証拠だよ」

「あんなの熱中でもなんでもないわよ。バイクの性能を自分の能力とかんちがいして、暴走していい気分になっているだけだわ。勉強でもスポーツでも、自分を目立たせることができないので、バイクをめちゃめちゃに走らせて世間の注目を集めようとしているのよ。バイクの性能を自分の能力とおもいこむことによって、自分を欺いているんだわ。ああ、私、あの子にバイクを買ってやったことを後悔しているのよ。あれほど買わないでってあなたに頼んだのに」

「買ってやらなくとも同じだよ。どうせ人のバイクに乗せてもらう。同じ危険なら、自分のバイクをもたせてやりたい」

「もし事故でもおこしたらどうするつもりなの」

「私も、それが心配でたまらないんだ。しかし、バイクを買ってやらなくても、どんなにしても乗るだろう。私は英司がバイクを通して、自分の生命力をぶつけられる対象を取り戻してくれればよいとおもっているんだよ」

「あまりにも危険だわ」

「あの子は男の子だ。所詮、金庫の中にしまっておけない。たとえバイクを禁じても、もっと危険なことをやりはじめるだろう」

「あなたはあの子に甘すぎるんだわ」

「そんなことはないさ」

「あんなことでは何年かかっても絶対に大学に入れないわよ」

それが麻子の最大の懸念であった。いまの私立高校さえ、コネクションを手繰《たぐ》り、多額の寄付金を積んでやっと入れたのである。

「入れなければ、無理に大学へ行くことはないさ。あの子に適《あ》った道を探してやればいい」

「だめよ。いまは学歴がなければ、いい仕事に就けないわ。学歴無用だの実力主義だのと言うけれど、学歴は、実力で競争するスタートラインにつくための最低の資格よ。学歴がなければそのスタートラインにすらつけないわ」

「まあそりゃそうかもしれないけど、本人にその気がないのに、無理に尻《しり》を引《ひ》っ叩《ぱた》くのはどうかね」

「あなたがそんな甘いこと言ってたら、あの子は本当にだめになってしまうわよ。私はあの子に一流になってもらいたいとも、出世してくれとも言ってないわ。ただ人並みにやってもらいたいの。結果はとにかくとして、一生懸命に努力をしてもらいたいのよ」

「まだ欲が出ないんだろう」

「欲が出るのを待っているのでは遅いわ。あの子は、無欲なのではなく、無気力なのよ」

「英司はまだ熱中できるものをもっている。若い時期は、おとなの計算するように動くものではない。いまが英司の青春なんだよ。人生で自分のしたいことのできる期間は短い。せめて英司だっていつまでもバイクに熱くなっていないさ。バイクがあいつの青春なんだ。せめて青春時代に好きなことをやらせてやってもいいだろう」

「あなたはあの子に、戦争で失った自分の青春を代わりに取り返させようとしているんだわ」

「そんなことはないさ。おれの青春はきみだ。きみによっておれの青春は十分に花が開いたのだ」

「嘘！　どうせ私は姉さんの代役だったんでしょう」

「まだそんなことを言っているのか。そんなにこだわるところをみると、きみ自身にも他に恋人がいて、おれがその代役じゃなかったのかい？」

「そ、そんなことないわよ」

麻子はうろたえた表情をして打ち消した。

「まあ、英司にはおれからよく言い聞かせておこう」

矢吹は、結論のように言って、妻の淹《い》れてくれた茶をすすった。

「本当におねがいするわ。お仕事のお忙しいのはわかるけど、このごろはもう母親の言うことなんか全然聞かないんだから」


だが間もなく矢吹は、「息子の青春」とすましていられない事態に直面した。ある日、警察からの呼び出しに、何事かと出頭してみると、英司がトルエンを吸ったという。それだけでなく渋谷駅のコインロッカーに、販売の目的でトルエン五百ミリリットルを貯蔵していた。

トルエンの販売には、毒物および劇物販売業の登録をうけなければならない。警察の話によると、英司が補導されたのは今回が初めてであったが、かなり以前から、シンナーやマリファナ類を吸っていたそうである。

本来なら、少年院送りの措置が取られるところだが、父親の社会的地位も考えて、今回は特に説諭だけで帰すから、今後厳重に監督するようにと言われた。

矢吹の前に引き出された英司のふてくされた態度を見たとき、矢吹は、息子の心を蝕《むしば》んでいる病根がおもった以上に深いことを悟ったのである。

4

矢吹英司は、警察で父親と顔を合わせたとき、その顔をまともに見られなかった。恥ずかしかった。母が来てくれるとおもったが、父が来た。

英司は父が好きだった。ある意味では母よりも好きだと言ってよかった。父はすべてにおいて自分より大きかった。それは年齢や人生経験の相違からくる大きさというより、人間の基本的な構造のちがいによるような気がした。

自分が父と同じ年代になっても、決して達し得ないような巨《おお》きさがあった。

それが英司をして父に憧《あこが》れさせ、父を的《ターゲット》にさせ、そしてついにはどんなに努力しても父には及び得ないという絶望感が、英司を無気力にしていた。それが父に対する反対表現となって、彼の前では故意にふてくされてしまう。

英司は、父に及べなければ、なにをしても意味がないとおもった。父のどこが巨きいのかよくわからない。的の輪郭も、それとの距離も具体的につかめないだけに、英司の焦燥は大きく、絶望は深かった。おそらく父にも英司の焦燥と絶望はわかっていないだろう。

父は、英司を警察から引き取ってから、一言も叱責《しっせき》がましいことを言わなかった。

「トルエンてうまいのか？」

帰り道にぽつりと聞いた。

「あんなものうまいことなんか一つもないよ」

英司は、ふてくされて言った。

「そんなうまくないものをどうして吸ったんだい？」

「他に吸うものがなかったからだよ」

「そうか」

父は、うなずくと、そのまま酒場へ息子を連れて行った。

「そんなものを吸うくらいなら、お父さんといっしょに酒を飲まないか」

父は優しく言った。

「お父さん、どうしてぼくのことを怒らないんだい」

父に酒場へ連れ込まれて、英司は面喰《めんく》らった。

「怒っても仕方がないだろう」

「どうして仕方がないんだ。おれはトルエンを吸ったんだぜ。もっと悪いものも吸ったし、もっと悪いこともした。それなのにどうしてそんなに平気な顔をしていられるんだ」

「平気じゃないさ。どうしたらおまえの悩みを救ってやれるか、一生懸命考えているんだよ」

「おれの悩み？　おれに悩みなんかねえよ」

英司はせせら笑った。精々悪党ぶって笑ったつもりだが、この父親の前ではぎこちなくなってしまう。

「そうか、それならいいが、悩みがあるからトルエンなんか吸うんじゃないのかね」

「お父さんが酒飲むのは、悩みがあるからかい」

「悩みを忘れるために飲むこともあれば、楽しみで飲むこともある」

「その後のほうさ。楽しみのために吸ったんだ。がたがた騒ぐことなんかない」

「お父さんは騒いでなんかいないよ。ただトルエンを吸うことは身体によくない。許可なく売ることも禁じられている。そんなうまくないものを、禁を犯して無理して吸ったり、売ったりすることはないとおもうな。おまえの年代なら、楽しいことは他にいくらでもあるはずだ」

「止めてくれ。いくら親だからといって、楽しみまで、いちいち指図されたくないね」

「これは悪かったな。お父さんはおまえを信じているよ。しかしお母さんにあんまり心配かけちゃあいけないよ」

「ふん！　おふくろの顔なんざ見たくもないね。おれの顔さえ見りゃ、やれ勉強しろの、卑怯だの、無気力だのと言いやがる。自分がどれほどご立派な女か知らないが、私のいちばん嫌いな人間は、卑怯な男だとさ。だからおれは、あの女のいちばん嫌いな人間になってやろうと決心したのさ」

母を悪く言うのも、父に向けるいやがらせである。

「自分の母親のことをそんな風に言ってはいけない」

「父さんはおふくろみたいにおれにあれしろこれしろって指図したことがないね、そいつも見放されているような気がするんだな」

「私の若いときは、二十歳になったら、必ず戦争に取られることが決まっていた。戦争に行けば死ぬこともわかっていた。人生が二十年しかないんだ。それ以外の選択はあり得ない。死ぬことだけが義務づけられた青春だよ。だから、おまえの青春に指図したくないんだ。青春は短い。すぐに過ぎてしまう。その青春を受験勉強やテストに縛られることなく自由に過ごさせてやりたい。その自由に多少の履きちがえはあっても、私はおまえを信じているんだ。なにかがおまえの心を屈折させている。その屈折をはずしてやりたいとおもっている。だから率直に言ってくれ。指図はしないが、おまえの父親として協力したい」

「止めてくれよ、そんな言い方。自分の父親と話しているという気持がまったくしないよ。おれはね、指図も協力も干渉も放任もいやだね。なにもかもいやだ。顔を見るのもいやだ」

英司は父親に向かってどなりながら、そのような自分自身が最もいやになっていた。

矢吹英司は、自分がいつの間にはみ出してしまったのか、はっきり記憶にない。たしか中学一、二年のころまでは、ごく普通に勉強していたような気がする。それがいつの間にか学校の授業が退屈でたまらなくなった。

先生の話が耳から耳を通過するだけで、教室に坐《すわ》っただけで眠けをもよおした。こんな退屈な授業を熱心に聞いていられる同級生がべつの世界の住人のように感じられた。

事実、彼らは英司とはべつの世界の住人になっていた。同じ教室に机を並べていても、心は、べつの星にいるように離れていた。

英司はある日、クラスの優秀生から、一つの奇妙な依頼をうけた。その生徒は英司をものかげに呼んで、ある連続テレビドラマを欠かさず見て、その話の進行を話してくれれば、一か月千円くれるというのである。その番組は当時、中学生の間に人気があったもので、英司もずっと見ていた。

言われなくとも見ている番組なので、お安いご用と引きうけると、同級生は見るべき番組を次々に増やして、〝手当〟を引き上げてくれた。彼は手当を支払うとき、このことは絶対にだれにもしゃべってはいけないと口留めした。

同級生の魂胆は間もなくわかった。彼は、優秀な競争者を集めると、英司が見てその筋を話してきかせた連ドラを、いかにも自分が見たかのように手ぶり身ぶりよろしく話していた。彼はライバルたちを安心させるために、そんなトリックを用いたのであった。

だが、英司を驚かせたのはそのこと自体ではなく、英司の〝雇い主〟のライバルが、その話題に対応できたことである。クラスは偏差値によってできる者とできない者、あるいは野心をもっている者と野心を捨てた者の二色に色分けできる。そして前者は狭き門を目指して猛烈なセリ合いをくり広げ、ライバルたちを出し抜くために、あらゆる手段をつくす。

できない者を雇って〝テレビ工作〟をしたのもそのためである。その費用も親からちゃんと出ているのであった。

それを知ったとき、英司は完全に受験競争の戦列から離れた。同級生をあさましいとおもったからではない。そんな連中と競争してもとてもかなわないとおもったのである。

先生も、英司たち〝去勢者〟はまったく眼中においていなかった。優秀な者だけをすくい上げて、一人でも多く一流有名高校へ進学させるために、全力を集中した。落ちこぼれを一人救うためには十人、いや百人の優秀生を犠牲にしなければならない。しかもそのことは少しも教師としての実績につながらないどころか、優秀生の父母から猛烈に排撃される。そんな割の悪いことに、教師生命は賭《か》けられない。

現代の教師にとって優秀な生徒とは、偏差値の高い者のことである。なにか一つの教科や対象にずば抜けた成績や才能をしめしても、偏差値の前には不能である。偉大な才能とは、極端な才能の偏在である。それが毒にも薬にもならないオールラウンドプレイヤー的平均人間の指標のような偏差値になじまないのは、当然である。偏向した異才が花開く前に偏差値のローラーにかけて、団地的な平均人間に改造し、それを量産するのが、現代の教育システムであった。

いまや教師も、保険や預金の外交員のノルマのように、一流校合格者の数によって、評価されるようになった。馬鹿馬鹿しいことではあっても、それが動かし難い現実であった。

「おまえ、どうしてそんなに勉強するんだ？」

一度、英司は〝雇い主〟に聞いたことがあった。

「自分のためだよ」

雇い主はきまりきったことを聞くなと言わんばかりに答えた。

「勉強ってそんなにおもしろいか」

「おもしろいとかおもしろくないなどと言っちゃあいられないよ。とにかく自分のためなんだ」

「自分のためっていうのは、いい学校へ入ることか」

「いい学校へ行ったほうが先へ行って楽だからね」と言ってから彼は急に警戒のまなざし

になって、「まさかおまえもこれからいい学校へ行こうなんて気をおこしたんじゃないだろうな」と聞いた。ライバルが一人でも増えるのを恐れたらしい。

「冗談じゃないよ。そんな気持はかけらも失っちゃったね。万一、いまからそんな気をおこしたところで間に合いっこない」

「それもそうだな」

雇い主はようやく安心した顔に戻った。

「一日何時間くらい勉強するんだ?」

「他のやつに言っちゃいけないぞ」

「そんなこと言うはずねえだろう」

「そうだろうな、もし言ったら、もうおまえをモニターに頼まないよ。とにかく企業秘密と同じなんだ」

「安心しな。おれだっていいアルバイトをふいにしたくない」

「一日、五時間くらいだな」

「えっ学校から帰ってからかい」

「あたりまえだ。学校の授業は勉強のうちに入らない」

「すると、飯食う時間や寝る時間もなくなるだろう」

「勉強以外の時間は最少限に切り詰める。どうしても自分で見たいテレビがあるときはその時間に合わせて飯を食うんだ」

雇い主は、英司を自分の雇い人として気を許してか、わりあい素直に手の内を明かしてくれた。しかし、それは英司を驚嘆させることばかりであった。

「そんなに勉強して将来何になるつもりなんだ?」

「医者か技師になるよ。おやじは儲《もう》かる者になれって言うんだ。弁護士なんかもいいな。そうだ、進学塾の先生も悪くない。とにかく一日二、三時間の授業で金になるし、だいいち格好いいもんな。おまえもし行くとこなかったら、おれが用務員に雇ってやってもいいぞ」

「おれでも用務員ぐらいになれるかな」

英司は怒りもせずに聞いた。彼と話していると、自分でも呆《あき》れるくらいに卑屈になった。後になってから腹を立てるのだが、またその事実自体にいっそう腹が立った。

このころから英司は、一流の狭き門へ至るコースを断念してしまった。「一流」の虚《むな》しさを悟って自ら下りたのではなく、それに乗りつづけるための厳しいせり合いからはじき出されたのである。

英司は金を積んで都内の二流の私立高に二次募集で入った。それでも一年の一学期のうちは、この学校で挽回《ばんかい》しようという気持があった。だが同級生はみなドロップアウトばかりで「どうせおれたちは余計者」という意識が強かった。どこへ行ったところで偏差値で初めから色分けされているから、劣等感はつきまとってくる。

先生もドロップアウトの生徒を奮起させようとする情熱など一片もなく、塾や予備校でのアルバイトに忙しかった。中には自分で私塾を経営している先生もいて、授業中に生徒を勧誘した。

生徒は教室で平然と喫煙し、授業中にポルノ雑誌を回し読みした。教師もそれを見て見ぬ振りをした。

ある生徒が、終業ベルが鳴ってから質問したことがあった。それに対して教師は、「自分の授業時間は終わった。もう支払われていない自由時間だから、この次の授業のときに答える」と言った。これを聞いたとき、英司の心の中にわずかに残っていたやる気は、完全に粉砕された。

「おれたちゃどうせ半端者だよ。勉強したってはじまらねえよ」と生徒たちは授業をエスケープして喫茶店《サテン》にたむろしている時間のほうが多かった。

教室には荒廃した空気が漂い、生徒たちにとって喫茶店も教室も大したちがいはなかった。

英司も速やかにエスケープ組に加わり、喫茶店で他校の不良グループと交わるようになった。喫茶店でハイミナールやシンナーやマリファナの味をおぼえた。シンナーは気持が悪くなるが、トルエンはいいとおしえてくれたのも、喫茶店で知り合った不良仲間だった。

ディスコティックで不良少女とも知り合った。暗がりの中で身体を揺さぶるようなロックに合わせてサルサやゴーゴーを踊っていると、学校にはないなにかがあるような気がした。それはディスコの暗がりのような、受験競争からはじき出された少年少女たちの暗い連帯感であった。

英司は、彼らといっしょにいると、不思議に心が安らいだ。不健康な仲間だが、〝同病者〟であることはたしかだ。

仲間といっしょにいると、金がなくともなんとか食い物にありつける。喫茶店代のないときでも、だれかが払ってくれる。夜はだれが借りているのかわからないアパートの一室へ転がり込んでゴロ寝したこともある。セックスも自然におぼえた。

高二の終わりに、ディスコで知り合った暴走族の若者にバイクの尻に乗せてもらった。いわゆるナナハンと呼ばれるマシンだった。

彼はそのときの強烈な刺戟《しげき》にしびれてしまった。耳をつんざく排気音をハイウエーに撒《ま》き散らしながら、一五〇ぐらい軽く出す。ちょっとハンドルを誤っても、骨まで砕ける速度である。全身がカッと熱くなり、マシンから下りると絞るような汗が吹き出す。失禁もしたかもしれない。

この刺戟に比べたら、ロックも、クスリもセックスも子供だましだった。英司は早速二輪運転免許を取って暴走族の仲間入りをした。

彼らは土曜の夜に集まり、大挙して深夜の路上へ押し出した。信号はすべて無視、最高速度制限なしで吹っ飛ばす。

一般車は彼らの前に立ちすくみ、警察は茫然《ぼうぜん》として見送るだけであった。そのとき道路は、いや世界は確実に彼らだけのものだった。世界の中心にまぎれもなく彼らはいた。

頭脳細民と嘲《あざけ》られ、社会からはみ出して暗がりの中で息をつめるようにしていた彼らは、いまよみがえった。社会と学校で敗北感ばかりを積み重ねてきた彼らが、いま初めて勝利を手にした。マシンに颯爽《さっそう》とまたがった彼らは、いま社会を足下にねじ伏せていた。

「なぜもっと早く」

英司は、マシンという社会を征服するための忠実な僕《しもべ》を得て、マシンなしに過ごしてきたこれまでの屈従の生活が口惜《くや》しかった。

マシンは決して英司を裏切らなかった。どんな命令にも忠実に従い、これまで堆積《たいせき》してきた彼の屈辱を一気に雪《そそ》いでくれた。

マシンは自分の主人に少しも努力を要求しない。ただ運転免許を取るだけで、アラジンの魔法のランプのように、その素晴らしい性能を主人の意のままに発揮してくれる。

市販のバイクを足を地上につきやすくするために、シートを薄くし、ハンドルを低い注《オ》文部品《プション》と換える。ハンドルグリップを細身にして、ブレーキやクラッチレバーを外車のパーツと交換する。マフラー、ホイール、クランクケースカバー、タンク等にも工夫を凝らし、オリジナリティを打ち出す。

このように、改装に改装を重ねてマシンの性能を引き上げていく。性能だけでなく、ファッション面でも見ちがえるようにドレスアップされる。マシンの性能と衣装が即その主の力とプレスティージにつながるのであるから、あるだけの金を注ぎ込む。

マシンはいまや英司にとって一つの人格をあたえられた恋人であった。英司そのものと言ってよかった。

マシンという神通力をもった従者を従えた英司に、少女たちが群がってきた。

「英司、乗せて」

少女たちは現代のロシナンテに颯爽とまたがったハイウエーのドン・キホーテに熱い憧《どう》憬《けい》の視線を寄せた。学校では決して寄せられたことのない異性のまなざしである。

「どこへ行こうか」

「どこへでも英司の好きな所へ」

彼女らはスピードに酔い、信じられないほどの深いバンク角でのコーナーリングに失禁せんばかりに興奮した。

「もっと、もっと飛ばして」

「死ぬかもしれないぞ」

「いいわ、英司といっしょなら」

「死なせはしないさ」

アクセルグリップが絞り込まれて、スピードメーターの針がぐんぐんと上がる。

それは死と背中合わせのスピードであった。死神の手のほんのわずかなバランスによって支えられているスピードと言ってよい。ごく些細《ささい》なミスから、高速はそのまま骨をも砕く衝撃となってマシンを玩《もてあそ》ぶ若者の命を叩《たた》き潰《つぶ》してしまうだろう。

それだけに性能と技術の限度いっぱいに極まったスピードには、死を孕《はら》む静寂があった。

「静かなのね」

「停まっているみたいだろう」

「本当だわ」

「マシンはね、スピードを出しきったときは停まっているのと同じなんだよ」

「いま初めてわかったわ」

「マシンが停まっていて、道や世間が後ろへ向かって動いているのさ」

「私たち、どこへ行くの?」

「どこへも行かないさ。こうやってここにいるだけだ」

「それじゃあ何のために走るのよ」

「停まるために走るのさ。自分一人だけが世界の中心の真空の中にいて停まっているんだ」

「それいい、いかすわよ。まだ少し動いているわ。もっと完全に停めて」

彼らはいまハイウエーの宇宙を光のように移動しながら、宇宙船のようにまさしく一点に停止していた。

「ねえ、いまセックスしてみない」

女はスピードに酔って、途方もないことを言いだした。

「やってみるか」

「どういう風にしたらいいの」

「きみが前に来て、ぼくと向かい合うんだ」

「恐いわ」

「やっぱりだめだ。マシンが嫉《や》くよ」

無理な体位に自衛本能が働いて、たちまちスピードが落ちる。恐怖がよみがえってきた。

「マシンが嫉くの？」

「そうさ、完全に〝停止〟しているときは、マシンとセックスしているんだよ。マシンと一つになって初めてあんな感じになれるんだ」

「練習すれば、できるようになるんじゃない」

英司は、少女と語り合っている間に、極限の走行中のマシンと少女との〝三角関係〟に異常なスリルをおぼえてきた。

5

手術のおかげで笠岡道太郎の病状は小康状態を取り戻した。彼の最大の関心事は、その後の捜査の行方であった。彼とコンビを組んだ本庁捜査一課の若手下田刑事が、その後の進展の報告がてら見舞いに来てくれた。

笠岡は下田を出し抜いた形になっていたので、彼の顔を見るのがおもはゆかった。ところが下田はまったくそんなことは気にかけていない様子である。本庁詰めには、エリート意識にこり固まった刑事が多い中で、下田は若いに似あわず鷹揚《おうよう》なところがある。

「やあ、下田さん。今度は勝手に動いてしまって申しわけない」

笠岡が率直にあやまると、

「とんでもない。日曜日にそんなお身体だったにもかかわらず、手弁当で出かけられた熱意に打たれています。私も見習わなければいけないとおもっているのですよ」

下田は皮肉でなくて心から感嘆している様子だった。

「いやあ、私など見習ったら大変なことになりますよ。年寄りをからかわんでください」

笠岡は真顔で応じてから、

「ところでその後、捜査はどうなりましたか」

と最も気がかりのことを質《たず》ねた。下田は要領よく、被害者の身許《みもと》が割れて、その妻の田島喜美子を当たったことを話した。

「すると、最近は栗山重治と田島喜美子の間に連絡はなかったのですか」

「その五、六年前に金を無心に来たのが、最後だったそうです」

「栗山が特に親しくしていた仲間や、怨《うら》みを含むような人間の心当りもないのですね」

「ありません。ようやく身許を突き止めたものの、それから先がさっぱりなのです」

下田は、笠岡がせっかく身体を削って見つけてきた資料を、一歩も発展させられないのが面目なげであった。

「栗山の前妻には怪しい点はないのですね」

別れた妻に依然としてつきまとう前のぐうたら亭主は、彼女にとって邪魔者以外のなにものでもあるまい。もし彼女に現在べつの男が存在して、前の亭主と接触していることを知られたくなければ、十分に殺人の動機をもつことになる。

「その点はよく調べました。田島喜美子は信用してよいとおもいます。目下伊東市で小料理屋の経営に熱心で、栗山とはまったく絶縁していました。周辺に聞き込みしても、栗山らしき人物は全然浮かび上がりません」

「その小料理屋ということですが、どんなものを出すのですか」

笠岡は、小料理屋からタニシをふと連想したのである。下田は笠岡の肚《はら》の中を読み取ったように、

「タニシや山菜は出していませんよ。伊東ですからね、主として海の魚の刺身ですな」

「田島喜美子には、新しい旦那《だんな》がいるのですか」

「網元上がりの市会議員で、旅館を経営している小松徳三郎という男が世話をしています。その小料理屋も小松が金を出したそうです」

「小松は、喜美子の結婚歴を知っているのでしょうか」

「知っています」

「小松が栗山に含むという可能性はありませんか」

「あり得ませんね、小松はなかなか絶倫《ぜつりん》でしてね、市内や熱海にまだ何人か女を世話しているのです。最近最も熱を入れているのは、熱海の芸者だそうで、田島喜美子からは足が遠のいているそうです」

「なるほど。秋風のたちはじめた女を独占するために、女の前の亭主を始末するとは考えられませんね」

「まず小松と喜美子は、このヤマには関係ありません」

「すると、中津渓谷で栗山といっしょに飯を食った男は、どこから来たんだろう?」

笠岡は半ば自問するようにつぶやいた。下田はその問に答えられなかった。そのとき看護婦（師）が点滴の薬液を取りかえに来た。

「いや、これはついつい長居をしてしまいました。どうか捜査のほうはご心配なく、十分ご療養してください。本部長やキャップもいずれ見えるそうですが、くれぐれもお大切にということです」

下田はそれをしおに立ち上がった。つい相手の状態を考えずに、問われるままに話し込んでしまったが、見るも痛々しい憔悴《しょうすい》ぶりだったのである。

「お忙しいところをわざわざお越しいただいてとても嬉《うれ》しかったですよ」

「また近いうちにまいります」

「なにか新しいことがわかりましたら、またおしえてください」

「必ず」

下田が帰ると、さすがに疲れが発した。全身の血液を失いかけて危うく死にかけた命である。下田が面会謝絶の解けた第一号の見舞客であった。

笠岡の病室は重症患者用の個室である。症状が軽くなれば、大部屋へ移されることになっている。

看護婦が新しい点滴を付けかえてから、

「だいぶ顔色がよくなりましたよ」

「いやもう退屈で退屈でたまりません。テレビでも見られませんかな」

「とんでもない！　あなたのお腹には穴が開いていたんですよ、さいわい手術の経過はいいけれどなによりも本人の養生が大切なのです」

「看護婦さん、一つ本当のことを教えてくれませんか」

笠岡は相手の目をじっと見つめて、

「私は本当に胃潰瘍《いかいよう》なんですか」

「潰瘍が深くなって胃の壁に穴を開けたのです」

「それは表向きの病名で、本当はもっと深刻な病気じゃないのですか。たとえばガンのような」

「な、なにをおっしゃるのです」

「もし私がガンだったら、どうか隠さずに本当のことを教えていただきたいのです。そのことによってがっかりしたり、取り乱したりは絶対にいたしませんから。どうせたすからない命ならば、生きている間に、ぜひともやっておきたい仕事があるのです」

看護婦は笠岡ににじり寄られてたじたじとなった様子だったが、きわどい所でこらえて、

「自分で勝手に病名を診断してはいけませんよ。そのために先生や私たちがいるのですからね」

「看護婦さん、おねがいです。本当のことをおしえてください」

「あなたは、本当に胃潰瘍です。潰瘍が深くなって胃壁に穿孔《せんこう》をおこしたのです。手術で孔《あな》を塞《ふさ》ぎましたから、大切にしていれば必ずなおります。胃潰瘍はなおりやすい病気です。あなたのように勝手にガンを想像したり、不安をもったりすることがいちばんいけないの

ですよ。安心して療養に専念してください」

「私には、そんな閑《ひま》はないのです」

「そんな体でなにをおっしゃるのです。最低二か月は入院ですよ」

「二か月も！」

「もう少し快《よ》くなったら、もっと大きなお部屋へ移してあげますから、お友達ができますよ。そうしたら病院生活ももっと楽しいものになるわ」

「看護婦さん、いま何と言いました！」

「ああ、驚いた！　どうなさったの、いきなり大きな声をだして」

「いま友達ができるとか言いましたね」

「ああ、そのことですか。長期入院の患者さんの間では、短歌や俳句のグループもできているのよ。あなたもよくなったら入るといいわね、もっともそんなに長くはならないとおもうけれど」

笠岡は、看護婦の語尾をほとんど聞いていないように何事かに一心を集めていた。看護婦は勝手な人と言うような表情をして病室を去りかけた。

「看護婦さん、いまぼくの所へ来た見舞客を呼び戻してくれませんか」

笠岡がその後ろ姿へ呼びかけた。

「え？」

看護婦が足を停めて振り返った。

「おねがいします。帰ってしまわないうちにここへ呼び戻してください」

「もう面会時間は過ぎていますわ」

「そこをなんとか」

「そんな無茶ですわ」

「呼び戻してくれなければ、私が行きますよ」

笠岡は、いまにも点滴をはずしそうにした。


笠岡の着眼は下田を経由して捜査会議に出された。

「すると栗山重治がビュルガー氏病で入院していた病院を洗えというのだな」

警視庁から来たキャップの那須警部が、金壺眼《かなつぼまなこ》を光らせた。

「栗山は二十三年四月から二十四年六月まで一年二か月間T大医学部付属病院に同病の治療のために入院しております。刑務所で服役中に発病したのです。笠岡さんはこの入院期間中に生じたかもしれない人間関係を洗うべきだと主張しております」

那須はなるほどというように大きくうなずいた。被害者の身許が割れる前は、ビュルガー氏病の手術の痕《あと》から、病院関係や医師関係を捜査していた。だが、身許が確認された後は、もっぱら被害者の身辺を中心に捜査が進められていたのである。

「入院患者仲間は、盲点だったかもしれないな」

同調の声が何人かの口からもれた。

「しかし、昭和二十三年ごろというと、ずいぶん前のことだし、戦後の混乱がまだおさまっていない時代だ。はたして病院にそんな古い記録が残っているだろうか」

と危ぶむ意見も出されたが、

「かなりの困難が予想されるが、とにかく調べてみよう」

那須が結論を出した。捜査のポイントは、

一、栗山の入院期間中親しくしていた人間、

二、入院中加入していた同好サークルの有無とその仲間、

三、入院中の担当医や担当看護婦、

四、入院中の面会人、

五、出入商人、――等に置かれた。

蒼《あお》い散華《さんげ》

I

戦局はますます逼迫《ひっぱく》していた。硫黄島《いおう》はすでに失陥し、沖縄が陥《お》ちるのも時間の問題になっていた。連合艦隊の最後の頼みの綱の戦艦大和《やまと》も、四月七日、片道燃料だけ給油されて特攻作戦に出撃し、米艦載機三百機の攻撃をうけて、徳之島西方洋上の藻屑《もくず》と消えた。ここに伝統を誇った帝国海軍は、事実上、潰滅《かいめつ》したのである。

いまや特攻作戦は、日本軍にとって、最後の抵抗手段となった。戦果があろうとなかろうと、もはやそれ以外に日本軍は武器をもたなかった。

少年飛行兵出身の特攻隊員が、国の楯《たて》となって死ぬことに疑惑をもたず、「悠久の大義」に生きるヒロイズムに駆られていたのに対し、学徒兵は、戦争と軍隊を冷静に批判できる年齢に達していた。

彼らは、教室から身を挺《てい》して国難に当たるために戦いの場に出て来た者たちである。戦争を嫌悪しながらも、祖国を守るための若者としての止むを得ない責務とうけ入れていた。

しかし、物量と科学の粋《すい》で鎧《よろ》った米機動部隊に対して誇大な大和魂だけで武装しての紙飛行機を飛ばすような特攻に疑惑をもたざるを得なくなった。

学生たちのある者は、自分たちの役目を正確に悟っていた。

「おれたちは軍部の気休めなのだ。特攻がもはや大した効果をあげないことを彼らは知っている。しかし紙飛行機でも、軍が存在する以上飛ばさざるを得ないのだ」

特攻隊員は、その紙飛行機の部分品として死ぬべく運命づけられている。それがわかっていながら、逃れるすべがない。

学徒兵たちは、生きている間に必死に遺書を書いた。肉親や恋人や友人たちにせっせと手紙を書いた。書くことはいくらでもあった。

生きている間に、自分の生のあかしを文字に残そうとして、時間の許すかぎり書き綴《つづ》った。そのかたわらで少年飛行兵出身の特攻兵が「同期の桜」を歌っていた。戦局が切羽つまってくるにつれて、彼らの歌い方も切迫してきた。なにかに憑《つ》かれたような歌いぶりであった。

事実、彼らは歌うことによって、少しでも不安をまぎらせようとしていた。少なくとも歌っている間は、「殉国の精神」に陶酔し、不安を忘れられた。

少年飛行兵出身者には、この期におよんで遺書ばかり書いている学徒兵が未練たらしく見えた。しかし彼らも本心はなにか書きたかった。書きたいことは山ほどあるようであったが、うまい言葉が頭に浮かんでこなかった。こうして歌の中に逃避せざるを得なくなった。

特攻隊員の交代は激しかった。朝出撃していって基地がガラ空きになると、夕方には新たな特攻要員が到着して、束の間の活気を呈する。

出撃して行った者が必ず死ぬとはかぎらなかった。悪天候に阻《はば》まれたり、機体が故障を起こしたりして、少数ながら途中から引き返して来た者がいた。

引き返して来る者も命がけである。特攻隊は目標を狙うことに熱くなって、爆弾の起爆装置を作動させるのを忘れる者が多かったので、離陸直後に安全装置をはずすように命令をうけていた。ところがいったんはずした安全装置は元へ戻すことができない。

そのために止むを得ぬ事情で途中から引き返してきた者は、安全装置をはずした二百五十キロや五百キロ爆弾を抱いたまま着陸しなければならなかった。こんな経験はベテラン搭乗員にもない。まして特攻隊員は超低空接敵方式ばかりを訓練させられて、緊急着陸の訓練などは施されていない。それでなくとも沈下速度の速い旧型機は着陸の衝撃で固定脚の折れる危険が大きかった。

矢吹も一度出撃したが、吐噶喇《とから》海峡で悪天候に阻まれて引き返して来た。すでに爆弾の安全装置ははずしてある。爆装した特攻機が着陸するときは、基地の将校連は滑走路から遠ざかっている。必死のおもいで矢吹は接地したが、滑走をはじめてホッとしたときに激しい衝撃がきて、機体が逆立ちになった。目から火花が飛んで、矢吹は気を失った。着陸時に脚が滑走路に引っかかったのである。奇蹟的に爆発を起こさなかったが、機は両脚折損とプロペラ全壊で使えなくなった。

矢吹は前額部に軽い擦過傷を負っただけで助かった。代替の乗機はなかった。矢吹は乗機が届くまで、特攻からはずされることになった。基地には死に遅れた仲間が他にもいた。それぞれに止むを得ない事情から、生きのびたのであるが、彼らは仲間たちに死に遅れたという意識をもった。

いったん引き返して来ると、なかなか次の出撃の機会のこない場合があった。悪天候がつづいたり、故障機の代機のないまま、待機を命じられるのである。彼らは生きているのが辛《つら》かった。

飛行機の生産力は底をつき、飛行機の数より搭乗員の数が多くなった。乗機を失ったまま、代替機をもらえない者に、特攻訓練だけ施されて飛行機をもたずに送られて来る特攻兵が加わったからである。

「きさまらがたるんどるから、天候が悪くなったり、機が故障をおこすんだ」

上官たちは、無茶苦茶な言いがかりをつけて生き残った特攻隊員を罵《ののし》った。ひと度特攻隊員に選ばれたからには、なにがなんでも死ななければならないのである。特攻隊員にとって生きていることは罪悪であった。

「いいか、きさまらは人間だとおもうな。特攻機の一部とおもえ。一度出撃したら、敵艦になにがなんでも食らいつけ、きさまら自身が人間兵器なのだ」

　上官は、このような血迷った命令を平然と出した。

「特攻隊が神様だなどと、だれが言いだしたんだ。神は神でも、紙飛行機の紙様だろう」

　六月に入り、沖縄が終焉《しゅうえん》を迎えつつあることがだれの目にも明らかになると、学徒兵に特攻の意義をまともに信じている者はいなくなった。

　祖国防衛の責務として素直にうけ入れていたものを、止むを得ない運命としてあきらめるようになっていた。

　だが、まだこんな愚かな死にざまに正面だって反抗する者の出なかったのは心の底に、「悠久の大義」の殉国精神が辛うじて生き残っていたからであろう。

　隊員たちの気持は、日ましに荒《す》さんできた。夜は酒を飲んで騒いだ。乱酔した隊員同士が軍刀を抜いて斬《き》り合いをはじめたこともある。

　彼らの荒廃した心に一抹のうるおいをあたえてくれたのは、奉仕隊の女学生だった。彼女たちは特攻隊員の身の回りの世話を甲斐甲斐《かいがい》しくした。洗濯をしたり、家で特別につくった食物を差し入れてくれたりした。そしてそれぞれの工夫を凝らした手製の人形を隊員たちに贈った。

　彼らはその人形を肌身離さずもち歩き、特攻機に吊《つ》るして出撃して行った。人形を贈ってくれた女学生が、その隊員の束の間の恋人となるのである。

贈る女学生も、必死であった。自らの指を切って、その血で人形に日の丸や激励の言葉を書く者もいた。

出撃したら、生きて還《かえ》れない。女学生たちにとって、特攻隊員は憧《あこが》れの的である。男女の交際の禁止された時代で、特攻隊員と奉仕隊の女学生だけは公然と交際できた。

限界状況の中に閉じこめられた若い男女は急速に親しくなり、恋の火花を散らした。明日のないことが彼らの恋を悲壮感で彩り、どちらの方角にもそびえ立つ絶望の絶壁の高さが、恋の燃焼の効率を高めた。

だが、彼らの恋愛は、おおかたプラトニックであった。たがいに需《もと》め合うものをもっていながら、恋をあまりにも偶像化して、セックスをかえって意識しなかった。

特攻隊員にとって女学生は、女神であり、女学生にとって隊員は護国の神であった。神様同士が肉欲を充たし合うなど、とんでもないことであった。また、明日は死ぬという意識が、彼らに性欲をおぼえさせなかった。彼らはもっと次元の高い所で、あるいは性を知らない者の稚《おさな》い浅瀬で愛し合っていた。事実、彼らの大多数は童貞と処女であった。

だが中には、たがいの身体に備えているものを、具体的にあたえ合ったカップルもいた。

2

柳原明人《あきと》という京都出身の幹候《かんこう》あがりの少尉がいた。矢吹と同じ特操二期である。彼は、進んで祖国を護る捨て石になろうとして、特攻隊を志願したのであるが、連日体当り訓練ばかりさせられているうちに、特攻隊に疑問をもつようになった。

「本当に祖国を護《まも》るためなら、この一命喜んで捧げよう。しかしいまの特攻を見ていると軍部の気休めにすぎないような気がする。おれたち人間として死ぬのではなく、兵器の一部として死ぬ、いま死なされるのだ」

柳原少尉は、矢吹に自分の疑問をそっともらした。それはだれもが抱いていた疑問であった。だが、人間でも兵器でも、どうせ死ぬなら同じだと悲しくあきらめていたのである。それにいまさら疑問をもったところで、死ぬべく義務づけられた自分の運命から逃れられない。

「おれはいやだよ。人間なら、人間として死にたい。それは人間として当然許される権利だ」

柳原は、矢吹だけには、胸を割って話した。

「しかし、いまさらそんなことを言ったってどうにもならないだろう」

「おまえ本当に、あんなおんぼろ飛行機に重い爆装をして、グラマンの中をかき分けて敵さんの空母の上にたどり着けるとおもっているのか」

「おもっちゃいないさ。しかし命令だ」

「命令、ふん、馬鹿馬鹿しい。いくら命令だと言っても、犬死にしろという命令なんかに従えるか」

「どうするつもりだ」

「おれは死にたくないんだ」

「だれだって死にたくないよ」

「特におれは死ねないんだ」

柳原の言葉にもう一枚底があるようなニュアンスを悟って、矢吹は相手の目を覗《のぞ》き込んだ。

「これを見てくれ」

柳原はポケットから一枚の布を取り出した。

「何だ、これは」

「まあ開いて見てくれ」

「これは？」

布は一枚の無地の手拭《てぬぐ》いである。中央に褐色の日の丸が描かれ、その左脇に「生きていて。澄枝」と書いてあった。明らかに血でかかれたものである。これだけかくには、相当の血を出さなければならなかっただろう。

「澄枝が指を切ってかいてくれたんだ。なかなか血が出ないので、小指がぶらぶらになるほど深く切ってかいてくれたんだよ」

「きさま、澄枝さんと」

特攻隊員と奉仕隊の女学生が出撃までの束の間の恋人になる例は多い。しかし、精々マスコット人形を贈る程度で、血書を贈る例は稀有《けう》である。しかも当時の殉国のヒロイズムに酔った状況下にあって、特攻隊員に生きていてと訴えた女学生は皆無であった。

「おれたちは、婚約したんだよ。生きていて、必ず結婚しようと」

柳原はぬけぬけと言った。

「明日にも出撃命令が出るかもしれないんだぜ」

死ぬべく義務づけられた特攻隊員が、死を拒否することは、大それた反逆であった。

「おれの予想ではこの戦争は間もなく終わるよ。だれだっていまの戦力でアメちゃんに勝てると本気でおもってるやつなんかいない。だから、いまこの一日一日をなんとしてでも生きのびれば、生き残れる」

「その一日一日が問題じゃないか」

「なに、飛行機を故障にして帰ってくればいい」

「そんな調子よく故障にならないよ。このごろ整備の連中も熱心で、どんぴしゃりに整備している」

「これを見ろよ」

柳原は周囲を見まわして、ポケットから紙包みを取り出して開いた。中にはザラメ状の白い粉が入っていた。

「何だ、これは?」

「見るとおり砂糖だよ。炊事場に同郷のやつがいてな。こっそり分けてもらったんだ」

「砂糖をどうするつもりだ」

甘味に餓《う》えている舌が自然に唾《つば》をたくわえる。

「こいつをな、出撃前にそっと燃料タンクにぶち込んでおくんだ。するとエンジンは間もなく焼きついてしまう。ぶすぶす黒い煙を出して帰って来るか、あるいは途中に不時着すれば、怪しまれずに生き残れるよ」

「整備兵にバレないか」

「いままで何度かこの手を使ったが、一度も怪しまれたことはないな。あんたにも少し分けてやろうか、砂糖ならいくらでも手に入るんだ」

「きさまってやつは……」

「とにかくこんな馬鹿げた戦争で死んでたまるか。おれは、澄枝を知ってから絶対に死ねなくなったんだよ」

柳原は、大切そうに血書の手拭いをポケットの中に戻した。そのとき、矢吹は柳原のおもいつめた表情に不吉な予感をもった。

翌々日、矢吹の予感は的中した。五月二十四日、沖縄沖の米機動部隊に対して第七次特別総攻撃の命令が出た。可動機数、十数機が出撃した。はっきりした攻撃目標があるわけではなく、行き当りばったりに敵を探して、敵を発見しだいに突っ込めという自殺命令に等しい出撃命令であった。

乗機のない矢吹は、この出撃からはずされた。柳原は見送りの矢吹ににっこりと意味ありげな笑みを投げかけて乗機に乗り込んで行った。恋人から贈られた血染めの鉢巻きは頭に巻いていない。「生きていて」と血書された鉢巻きは巻きにくかったのだろう。

出撃して二十分ほどすると、一機の九七式戦闘機がエンジンから黒い煙を吹き出して息も絶え絶えに帰って来た。柳原機だった。矢吹は「やったな」とおもったが、柳原が帰って来たのが嬉《うれ》しかった。九七戦は固定脚の陸軍最初の低翼単葉機で、昭和十二年に軍用機として正式採用されたまさに博物館ものの古機である。太平洋戦争の初期にすでに戦列からはずされて練習機となっていたものを、またぞろ引っ張り出して特攻機に仕立てた。

これに重い爆装を施して最新鋭の米機動部隊に対して〝索敵出撃〟をさせるのだから、当時の軍部がいかに血迷っていたかがわかる。

だが大多数が血迷っていると、血迷っていない人間のほうが血迷っているように見える。

出撃する都度、エンジントラブルを起こして引き返して来る柳原少尉に、整備兵はかねてより疑惑を抱いて、その日はエンジン部門を特に入念に整備していた。

柳原機は、出撃直前に整備兵が地上試験をして、すこぶる好調だったことが実証されていた。それがまたいつものように同じ症状のエンジンの不調を起こして引き返して来た。整備兵はエンジン関係を徹底的に検査した。そして遂《つい》に燃料タンクの底に砂糖を発見したのである。

分廠長《ぶんしょうちょう》は激怒した。きさまのような人間は帝国軍人の面汚しだ。軍法会議にかけてやると罵《ののし》り、腫《は》れて目が開けられなくなるほど柳原を撲《なぐ》った。そばにいた副官が制《と》めなければ、そのまま撲り殺されていたかもしれなかった。

柳原少尉は厳重な身体検査をされて、営倉に入れられた。その際に、恋人の血書と残りの砂糖も見つけられてしまった。

「きさま、女ができとったのか。一億一丸となって、国難に当っておるときに、女への未練からおめおめと逃げ帰って来るとは、なんという恥じさらしだ」

身体検査をした指揮所付きの将校が酷薄な表情を面《おもて》に浮かべた。残忍な獣が格好の獲物を見つけたときのような表情である。

「生きていてか。いまどき名文句じゃないか。そう言った女が、昨夜《ゆうべ》は死ぬ死ぬと言って腰を巻きつけてきたんだろう」

べつの将校が白い目に下卑た笑いを浮かべた。彼ら自身も久しく食していない禁断の美肉を、この学徒兵がおもうさま飽食したとおもうだけで、嫉妬《しっと》に気が狂いそうなのであった。想像が、学徒兵と女学生の恋の性的部分だけ切り放して淫《みだ》らに強調している。

「どうだ、新《さら》の女学生の味は。え？　学徒出のくせしやがって、とんでもねえ野郎だ。突っ込む所をまちがえたんじゃねえのか」

「きさまら自由主義教育に毒された学生上がりになにができるか」

もともと陸士出身の将校の学徒兵に対する反感は強い。自分たちは料亭で将校専用の芸《げい》妓《ぎ》や慰安婦と遊んでいるくせに、女学生と恋に陥った学徒兵を軍人の風上にもおけない人間として許さない。

彼らにとって肉欲を慰安婦相手に充たすのは少しも恥ずかしいことではないが、この非常時に、女学生と恋に陥って戦いを忌避するのは、軍人としてあるまじき恥辱の行為なのである。つまり職業軍人として自分たちのエリート意識を保つためには、幹候あがりの将校を将校として認めていないくせに、人間的な感性や感情を求められる場面になると、軍人を振りかざす。

「これが女学生の血染めの手拭いってやつか」

将校の一人が証拠品として押収した手拭いを広げた。

「それだけは返してください」

柳原が懇願すると、

「愛《いと》しい恋人《ラバー》の大事な餞別《せんべつ》ってわけだな」

とにやにやしながら、柳原の前にわざとらしくひらひらさせた。

「おねがいです。そのために澄枝は小指を一本切り落としかけたのです」

「小指をねえ、道理で血をたっぷり使っているとおもったよ」

一人が改めて感心したような視線を手拭《てぬぐ》いに向けると、

「血が多いからといって信用ならねえよ」

べつの将校が意味ありげに言った。

「そりゃあどういう意味だ？」

手拭いをもった将校がたずねた。

「女は男より血が多いからな、腹ボテにならないかぎり、月に一回はだまっていても血が下りる」

「なるほどね、道理でこいつは普通の血書に比べて色艶《いろつや》が悪いとおもったよ」

「汚ねえ！」

手拭いをひらひらさせていた将校が大仰に床へはらい落とした。笑いの渦が起きた。その中心に引き据えられて、柳原は唇を嚙《か》みしめて蒼白《そうはく》になっていた。

この場合、どんな屈辱をあたえられても、耐えなければならなかった。抵抗することは即、死を意味している。死んではなんにもならない。営倉に入れられれば、とにかく生きのびられる。営倉につながれて、軍人の屑《くず》と罵られながらも、ただひたすら戦いの終わる日を待つ。戦いさえ終われば、生き残った者が、愛の勝利を得られる。

(澄枝、許してくれ。生きるためだ)

将校の嘲笑《ちょうしょう》と土足に踏みにじられている彼女の血染めの手拭いに柳原は心の中で詫《わ》びていた。

3

だが軍隊の残酷な追及は、柳原の恋人の身にも及んでいた。澄枝は分廠に呼び出された。目の涼しい、まだ成熟しきらない十七歳の少女だった。

「柳原少尉が軍人としてあるまじき卑怯未練《ひきょうみれん》な振る舞いをするのも、おまえが男の心を引きとめるようなことをするからである。軍国の乙女として反省しろ」

いきなり呼び出され、戦闘指揮所の若手将校に取り囲まれて語気荒く詰《なじ》られた澄枝は、それだけですくんでしまった。

「柳原少尉は敵前逃亡および服務違反で近く軍法会議にかけられる。ついては裁判の証拠資料として柳原少尉とおまえとのことについて質《たず》ねる。柳原の罪を少しでも軽くしたいとおもったら、聞かれたことは、すべて正直に答えるのだ。わかったか」

澄枝は小さくうなずいた。餓えた将校たちの欲望に血走った視線に射すくめられながらも、彼女の眉宇《びう》になんとかして恋人を救いたいという意志がうかがわれた。

「まず聞く。柳原少尉との関係は？」

「あのう……結婚しようと約束していました」

「柳原は特攻隊員だ。命令一下、敵艦に体当りして死ななければならない身だ。そんな人間と本気に結婚できるとおもっていたのか」

「あまり先のことは考えていなかったのです」

「今日明日の生命でも燃えられるかぎり、燃えようとおもったのか」

「はい」

「柳原とはプラトニックだったのか、それとも肉体交渉があったのか」

将校たちの視線が、少女のまるみを帯びかけた腰にからみついた。澄枝は紅潮して黙した。その紅潮は怒りと羞恥《しゅうち》の重なり合ったものだが、同時に既成事実の存在を無言の中に認めていた。

「どうした。黙っていてはわからん」

訊問役《じんもんやく》の将校は残酷に追及した。

「柳原は肉体関係があった事実を認めている。この辺のおまえの証言が非常に重要になる。もしおまえの同意なく関係したとすれば、強姦《ごうかん》だ。さらに罪は重くなるぞ」

「そんなことはありません。私の意志で許しました」

澄枝は慌てて答えた。

「ということは関係があった事実を認めるんだな」

「はい」

澄枝は、裸身を覗《のぞ》かれるような気持で、顔を伏せてうなずいた。

「何回関係したのか」

「…………」

「何回やったかと聞いているんだ」

「あの、そんなことまで答えなければいけないんでしょうか」

澄枝は顔を上げた。羞恥の紅潮が、はっきり怒りの紅潮になっている。

「そうだ。その回数によって、おまえに未練を残した情状が酌量《しやくりよう》されるかもしれない」

「よくおぼえていないんです」

「おぼえられないほどやったのか？」

「十回ぐらいだとおもいます」

「どこでやったのか」

「基地の草むらや、私の家で両親が留守のときに」

「それで快《い》ったのか」

「はい？」

「おまえは快感をおぼえたのか」

「そんなことわかりません」

澄枝の顔は真っ赤になった。

「正直に答えるんだ。柳原を助けたかったらな」

彼らは柳原を餌《えさ》にして、二人の死を前に置いた切羽つまった恋をずたずたに斬りきざんでいた。

「行為の都度、どんな体位をとったか」

「………」

「つまり正常位という男が上で女が下にくる体位か、それともその都度、特殊な体位を行なったのか」

「………」

「答えるんだ」

「普通の姿勢でした」

「正常位だな」

「そうだとおもいます」

「柳原は行為の前に前戯《ぜんぎ》を行なったか」

「ぜんぎ?」

「つまり、おまえの体を指や口で触ったか」

「夢中だったので、よくおぼえていません」

「突撃一番は……いや避妊のための用具は着けたか」

「着けていたとおもいます」

「会ったときは一度だけか、それとも二度以上交わったことがあるか」

「時間の余裕があったときは、二度ぐらい……ありました」

「柳原は行為の都度すべて射精したか」

「そんなことわかりません」

「柳原と初めて知り合ったのはいつか」

「五月の五日ごろ、私が奉仕隊で来たときです」

「それで初めて体の関係をもったのは？」

「五月十五日ごろだったとおもいます」

「それはどこでどのようにして行なったのか」

「奉仕の仕事で遅くなった私を、柳原さんが送って来てくれたのです」

「そのときデキたのか……いや関係をもったのか」

「はい」

「帰り道でか」

「はい」

「そのとき出血はあったか」

「わたし……」

紅潮していた澄枝の頰が青ざめてきた。

「どうした。出血したのか、しなかったのか」

「そんなこと答えられません」

「柳原がどうなってもいいのか」

「あんまり、あんまりだわ」

血のにじむほど嚙《か》みしめた唇が震えていた。

「そうか、するとおまえそのときが初めてじゃなかったな」

「え？」

「柳原の前にも特攻隊といちゃついていたんだろう」

「ひ、ひどい！」

「虫も殺さねえ顔をしやがってP屋の女（慰安婦）並みだな」

面も向けられぬ雑言《ぞうごん》に澄枝は耐えきれず、顔を手で被《おお》って泣きだしてしまった。さすがに訊問《じんもん》はそこで打ち切られた。

だがこれで釈放されたわけではなかった。澄枝が泣き疲れたところで、衛生兵が呼ばれた。

「この女学生の身体検査をしろ」と将校は命じた。

「身体検査と申しますと？」

衛生兵には、その意味がわからなかった。

「身体検査だよ。この女学生は柳原少尉と関係したことを認めた。よってその証拠をきさまに見届けてもらいたい」

「そ、そんなことは自分にはできません」

いきなり途方もないことを命じられて、衛生兵はうろたえた。

「命令だぞ」

「しかし自分には……」

「つべこべ言うな。早くせい」

「どうすればよいのでありますか」

「おれたちに聞くやつがあるか。まず衣服を脱がせろ」

「はっ」

当惑して立ちすくんだ衛生兵に、

「早くせんか！」将校は命じた。衛生兵は、観念して、

「あなた、かんべんしてくださいよ」

と、半分気を失っているような澄枝のそばへおずおずと歩み寄った。奉仕隊の女学生は

セーラー服を着ることを許されていた。上半身をどうにか裸にすると、

「全部脱がせるんだ」

容赦ない叱声《しっせい》が飛んだ。発達しきらない澄枝の形のよい乳房が、将校たちの多少は残っていたためらいを振り落としてしまった。

「ズロースも脱がせろ」

澄枝は、全裸に剝《む》かれて、将校たちの前に立たされた。ただ一つの救いは、澄枝があまりの屈辱と怒りに、感情が半ば麻痺《まひ》したようになっていたことである。

澄枝が自宅で首をくくって自殺したのは、その翌日であった。家族の者が野良仕事に出た留守の間のできごとであった。

夕方野良から帰って来た彼女の両親は、自宅の鴨居《かもい》にぶら下がって無惨な姿に変わり果てている娘の姿に茫然《ぼうぜん》となった。

軍では、コトの真相をひた隠しにしていたが、事件の概要はいつしか基地や村に知れわたってしまった。だがそのことによって将校団が罰せられることはなかった。彼らはあくまでも、参考人としての域で取り調べたと主張した。衛生兵にも箝口令《かんこうれい》が出た。取り調べに行き過ぎがあったとしても、戦闘指揮所のエリート将校団が女学生をストリップにして死に至らしめたことがわかっては、士気にも影響する。

だが澄枝の死のおかげで、柳原少尉は軍法会議をまぬかれ、戦列に復帰させられた。澄枝の死によって、彼の軍人としての名誉が購《あがな》われたわけであるが、戦列に復帰することは、死を意味していた。

柳原は以前ほど生に執着はなくなっていた。澄枝が死んでしまっては、生きのびる張り合いがなくなった。

柳原が営倉から出された日の夜、浦川《うらかわ》衛生伍長《ごちよう》は、三角兵舎の怪我人が発熱したという報《し》らせに様子を見に来た。上官に撲《なぐ》られて、どうやら鼓膜《こまく》が破れたらしい。いちおうの手当てをして兵舎を出たところで、暗闇から首すじにいきなり冷たい金属を押しあてられた。

「そのまま、まっすぐ暗い方へ向かって歩け」

背後から押し殺した声が湧いた。低いが、ぞっとするような殺気がこもっていた。

「な、何をするんだ」

「命が惜しかったら言われたとおりにしろ」

首すじの金属に力が加えられて、ちくりと痛みが走った。

「言うことを聞くから乱暴しないでくれ」

「そのまま、まっすぐ歩け。後ろを振り向くんじゃない」

背後の影は軍刀を浦川の首に擬して、兵舎から離れた松林の中へ追い立てた。

「よしこの辺でいいだろう」

人影は闇の一段と濃い木のむらがりの下で停止を命じると、澄枝の身体検査に立ち会ったのは、きさまかと聞いた。浦川はあっとうめいた。ようやく背後の人影の正体がわかったのである。

「あ、あなたは、柳原少尉」

「聞かれたことだけ答えろ、きさまが立ち会ったんだな」

「し、仕方がなかったのであります。命令だったものですから」

「そのとききさまに命令したのは、だれだ」

「そ、それは……」

「言わんか！」

また首すじをちくりとされた。浦川は相手が本気なのを悟った。

「八木沢大尉殿であります」

「そのほかに、だれがいたか」

「北川大尉殿と、栗山大尉殿であります」

「それだけか」

「それだけであります」

「みな、指揮所付きの将校だな。よし、きさま、それをおれに話したことをだれにも言うんじゃないぞ。一言でも漏らしたら、必ずきさまを殺す」

前よりも強いちくりがきた。

「自分は絶対にだれにもしゃべりません。それより、少尉殿、自分が口を割ったことを黙っていて欲しいのであります。自分は箝口令をうけているのであります」

「心配するな。おれがしゃべるはずはない。このまま何事もなかったような顔をして帰れ」

刀身がすっと引かれた。浦川伍長が全身に汗を噴き出して振り返ったときは、柳原少尉の影は林の中へもののけのように消えていた。

4

二日後、「米機動部隊が奄美《あまみ》大島付近を北上中、全可動機は出撃してこれを捕捉《ほそく》、撃滅せよ」という命令が第六航空軍司令部からきた。

「とうとう年貢の納め時がきたよ」

柳原は、矢吹に別離の言葉を告げに来た。矢吹は、まだ乗機が届かず居残りを命じられていた。

「きさまだけを死なせるのは辛い。おれもいっしょに行きたい」

もはや愚かな戦争の正体はわかっていた。この戦いは決して聖戦ではなく、自分たちが悲惨な人身御供《ひとみごくう》であることがわかっていたが、友を死なせて、自分だけ生き残るのは辛かった。意義はなくとも、死ななければならない切羽つまった心境に追い込まれていた。

そのため矢吹は故障機での出撃を申し出てはねつけられていた。

「何を言うんだ。おれの予感では、戦争はあと一、二か月で終わるぞ。おれはもう生きていても仕方がないから行くが、あんたはなんとしても生き残れ。平和がよみがえれば、生きていてよかったと必ずおもうようになる。じゃあな。靖国《やすくに》神社で会おうなんて夢々おもわないからな」

翌朝、戦闘指揮所の前で冷や酒を酌《く》み交わして乗機の方へ行きかけた柳原は、なにをおもったか、見送りの列にいた矢吹の所へ戻って来て、耳のそばに、

「おれが離陸した後、しばらく指揮所から離れていろ」

とささやいた。その意味を問いただそうとしたときは、柳原は乗機に向かって威勢よく走っていた。その死地におもむくのを喜んでいるような態度に、矢吹は不吉なものをおぼえた。出撃機約二十機が基地上空で編隊を組み、南方洋上へ飛び去っていってから、五分ほどして、一機の特攻機がよたよたと舞い戻ってきた。胴体に五番と呼ばれる五百キロ爆弾を抱いているところを見ると、特攻機である。

「だれの機か」

分廠長の吉永少佐が質ねた。望遠鏡を覗いていた八木沢大尉が機体番号を確かめてから、

「柳原機です」

「また柳原か」

吉永少佐が舌打ちをした。今度は戻って来るまいとおもっていた予想を覆えされた驚きが強かった。

「しかしどこも故障している気配は見えないじゃないか。あっ直掩機《ちょくえんき》の隼《はやぶさ》も一機戻って来ました。あれは迫水《さこみず》中尉機です」

「あいつら何をしとるのだろうか?」

吉永は不審の色を顔に浮かべた。柳原機は基地上空へ到達すると、着陸する気配も見せず、機首を突然指揮所へ向けて一直線に接近して来た。その後尾に迫水の隼が快速を利用してたちまち追いすがる。

「あの男、いったい何のつもりだろう?」

指揮所の一同はあっけに取られて、柳原機の不可解な行動を見まもっていた。

「おい、あいつ、こっちへ突っ込んで来るぞ」

「危ない！　機首を上げろ。上げるんだ」

ようやく危険を悟ったときは、柳原機はあまりにも接近していた。特攻機は無線機をはずしてあるので、こちらの制止は届かない。たとえ届いたところで、柳原に機首をめぐらす意志のないことは明らかであった。

「あいつめ、自爆するつもりです」

指揮所のスタッフはパニックに陥った。彼らはこれが恋人を殺された柳原の復讐《ふくしゅう》であることを悟った。だが、いまから逃げ出しても、五百キロ爆弾の効果範囲から逃げきれない。友軍機だったので対空火器も配置に就いていない。

「迫水機に命令しろ。柳原を撃墜《げきつい》しろと」

吉永少佐が窮余の一策だが、最もその場に適した策を考えついた。通信兵が必死に迫水機に命令を送った。直掩機は、戦果確認機を兼ねているので、無線を積んでいる。

迫水機は一瞬ためらったようだが、十二・七ミリ機銃が火を吹いた。迫水の百戦錬磨の機銃は空中にアイスキャンデー（曳光弾《えいこうだん》の跡）を曳《ひ》いて、柳原機が抱いた五百キロ爆弾に吸い込まれていった。

柳原機は、あわや指揮所に自爆というきわどい空中で大爆発をおこした。基地にいた者は、みな地上に伏せた。指揮所の建物は爆風に揺れ、テープを貼りつけた窓ガラスが粉々に砕けた。建物の中にいた者は飛散したガラス片や建材を浴びたり、爆風で床に叩《たた》きつけられたりして、負傷した者が多かった。

空中爆発をした柳原機の残骸《ざんがい》は滑走路周辺に落ちて、落ちた後もしばらく火を吹いていた。破断した機体の一部は指揮所や分廠《ぶんしょう》建物に落ちて火災を起こしかけたが、危うく消し止めた。

危機が去った後も一同はしばらくショックで口もきけなかった。

矢吹は、柳原が一身をもって、復讐を図ったのを悟った。敵艦に体当りすべき特攻機をそのまま指揮所に自爆させて、恋人を辱しめ、ついに死に至らしめた将校たちに報復しようとしたのである。またそれは単なる個人的報復ではなく、特攻隊員を兵器並みに扱っている軍部に対する痛烈な反発であった。壮絶な〝逆特攻〟であった。親しかった矢吹を巻き添えにしないように、出撃前彼にだけそっと警告してくれたのである。

幹部は震え上がった。またいつ第二、第三の逆特攻が出るかわからない。軍部リーダーの恐怖は、彼らがいかに特攻隊員を非人間的に扱ってきたかをしめす証左であった。

「直掩機を増強する以外に手はあるまい」

吉永少佐は言った。彼の瞼《まぶた》には迫水機がきわどいところで柳原機を撃墜したシーンが焼き付いていた。それは敵から特攻機を掩護するための機ではなく、特攻機から指揮所幹部を守るためのものである。

「いまや直掩戦闘機もほとんど特攻機に投入してしまいました」

八木沢大尉が言った。

「特攻機を減らしても、直掩機を増やすんだ」

吉永は、敵を葬ることよりも、自分の身を守ることに熱くなっていた。

「パイロットはどうしますか。迫水中尉のようなベテランは、もうおりませんが」

いかに迫水が手練でも、全特攻隊機が次々に逆特攻を仕掛けてきたら、防ぎきれない。

「特攻隊員の中から、腕のいいやつをはずして直掩機にさせろ」

「しかし、万一逆特攻が発生した場合、特攻仲間を撃墜できるでしょうか」

「迫水中尉を直掩隊の隊長にして、教育させろ」

「迫水中尉自身、柳原機を撃墜したことで、ひどく苦悩しているようです。今後また逆特攻が出た場合、はたして基地を掩護するかどうかわかりません」

北川大尉が異なる意見を出した。命令とはいえ、掩護しなければならない僚機を撃墜したことを迫水中尉はひどく悩み、あの日帰投して来てから寝込んでしまっている。

「迫水中尉は筋金入りの戦闘機乗りだ。逆特攻を仕掛けるような不埒《ふらち》な人間は、容赦なく叩き落とすだろう」

「彼は特攻隊員に好意的であります。彼の掩護は信用できないとおもいます」

北川大尉もまた自分の身のことしか考えていなかった。

迫水もいずれは特攻機として突っ込むことを覚悟している。指揮所の連中が特攻に出撃することは絶対にない。身を安全圏において特攻の命令だけ出している人間と、実際に特攻に出撃する者とのちがいがそこにあった。

地上の基地にいる者と、空中で生死をかけて戦う者との連帯感の相違であった。

重苦しい沈黙が落ちた。敵の攻撃に備えるためではなく、味方の攻撃の予想におびえているだけに沈黙の底に滑稽《こっけい》なやりきれなさがあった。

突然、静寂を破って笑いだした者があった。吉永はじめ一同は、その不謹慎な者に嶮《けわ》しい視線を集めた。笑ったのは、栗山大尉であった。

「何がおかしいか」吉永少佐に咎《とが》められても、笑いをおさめないまま栗山は、

「いや、これは失礼いたしました。それほど深刻な問題ではないとおもいましたので」

「どういう意味だ。逆特攻を真似る者が出てきたら、事は重大だぞ」

「逆特攻を仕掛けたければ勝手にさせればよろしいでしょう。どうせ死ぬことは同じだ」

「なんだと……」反駁《はんばく》しかける吉永の口を封じるように、栗山は、

「一機や二機欠けたところで戦局には影響ない。彼らが逆特攻の目標とするのは、分廠建物か戦闘指揮所です。ですから、特攻機の出撃後しばらくは、我々が分廠の地下かあるいは同所から離れた場所に待避していればよろしいのです」

「なるほど、そうだったな」

吉永少佐が安心したように目の色を明るくした。分廠建物の地下には深い横穴が掘られ、飛行機の修理工場や本部の待避所がつくられていた。また、広い基地の中には、敵襲に備えて至る所に待避所がつくられている。そこへ分散して待避してしまえば、逆特攻を仕掛けられても、生命の安全ははかれる。

「しかし、友軍から待避するとは、帝国陸軍も末になりましたな」

将校の一人が憮然《ぶぜん》として言ったが、だれもバツの悪そうな表情をして黙り込んでいた。

矢吹は、特攻隊からはずされて、直掩隊に入れられ、迫水中尉の指揮下に入った。矢吹の訓練成績がよかったことと、戦闘指揮所にいる同郷の先輩の推薦によるものである。

直掩隊に編入されれば、完全に生への希望を絶たれた特攻隊と異なり、わずかながら生きる可能性がある。

矢吹は先輩の好意を有難いとおもった。だが直掩隊増強の真の意図を悟って単純に喜べなかった。

「中尉殿、自分には昨日までの特攻仲間が逆特攻を仕掛けたとしても、阻止できません。ですから直掩隊編入は辞退いたします」

矢吹は迫水に訴えた。

「おれに言ってもどうにもならんよ。命令だからな」

「中尉殿より、自分が未熟で直掩機として使いものにならないと分廠長に言ってくだされればはずされるとおもいます」

「そんなことを言ってもどうにもならない。命令された以上、黙って受けるんだ」

「しかし……」

「黙れ！　きさまわからんのか」

「は？」

「特攻隊でも直掩隊でも、操縦桿《そうじゅうかん》の握り方一つで、飛行機はどちらへでも行く。どちらにしたところでどうせ死ぬ身だ」

「それでは……」

「それ以上おれに言わせるな。おれは飛行機乗りになって命令で僚機を墜《おと》したのは初めてだ。今度はおれが一番先に特攻へ行きたいのだ」

迫水はうつむいた。その横顔に深い苦悩の翳《かげ》が貼りついている。迫水は、柳原機を撃墜してから特攻隊全員の憎悪を集めていた。いつ闇討にあうかわからない不穏な気配に、分厳長は迫水の身辺に秘《ひそ》かに護衛を付けたほどである。直掩隊の増強は迫水に向ける憎悪を希釈する効果も狙っていた。

だが、迫水は一言の弁明もせずに、ひたすら命令を忠実に守って連日のように直掩に出撃していた。迫水がどんなに苦しんでいたか、彼があの日以来、食欲を極端に失ってしまったことからもわかる。

それでなくとも消耗の激しい直掩の出撃に栄養不足を加えて迫水の憔悴《しょうすい》は深まる一方であった。

矢吹は、いまの迫水の言葉から彼の真意を悟った。直掩がいやなら、特攻機となって、いっしょに突っ込めばよい。どちらにしてもどうせ死ぬ身だと言った迫水に、彼が近く死ぬ意志を固めていることを悟った。

栄光ある空戦のエースに、軍は友軍機の撃墜を命ずるまでに堕《お》ちてしまった。生粋《きっすい》の軍人魂をもった迫水は、心の中で秘かに光輝ある日本軍を見限ったのであろう。いまの日本軍は昔日《せきじつ》の日本軍ではない。強いて言うならば日本軍の形骸《けいがい》である。

帝国軍人であるかぎり、体力の尽きるまで戦う。戦いを決して放棄しない。しかし、体力が尽きたときは、潔く散華しよう。空戦のエースにふさわしい死にざまをしよう。——

迫水の目は、暗黙のうちに語っていた。矢吹は、迫水が死ぬ時機を探していることを知った。

5

六月二十×日、最後の出撃命令が下った。すでに沖縄の日本軍はあらかた潰滅《かいめつ》し、出撃回数は減っていた。

直掩隊《ちょくえんたい》に編入された矢吹にも一式戦(隼《はやぶさ》)があたえられた。特攻機十二機、直掩機六機の編制である。当時の飛行機不足の状況下で二機に一機の割で直掩機を配したところに、指揮所の将校連の逆特攻に対する恐怖が現われていた。

しかし彼らは、直掩機も逆特攻にいつでも変身できることにはおもい至らないようであった。

「今日の敵さんは手強《てごわ》そうだぞ」

指揮所から列線の乗機の方へ行く途中で、迫水は矢吹に言った。整備兵に助けられて乗機に搭乗しながら、迫水はまた矢吹になにか語りかけたが、回転するプロペラ音に消されて聞き取れなかった。ただ彼の白い歯が矢吹の目に鮮やかに映った。

それが、矢吹に別れを告げたようにおもえた。特攻への出撃は、たとえ直掩機でも生還は期し難い。雲霞《うんか》のごとき米艦載機の大群の中へたった十八機の老朽機で飛び込んで行くのである。

迫水中尉が今日まで生き残ったのは、彼の卓抜した腕と、戦果確認機としての責任感によるものであろう。

迫水中尉は、今日こそ死を覚悟している――と矢吹は悟った。同時にそれは矢吹の最期をも意味していた。

「柳原、今日はおれも行くぞ」

搭乗しながら、矢吹は自爆した僚友に秘かに語りかけた。それは自分自身に向ける言葉でもある。今日まで生きのびてきたが、とうとうその日がきた。

矢吹は東京の方の空に向かって、両親や笹野雅子に別れを告げた。

「必ず生きて還ると誓った言葉に背くことを許してください」

だが詫《わ》びるべき相手も、はたして無事でいるかどうかわからない。矢吹は風防を閉めて、整備兵に車輪止め《チョーク》はずせの合図をした。エンジン出力を徐々に上げる。機体はゆっくりと列線から離陸待機地点に向かって地上滑走をはじめた。僚機はすでに砂煙をあげて滑走路を走りだしている。

「行け！」

離陸地点でスロットルがいっぱいに押され、機体はするすると動きはじめた。戦闘指揮所の前には、いま別れの冷や酒を酌《く》み交わしてきた分廠長《ぶんしょう》や将校や整備兵の見送り人が列をつくって盛んに手を振っている。これも見納めかとおもうと、胸に迫るものがあった。

すでに迫水機は離陸して上空で待機していた。

「今度生まれてくるときは、戦争のない国に生まれよう」

矢吹の機体の下に大地が奔流のように流れ去り、車輪の抵抗が糸が切れたようになくなったとき、機体はすでに宙に浮いていた。


基地上空で編隊を組み、彼らは一直線に南方洋上へ向かった。開聞岳《かいもんだけ》が後方に遠ざかると、海の上である。これまでに何百、いや何千の特攻機が、この開聞岳の上空を、死に向かってまっしぐらに飛んでいったことか。海は、その先で戦争が行なわれているとは信じられないように穏やかに凪《な》いでいた。水平線に積雲の頭が眩《まぶ》しく輝いている。空は危なげなく晴れていた。ふと自分がいまどこにいるのか忘れてしまいそうな、空間にぴたりと固定されているような穏やかな飛行である。

だがこの平和そのものの空間のどこに、敵が牙《きば》を研いで待ち構えているかわからない。日本の領海、領空でありながら制海、制空権は敵に握られている。特攻機が海面すれすれに飛び、その前方約六百メートルを直掩隊が行く。重い爆装をした特攻機を、いさみ足の直掩隊はややもすると置いて行ってしまう。

特攻は、高高度を敵艦上空まで迫り、急降下攻撃をかけるか、あるいは海面すれすれを行って敵の船腹に突っ込むかのどちらかの方法がとられていた。

この二つの目標接近方式はいずれも熟達した航法の精度を要求され、視界が限定されるが、中高度で行くより、目標に到達する確率が高い。また六千メートル以上を行けば、米戦闘機の迎撃を避けやすい。

特攻機の接近はレーダースクリーンに捕捉《ほそく》されるが、米艦載機が迎撃に飛び立つまで時間を稼げるので接近高度が高いほど、戦闘機の阻止を躱《かわ》しやすくなる。

また低高度接近は、特攻機が二十キロ以内に接近するまで敵のレーダーに捉《とら》えられないという利点がある。海面すれすれに飛んで来る特攻機を、米軍上空哨戒機《しょうかいき》が目視で発見することはほとんど不可能であった。

しかし高高度接近法は、特攻機のほとんどが老朽機で六千メートル以上を沖縄まで六百五十キロも飛んでいくことが困難であるうえに、米艦載機が高高度で待ちかまえている場合が多く、利点がほとんど失われてしまった。それに高高度からの垂直降下は、熟練操縦者でも機体のコントロールが困難になって、敵艦に回避する時間をあたえ命中率が低下してしまう。

このために最近ではほとんど「超低空接近方式」一本になっていた。この方式は高高度以上に視野が狭くなるので、熟練したパイロットが必要となる。直掩戦闘機は、特攻機を戦闘海域へ誘導する役目をかねていた。

それでも飛行するだけがやっとの未熟な特攻機操縦士は悪天候によって誘導機からはぐれたり、空戦がはじまると、盲導犬から離れた盲人のように右往左往した。超低空接近法は敵に発見され難いが、一度発見されたら、最初から空戦には不利な位置にあるので、逃れられない。

もっとも、こちらが多少有利な位置にいたところで、彼我《ひが》飛行機の性能や武装、また搭乗員の練度に大きな開きがあるので、勝負にならない。

直掩隊は、すべての戦闘諸元《しよげん》をととのえて、四方八方の空をにらみまわしながら進んだ。青の飽和した空間が視野のかぎりにつづき、敵影はない。基地を発進して一時間経過していた。南下するにつれて、空と海の色が深くなった。

突然、指揮官の迫水機がバンクを振った。敵機発見の合図である。だが、青空は、ますます深く澄んで、まったく敵影を認められない。

矢吹が頭をかしげてわからないと手で合図を送ると、迫水機は右翼に並ぶように近づき、風防を開いて右前方上空を指さした。

迫水の指の延長線を追って見つめたが、依然として在空敵影を認められない。そのうちに迫水機はいらだたしげにバンクを振りながら、高度を上げはじめた。

どちらにしても、こんな低空で敵に先に発見されたら、いちじるしく不利である。直掩隊は敵の注意をそらす囮《おとり》の役目もつとめる。急速に高度をとる直掩機の下を、特攻機は相も変らず海面を這《は》うようにして進んで行く。敵影は確認しないまでも、高まる緊張の中を、重い爆装にあえぎながら、特攻機は懸命に進む。その姿はいじらしくすらあった。

高度二千に戻したとき、迫水機の右前方約一千メートルの上空に、空中を浮遊するチリのようにきらきらと光ったものがあった。目を凝らすと、輝くチリはみるみる拡大してごま粒のようになった。その数、十機。

直掩機のすべてが敵を視認した。敵も完全にこちらを認めた。近づくほどにそれは敵の最新鋭機P51ムスタングであることがわかった。武装は十二・七ミリ機銃六挺《ちょう》、最高時速七百十キロ、エンジン出力千七百二十馬力、航続距離千百三十キロ、隼よりも高く上昇でき、より速く急降下できる。旋回や宙返りなどの小まわりもきき、格闘性能にすぐれていた。さらに厚い防弾装甲と自閉装置の燃料タンクを有し、パイロットの生命の安全を考慮した頑丈な構造になっている。

それに対するわが方の主力戦闘機は、開戦以来の隼であり、武装十二・七ミリ機銃二挺、最高時速五百十五キロ、エンジン出力千百三十馬力、航続距離千百キロとすべてにおいて劣る。これ以外は、ノモンハン事変以来の練習機と化した九七戦を引っ張り出したものである。しかも、迫水以外は即席特攻訓練をうけた学徒出身のひよっこ操縦士である。数において劣勢であるだけでなく、初めから勝負にならない戦いであった。だが迫水は、特攻機を守るために、この劣弱な直掩機を率いて圧倒的優勢を誇る敵に対して果敢な戦いを挑もうとしていた。

敵機はまだ特攻機に気がついた気配はない。いつも重い爆装をしてよたよた飛んでいく特攻機ばかりを相手にしていた敵機は、久しぶりに戦意盛んな日本戦闘機に見《まみ》えて少し面《めん》喰《く》らっているらしい。迫水機の機体から黒い物体が落下した。増槽《タンク》を落としたのだ。矢吹も増槽落下引手を引いた。手応《てごた》えがあって機体が一瞬軽くなる。

敵はすぐに仕掛けて来ずに左へ旋回をはじめた。こちらも旋回で敵との間合いを取りながらじりじりと接近して行く。下方に特攻機がいるので、こちらはおもいきった高度をとれない。空戦に有利な高位置をとったとき、特攻機を発見されたら、掩護《えんご》の手が及ばなくなる。迫水は空戦に備えると同時に、特攻機を掩護しなければならないという苦しい立場に立たされた。

彼我の距離はますます縮まり、戦機は熟していた。生まれて初めての空戦を前にして、矢吹の目はひきつり、のどはからからになっている。落ち着け落ち着けと何度自分に言いきかせても、全身に小きざみな震えが走った。武者震いというより、極端な緊張からくる痙攣《けいれん》であった。

まさに戦いの火蓋《ひぶた》が切られようとした直前、敵の編隊は奇妙な動きをおこした。六機を上空に残し、四機が左下方へ急降下して行ったのである。ついに特攻機が発見されたのであった。敵は直掩機の押えに同機数を残して、一手を特攻機に向かわせたのである。

そうはさせじと迫水機が、下方から突き上げる。矢吹と他の直掩機がその後に従《つ》いて急上昇した。そこへさらに上空の別の一手が襲いかかる。戦いはこちらに不利な態勢で開始された。彼我の銃火が交錯して、たちまち乱戦になった。敵機とすれちがう一瞬、矢吹は機体に激しい衝撃をうけた。だが気がついてみると、身体に傷をうけた個所はなく、機体は支障なく空間に浮いている。各種計器にも異常は見られない。

凄《すさま》じい閃光《せんこう》が矢吹の左翼数十メートルの空域に炸裂《さくれつ》して、彼我どちらともわからない機体が空中分解した。数条の黒煙が空間の諸所に尾を曳《ひ》いている。撃墜された機の断末魔のあがきである。もう迫水機がどこへ行ったか、守るべき特攻機がどうなったかわからなかった。

逆上した矢吹の目の前をさっとよぎった怪鳥のような影があった。一瞬、矢吹の網膜にその横腹に描かれた赤い亀の図柄が焼きついた。

「赤い死亀！」

迫水中尉から聞いた恐るべき赤い死亀がいま目の前にいる。忘れていた恐怖が一気によみがえった。それは抑えようもない自衛本能であった。矢吹はいま、ただひたすらに恐ろしかった。

敵を前にして反転した矢吹機に、赤い死亀は絶好の獲物とばかり猛然と襲いかかってきた。矢吹は機の性能をいっぱいに駆使して、死亀の追尾を振り切ろうとした。しかし技倆《ぎりょう》といい、速力といい、格闘性能といい、すべて敵は数段上である。矢吹の尻《しり》にぴたりと食いついて離れない。

赤い死亀は、いまや獲物を食うべき絶好の位置を占めながら射って来ない。食おうとおもえばいつでも食えるものを、照準いっぱいに矢吹をとらえて、顎《あご》の先で玩《もてあそ》んでいるのである。

――もうだめだ――

矢吹は観念の眼を閉じた。機銃の曳光弾の気配が身近の空間に流れた。遂《つい》に赤い死亀は、その凶暴な牙を振り立てたのである。

だが機は依然として空間を飛翔《ひしょう》していた。機体に衝撃もこない。しかし、後方で機銃の射ち合いはますます切迫していた。

恐怖に駆られて風防の後方を覗《のぞ》いた矢吹は、そこに意外な光景を見た。矢吹を狙った赤い死亀の尾部にいつの間にか日本機が食いつき、機銃を浴びせかけている。さらにその後尾にべつのムスタングが食いついていて盛んに射ちかけていた。赤い死亀は、矢吹をあきらめて、日本機の攻撃を躱《かわ》そうと旋回に入った。だが日本機は食いついて離れない。

命の恩人は迫水機だった。迫水は、自分が射たれていることを知りながらも、回避せずに、射ちつづけている。このような場合、敵に射たれると自衛本能が先立って、どうしても回避してしまうものである。

かなりの銃弾が赤い死亀に命中しているにもかかわらず、墜《お》ちない。防弾防火設備のすぐれているためである。赤い死亀は秘術のかぎりをつくして迫水の追撃を振り切ろうとしていた。並みの操縦士なら、彼我の位置はたちまち逆転したはずである。だが歴戦の古兵《ふるつわもの》の迫水はがっぷりと食いついて離れなかった。

赤い死亀は、馬鹿にしきっていた日本戦闘機隊にこれほどの猛者《もさ》が生き残っていたことに腹の底から震えあがっていた。

だが格闘性能ばかりを重視して、防弾防火装置をなおざりにした日本戦闘機の構造が、赤い死亀を掩護した後続ムスタングの銃火に耐えきれなかった。

迫水機の尾部からすうっと黒煙が尾を曳いた。迫水機は黒煙を噴き出しながらも、少しも変わらぬ速力と凄じさで赤い死亀を追跡していた。迫水機の胴体がぱっと火を噴いた。一瞬後に、燃料タンクが爆発して、機体は空中に四散した。

一拍遅れて、赤い死亀が火を噴いた。その機体から白い花が開いた。赤い死亀機は、上空に満開のパラシュートの花びらを残して、炎と黒煙に包まれて海上へ吸いこまれるように墜ちていった。

その間わずか二、三分のことであった。矢吹は、迫水のおかげで危ない生命を救われ、空戦圏の外から茫然《ぼうぜん》としてこの光景を眺めていた。迫水は、矢吹の身代わりとなって死んでくれた。矢吹を救うために強敵赤い死亀に食らいつき、自らの骨を斬《き》らせて、敵を討った。

青い空と海の間に、矢吹は一人取り残された。味方機も敵影もなかった。特攻機や直掩機もみな東シナ海の藻屑《もくず》と消えたのであろうか。矢吹は茫然自失しながらも、生に向ける本能的執着から機首を北へ向けて翔《と》びつづけた。

陽光の架橋

I

T大医学部付属病院に捜査の手がのばされたが、なにぶん二十数年も以前のことである。当時の入院患者の看護記録がほとんど残っていないうえに、医者、看護婦、職員などがかわっているために、捜査は難航した。

病院のカルテ保存期間は、だいたい三年ないし五年である。ただし特殊な病気の場合は永久に保存するが、昭和二十三年ごろは戦後の混乱が余波を引いており、ファイルシステムもいいかげんであった。

ようやく古い庶務係に、栗山を記憶している者がいた。彼は倉庫から古いカルテを引っ張り出してきた。病状や処置はドイツ語で記入されていたが、病名欄にビュルガー氏病の文字がたしかに読めた。

まちがいなかった。

「栗山の手術をした先生は、いまでも健在ですか？」聞き込みにまわった下田はたずねた。

「当時の外科部長の村井先生が執刀しています。奇病なので特に部長自ら執刀したのでしょう」

「それでいま、村井先生はどちらに?」

「とうに退官されて、亡くなられましたよ」

「亡くなった?」

ようやく触れたとおもった手応えも束の間であった。

失望がじわりと胸の奥から墨のように湧いてくるのを抑えて、

「この患者を担当した看護婦さんなどは、いま残っていないでしょうか」

「無理ですよ、二十数年も前ですからね。それでなくても看護婦の回転は早いからねえ」

「どうでしょう、栗山と特に親しかった当時の患者はいませんか」

「私は、患者と直接のつき合いはなかったんです」

「でも栗山のことをおぼえておられたでしょう」

「長期の入院患者ですからね、それに脱疽《だっそ》などという特殊な病気ですから、自然に名前ぐらいおぼえてしまいます」

「面会に来た人間はありませんか」

「さあ、おぼえていませんね」

「入院中親しくしていた人はいませんか。たとえば同好会とかサークルへ入っていたとか」

「そう言われてもねえ」

老庶務係は、首を傾けたが、ふとなにかおもいだしたように、

「そうそう、そう言えば」と膝《ひざ》を打った。

「何かありましたか」

下田は、相手のわずかな反応に身を乗り出した。

「入院患者に元軍人がだいぶいましてね、軍人だけでグループをつくっていたという話を聞きましたよ」

「その元軍人グループに栗山が入っていたのですか」

犯歴はコンピューターが記憶していたが、栗山に軍歴があるとは初耳である。

「手足の指を切り落としたので、これからは傷痍《しょうい》軍人として街頭でアコーディオンでも弾こうかと冗談まじりに言っていたと看護婦が話していました」

「当時入院していた元軍人グループは、わかりませんか。名前がだめならせめて部隊名とか、終戦時の所在地とか」

「そんなことわかるはずないじゃありませんか。カルテすら残っていないのに」

「栗山が軍人グループの他にべつのグループに入っていた可能性はありますか」

「その可能性はありますね、長期入院患者は退屈しのぎにいろいろなグループをつくりますから」

「いちばん多いのは読書のグループですな、次いで囲碁、将棋、俳句、短歌、川柳などです」

「たとえば、どんな？」

しかし、当時のカルテがあらかた廃棄されている現在、それらの同好会メンバーを探し出すてだてはなかった。

せっかくの笠岡の着眼も不毛に終わりそうになったとき、庶務係が、ふたたび膝を打って、

「そうだ、おすみさんなら、当時のことをおぼえているかもしれない」

「どなたですか、そのおすみさんという人は」

「当時の外科病棟の病棟婦長です。その人から軍人の集まりの話を聞いたのです。いまは退職していますがね。子供がいいので、たしか楽隠居の身分ですよ。私とちがってえらいちがいだ」

老庶務係の言葉が愚痴っぽくなるのを遮《さえぎ》るように下田は、

「いまその人はどちらにおられますか」

「ちょっと待ってくださいよ。何年か前に年賀状をもらったとき、住所を書きとめておいたはずだ」

老庶務係は、デスクの引き出しから貫禄《かんろく》のついた備忘録を引っ張り出して頁を繰《く》ってい

たが、

「ああ、あった、あった。坂野すみ、もしまだ元気ならこの住所に住んでいるはずです」

彼は老眼鏡を鼻の上にずり上げながら、一つの住所を教えてくれた。

下田がT大付属病院で得た聞き込みに基づいて、直ちに、栗山重治の兵歴が洗われていた。

兵籍は、身分関係を公証する戸籍と異なり、戦死や戦病死の場合の除籍以外は、戸籍簿に記載されない。

現在、兵籍として公的に記録を残している所は、海軍関係は、厚生省援護局業務第二課、陸軍関係は同省同局調査課、および各都道府県の援護課や兵籍課である。

陸軍の場合は厚生省よりも、各都道府県の方により詳細な記録が残っている。ただしこれも終戦時に米軍に渡すまいとしてかなりの量を焼却しているので、現在保存されているものは、そのごく一部分にすぎない。

したがって、焼却された兵歴は、本人が申し立てないかぎり、まったくわからない。厚生省や各地方自治体では、生存者をたぐってその正確な記録の復元につとめているが、生存者の消息も不明なものが多い。外地にあって部隊が全滅したり、全員消息不明になったものもあり、その記録は不完全であるという。

まず厚生省業務第二課をあたったが、栗山の記録はなかった。つづいて陸軍を担当する調査課に照会したが、目差す名前は見つけられなかった。

残るは、栗山の本籍のある神奈川県庁援護課の記録だけである。だがここにも栗山の名前を発見することはできなかった。

同調査課の話では、神奈川県に本籍を有する者の兵籍は、三割しか保存されておらず、他は終戦時に焼却されてしまったということである。

特に神奈川県の場合、マッカーサーが日本進駐の第一歩を印《しる》した厚木飛行基地を県下にかかえていたため、焼却された記録は厖大《ぼうだい》であった。栗山重治の兵歴は、終戦時の混乱の荒海の中に呑《の》み込まれて、本人とともに永久に抹消されてしまった。

杉並区井草二の二十×番地――それがT大付属病院の庶務係からあたえられた元婦長の住所であった。訪ねてみると、そこは西武新宿線井荻《いおぎ》の駅から五、六分の住宅街の中であった。

柴垣《しばがき》をめぐらした小ぎれいな小住宅に「坂野」という表札を見出した下田がブザーを押すと、屋内に返答があって、エプロンで手を拭《ふ》きながら三十前後の主婦が顔を覗《のぞ》かした。

下田が身分を告げて、坂野すみさんに会いたいと言うと、

「おばあちゃんはいまちえこのお守りをして公園の方へ行きましたけど、おばあちゃんが

何か」と不安げな表情をした。

「いいえ、ちょっと参考におうかがいしたいことがありまして、決してご心配なさるようなことではございませんから」

下田は主婦の不安をなだめた。

「そうですか、それじゃあすぐそこですから呼んでまいりますわ」

主婦はようやく愁眉《しゅうび》をひらいて言った。

「いえ、場所をおしえていただければ、私がまいります。たとえわずかの間でも家を空けないほうがよろしいですよ」

下田は刑事らしい忠告をして、公園の場所を聞いた。

坂野家から徒歩数分の距離にその小公園はあった。公園というより、住宅街の中の広場という感じである。公園の中には数脚のベンチと一基のシーソーと箱型ブランコがある。そのブランコの方に七十歳近い品のいい老女と、三、四歳とみえる幼女が乗っていた。

老女の年輪を重ねた穏やかな風貌《ふうぼう》から、家族から大切にされて幸せな老後を過ごしていることがわかった。

「坂野すみさんですね」

下田は老女の所へまっすぐ歩み寄って聞いた。老女は不審げに顔を上げて、

「はいそうですが、あなた様は？」

「実はT大付属病院の安木さんからご紹介をいただいてまいったのですが」

下田は、坂野すみの住所を教えてくれた老庶務係の名を言った。

「あれまあ、安木さんはお元気ですか」

すみは懐しそうな表情をした。

「ええ、元気でまだ勤めておられますよ」

「安木さんにももう何年も会っておらんが、まだ元気に勤めておられましたか」

「坂野さんによろしくとのことでした」

「それでまた今日はどんなご用件で？」

懐旧の表情をおさめた坂野すみは柔和《にゅうわ》な目を下田に向けた。柔和だが、その奥の眼光は老耄《ろうもう》していない。昔は大病院の病棟婦長として多勢の看護婦を指揮した貫禄があった。まず栗山重治という患者をおぼえているかという問に、坂野すみは、はっきりうなずいた。

下田はとびたつおもいで、栗山が入院中軍人グループまたはなにかのサークルに参加して特に親しくしていたような人物はいなかったかと質《たず》ねた。

「栗山さんは、刑務所に服役中発病して入院したのですが、軍隊へ行っていたことは、まったく知りませんでした。本人がそのことを一言ももらさなかったのです。それがたまたま同じ時期に入院していた患者の中に栗山さんを知っていた元軍人さんがいてわかったのです。栗山さんは元軍人さんだったそうですね」

「階級はわかりませんか」

「さあそれは」

「陸軍か海軍かもわかりませんか」

「なんでも終戦のとき九州の南の方にいたという話を聞いただけで」

「それで軍人グループに入ったのですね」

「軍人のグループという特にはっきりしたものではなかったのです。でもなんとなく、そういう患者たちが寄り集まるようになっていました」

「それ以外のグループに栗山は入っていませんでしたか」

「たぶん入っていなかったとおもいます」

「それでその軍人グループで特に親しくしていた人物はいませんでしたか」

「それが、親しいというより、その反対の人がいました」

「反対？」

「栗山さんをひどく憎んでいた人です」

「憎んでいた」

下田は、ハッと目が覚めたようなおもいがした。笠岡の示唆《しさ》によって、入院中生じたかもしれない栗山の人間関係を洗っていたのだが、その示唆による先入観から、「関係」を親しい方へ傾斜させていた。人の過去を追う場合、陥りやすい盲点心理である。殺人事件の捜査であるから、人間関係の焦点を憎悪や怨念《おんねん》に据《す》えるべきであった。

「その人物はだれですか」

「名前をいまちょっとおもい出せないのです。その人が、栗山さんを知っていたのです」

「憎んでいたというのは、怨《うら》みがあったとか、あるいは、ただ仲が悪かったとか、いう感じでしたか」

「軍隊時代、栗山さんの部下でひどい目にあったようです。初めて病院の中で出会ったとき、いきなり撲《なぐ》りかかろうとして周囲に居合わせた人に抱き止められたくらいです」

「それは相当の怨みのようですね、それでその人は、どんな病気で入院して来たのですか」

「盲腸炎の手術です。三週間ぐらいで退院しましたけど、その間、予後室で、手術後の治療をしていた栗山さんと出会ったのです」

「すると、栗山のほうがだいぶ以前に入院していたのですね」

「そうですね、入院後半年ぐらいだったとおもいます」

「栗山は退院後、また刑務所へ戻ったのですか」

「いいえ、発病したとき、ほとんど刑期を終えていたそうで、退院すると仮釈放になりました」

「栗山を知っていたという盲腸の患者をなんとかおもいだせませんか」

「ちょっと度忘れしてしまっていまおもいだせないですが、そのうちにおもいだすかもしれません」

「ぜひおねがいします。どんな些細《ささい》なことでもけっこうですから」

その盲腸患者以外に、栗山の入院中身辺に浮かび上がった人間はいなかった。そして、その唯一の人物も依然として曖昧模糊《あいまいもこ》たる霧につつまれていた。

2

T大付属病院の元病棟婦長坂野すみの証言によって、栗山重治を憎んでいた状況の元軍人（未確認）の存在が浮かび上がった。彼の正体については坂野すみの記憶の再生に待つ以外になかった。

「その元婦長、はたしておもいだしてくれるだろうか」

那須警部は、いささか心もとなげであった。

「たぶん大丈夫だとおもいますよ。なかなかしっかりしたお婆さんですから」

下田は、初めて訪ねて行ったときの坂野すみの柔和な目の底にあった鋭い観察の光を思いだしていた。

「かりに坂野すみの記憶をよみがえらせたとしても、はたしてその元軍人らしき男が、本命でしょうかね」

那須班の最古参山路部長刑事が言葉をはさんだ。二十数年前、ある病院に被害者といっしょに入院していた男というだけでは、あまりにも現在からかけ離れている人間関係だという危惧《きぐ》が改めてよみがえったのである。もともと山路は、笠岡が示唆した〝病院説〟にあまり積極的ではなかった。

「その話をいまさらむしかえしても仕方がない。栗山の前歴や、服役中の関係筋はすべて洗ってシロくなっている。いまのところ、病院関係だけが残されている線だ。一年二か月の入院期間は、被害者の経歴として無視できない」

那須がやんわりと言った。それに力を得たように下田は、

「もしその謎の元軍人の身許《みもと》が割れれば、中津屋に写真面割りができます」

と言った。

三日後、捜査本部にいた下田の許へ一本の電話が入ってきた。

「坂野さんという女性です」

と取り次がれた下田ははっと胸を衝《つ》かれた。坂野すみがおもいだしたのだ！　こおどりするように耳に押し当てた受話器に、若い女の切迫した声が話しかけてきた。

「下田さんですか」

「そうです」

「先日お越しいただいた刑事さんですね」

「はい」と答えた下田は、坂野すみにしては若すぎるとおもった声の相手が、ブザーに応《こた》えてエプロンで手を拭《ふ》き拭き玄関に出て来た坂野家の主婦であることを悟った。

「私、坂野の家内でございますが、おばあちゃんが……」と言いかけて相手の声が途切れた。感情が急に込み上げてきた様子である。

「もしもし、坂野すみさんがどうかなさいましたか」

下田は不吉な予感に耐えて聞いた。

「今朝、急に倒れたのです。脳溢血《のういっけつ》だそうです」

「坂野さんが脳溢血！」

下田はいきなり後頭部に痛打を喰《く》らったように感じた。事実、衝撃をうけたように、送受器を握ったまま、ふらっとよろめいた。

「そ、それで生命のほうは」

最初のショックから辛うじて立ち直った下田はたずねた。

「重態です。現在、昏睡《こんすい》しています」

まさか三日前元気に孫の守りをしていた坂野すみが、こんなことになろうとは、夢にもおもっていなかった。これでようやく探り出した、栗山重治の唯一の人間関係が、永久に闇の中に沈んでしまう。

下田は激しい脱力感に襲われた。

「それで回復する見込みはいかがですか」

下田はかすかな可能性にしがみついた。

「医者は老齢なのでなんとも言えないと言っております。ところでおばあちゃんは倒れた直後は意識もあって、いくらか口がきけたのです。そのときに刑事さんに頼まれていたことをおもいだしたと言うのです」

「おもいだした！」

下田は飛び上がった。考えてみれば、坂野すみが倒れたことを、坂野夫人が下田に報らせてきたのにはなんらかの意図があったはずであった。

「それでおもいだされたことは、どんなことでしたか」

げんきんなもので、坂野すみの病状などはどうでもよくなっていた。

「それがやぶきとだけ……」

「やぶき、そうおっしゃったのですね」

「はい」

「どんな字を書くかわかりませんか」

「わからないのです。ただやぶきと言っただけなんです」

「住所とか職業のようなものは言われませんでしたか」

「それだけです」

糠喜《ぬかよろこ》びとは、このことであった。「やぶき」だけでは雲をつかむような話である。下田の失望の気配を悟ったのか、坂野夫人は、

「それだけなんですけど、おばあちゃんは昨夜ちょっと変なことを言ったのです」

「昨夜、変なことを？」

下田はわらにもすがりつくように、相手の声にすがりついた。

「昨夜は、今朝倒れるとはとてもおもえないほど元気だったのですけれど、主人がレコードを買って来まして、ジャケットをおばあちゃんがなにげなく覗《のぞ》いているとき、あらこの歌の文句は、あの患者がよく口ずさんでいた詩と似ているねと言ったんです」

「あの患者が口ずさんでいた？」

「それで私があの患者ってだれのことって質ねますと、名前をおもいだせないけど、刑事さんが調べに来た人だって言ったんです」

「その歌とは、何の歌ですか？」

「ジョン・デンバーというアメリカの歌手の『サンシャイン・オン・マイ・ショルダー』という歌です」

ジョン・デンバーなら下田も知っていた。『悲しみのジェット・プレイン』で大ヒットして、シンガーソングライターとして脚光を浴びた。自然の香りや人間のやさしさを素直に歌う歌手で、日本でも幅広いファンをもっている。中でも『サンシャイン』は人気のあ

る曲であった。

坂野すみの言う「あの患者」とは、今朝、倒れた直後おもいだした「やぶき」のことであろう。だが「やぶき」が栗山重治と共にT大付属病院に入院していたのは、二十数年も以前のことで、ジョン・デンバーが五、六歳のころである。その当時に『サンシャイン』が存在するはずがないのだ。

「その歌のことが心に引っかかっていて、今朝倒れた直後、名前をおもいだしたらしいのです。おばあちゃんはしきりに刑事さんに連絡するように念を押したものですから」

「それは、おとりこみ中のところを本当に有難うございます。しかし、『サンシャイン』は英語でしょう、おばあさんは英語を解したのですか」

下田は失礼かと思ったがあえて質ねた。T大付属病院の花形病棟の婦長をつとめたほどのインテリ女性だから英語を解してもおかしくはないが、昭和二十三、四年はようやく英語熱が沸いてきた時代である。

「アルファベットが辛うじて読める程度です。戦前の教育をうけていましたから」

「それで『サンシャイン』の歌詞がわかったのですか」

「日本語の訳詞が付いているのです」

「すみさんはそれを読んで、あの患者がよく口ずさんでいた詩に似ているとおっしゃったのですね」

「はい」

「それは、わざわざお報《し》らせいただいて有難うございました。おとりこみ中を申しわけありませんが、これから早速そちらへうかがいますから、『サンシャイン』のレコードジャケットをお借りできませんか」

姑《しゅうとめ》が瀕死《ひんし》の床に臥《ふ》しているのに非礼きわまるとおもったが、一歩踏み込んだ。そのほうがレコード店を探すより手っ取り早いし、より正確な資料を得られるとおもったからである。


坂野家から領置した『サンシャイン』のレコードジャケットを、下田はまず笠岡の所へもってきた。笠岡は手術の経過がよく、小康状態を得ていた。

「ジョン・デンバーなんて名前は初めて知ったが、その歌詞を七十に近い婆さんがおぼえていたというんだね」

笠岡は言って、レコードジャケットに視線を凝らした。そこには英語の原詩の脇に日本語の訳詩が添えられている。

Sunshine on my shoulders makes me happy
Sunshine in my eyes can make me cry

Sunshine on the water looks so lovely
Sunshine almost always makes me high

If I had a day that I could give you
I'd give to you a day just like today
If I had a song that I could sing for you
I'd sing a song to make you feel this way

If I had a tale that I could tell you
I'd tell a tale sure to make you smile
If I had a wish that I could wish for you
I'd make a wish for sunshine all the while
Sunshine almost all the time makes me high
Sunshine almost always

太陽を背に受けて幸せにひたる
太陽が目にしみて悲しみをさそう

太陽が水面《みなも》にくだけてきらめきわたる
太陽はいつも私を高みへいざなう

きみに与えられる一日があるのなら
今日のこの日を与えたい
きみのために歌える歌があるのなら
今、この気持を歌った歌を歌いたい

きみに話をしてやれるのなら
きみを微笑ませる話をしたい
きみのために祈りがささげられるのなら
いつも太陽をと祈りたい
太陽はいつも私を高みにいざなう
太陽は　いつも

「どうです、笠岡さんにはこの歌詞に記憶はありませんか」

笠岡の目の動きを見ていた下田はたずねた。

「ヒット曲だそうだがね、あんまり〝洋曲〟には縁がないんだよ」

　このごろは笠岡も下田にすっかり親しい口をきくようになっていた。それは本庁詰めを感じさせない下田の人柄のせいもある。

「いや、いまヒットしている曲ではなくて、栗山が入院していた昭和二十三、四年ごろにです。笠岡さんもそのころは二十代前半だったでしょう」

「そのころに、いまのアメリカのヒット曲をおれが聞くはずないだろう」

「しかし、やぶきという男は、この歌詞によく似た詩を口ずさんでいたそうです」

「おれはおぼえがないね」

「すると、流行歌の歌詞ではなさそうですね」

「昭和二十三、四年と言えば、たしか東京ブギウギや異国の丘や湯の町エレジーが全盛のころだったとおもうが、こんな歌詞は見たことも聞いたこともないよ」

「手がかりは『サンシャイン』の歌詞と、やぶきという名前だけか」

　下田はため息をついた。

「その後、坂野すみという婆さんの容態はどうなんだね」

「あいかわらず昏睡しています。この一週間が山だそうです」

「かりにすみさんが回復したとしても、これ以上のことをおぼえているかな」

「と言うと？」

「倒れた直後に嫁さんにきみに連絡するように言ったんだろう。瀕死の身を押して教えようとしたんだ。知っていることのすべてを伝えてきたはずだよ」

「なるほど。しかしやぶきと『サンシャイン』だけじゃどうにもなりません」

「いったい、やぶきが口ずさんでいた詩と、『サンシャイン』の間にどんな関係があるんだろうなあ」

二人はジョン・デンバーの『サンシャイン』の訳詞に視線を集めた。しかしいくら二人が額を寄せ合ってもわからなかった。

栗山重治殺害事件の捜査は膠着《こうちゃく》した。坂野すみは、倒れて六日めに昏睡したまま死亡した。彼女が倒れた直後おもいだしてくれた「やぶき」なる名前も、それだけでは資料不足でどうにもならなかった。

捜査本部では、栗山とやぶきの間に関係なしとする意見が強くなった。

「そもそもやぶきなる人物が、二十数年も以前の栗山の入院時代に栗山に反感を抱いていたというすこぶる曖昧な状況だ。これを殺人の動機に結びつけるのは飛躍しすぎている」

「だいたい、栗山の結婚以前の経歴がかいもく不明のところに、入院中の一時期だけを拾い上げたのは見込み捜査のそしりをまぬかれない」

「ビュルガー氏病という奇病歴があるために、捜査が病院関係に偏ったのではないか」

「被害者が奇病を患ったからといって、犯人がその筋から来たことにはならないだろう」
という意見が続々と出されて、〝笠岡説〟は、すこぶる旗色が悪くなった。

3

笠岡の手術はいちおう成功し、退院して、しばらく自宅で療養することになった。予定より早い退院であった。笠岡はそれを自分の死期が迫ったからだとおもった。急迫の症状をいちおう食い止めれば、あとはどこにいても同じだ。どうせ助からない命なら死ぬ日が来るまで自宅に帰してやろうという医者のせめてもの情けだと考えた。ということは医者からも見放されたことを意味する。

笠岡は開き直った気持で家へ帰って来た。自分が命を削ってようやく身許《みもと》を割り出した栗山の捜査も、完全に行きづまってしまったようである。

どうせなら、自分の寿命のある間に犯人を捕えてもらいたいところだが、どうやら迷宮入りの気配濃厚である。

――結局、おれは時子に借りを返せそうもないな――

所詮《しょせん》、人生の債務を返そうなどというおもいが大それたものだったのだ。それにいまさらそんなものを返したところで、夫婦の間に愛が生じるものでもないし、自分の人生に意義のある終止符が打たれるわけでもない。

「そうと決まったら、せめてその日が来るまで精々亭主風を吹かさせてもらおうか」

――これまでのおれは、一家の主でありながらまるで借りてきた猫のようにちぢこまっていたからな――

笠岡は急に客になったように振る舞った。時子も時也も、腫《は》れ物に触るように笠岡を扱った。


退院して二週間ほど経った夕方のことである。時子が夕食と夕刊を運んできた。このごろは、消化のよいものならほぼ普通の食事を取れるようになっていた。いくらか体重も回復してきたようである。だが笠岡は、それを火種が尽きる前の、束の間火勢が強くなるような現象だとおもった。

――おれもいよいよ長いことはないな――

彼は心中秘《ひそ》かに決意していた。

「あなた、今日はとても血色がいいみたい」

妻が声をかけた。

(ふん、なにを言ってやがる。早くくたばればよいとおもっているくせに)

笠岡は心中に毒づきながら、表面はさりげなく、

「うん、今日は特に気分がいいよ。なにかおもしろいニュースでも載っているかい」

と時子がもってきた新聞に視線を向けた。退屈しているので新聞が待ち遠しかった。まだ疲れるので、主なニュースだけ妻に読んでもらうことにしている。

「あまり大したニュースはないわね。今日はあなたの専門の殺人事件もないようだわ。まずは天下太平ということかしら」

「天下太平か」

笠岡はその言葉を口の奥で索漠とかみしめた。こうしている間も、病変部は自分の体内で確実に進行していることだろう。なにが天下太平なものか。

「あら、ジョン・デンバーが来日するらしいわね」

妻が社会面の一点に視線をとめて、なにげなく言った。

「なに、ジョン・デンバーだって!?」

笠岡はその名前に新しい記憶があった。

「あら、あなた、ジョン・デンバーを知っていらっしゃるの?」

時子には、そのことが意外なようであった。

「いま人気のあるアメリカの歌手だろう」

「ジョン・デンバーを知ってるなんて大したもんじゃないの」

「馬鹿にするな。彼のヒット曲に『サンシャイン』というのがあるだろう」

その『サンシャイン』に悩まされたのである。

「あら、その『サンシャイン』のことが新聞に出てるわよ」

「何て書いてあるんだね」

「読みましょうか。太平洋戦争の敵味方に咲いた友情の花。日米戦闘機パイロットを結ぶジョン・デンバーの『サンシャイン』」

「な、なんだって!?」

笠岡は愕然《がくぜん》とした。

「――東京都武蔵野市緑町××会社員矢吹禎介さん（五一）は近く来日予定のジョン・デンバーのヒット曲『サンシャイン・オン・マイ・ショルダー』の日本語訳詞を読んで、ジョン・デンバーの父親が太平洋戦争中空軍パイロットだったところから、自分が戦争末期特攻機の操縦士として出撃中、空で戦った相手ではないかと言っている」

「ちょっ、ちょっと見せてくれ」

妻が途中まで読んだところで、笠岡は新聞をひったくった。

「まあ、そんなに興味がおありなの」

妻がびっくりしているのに目もくれず、笠岡は記事のつづきを貪《むさぼ》り読んだ。

「矢吹さんは、第一次学徒動員をうけて、現役兵として入営、陸軍の特別操縦見習士官二期生に応募、戦時は特攻隊要員として九州南部の特攻基地に配属されていた。矢吹さんがジョン・デンバーの父親が搭乗していたのではないかとおもえる米軍戦闘機と交戦したのは、昭和二十年六月二十×日特攻機の直掩機《ちょくえんき》として出撃したときで、その米機は赤い亀のマークを機体につけていたそうである。

矢吹さんがその赤い亀マークの米機のパイロットをジョン・デンバーの父親ではないかと考えたのは、矢吹さんの直掩隊長をつとめた迫水太一中尉がしばしば南方戦線において戦った好敵手の赤い亀マークの米機が日本基地へ落としていった次の詩が、ジョン・デンバーの『サンシャイン』に似ていたからである。

太陽を背にうけて、おれははなやぐ
太陽が目に沁《し》みて、おれは泣く
太陽が海にきらめき、永遠が見える
太陽はなぜかいつでも、夢の世界へおれを誘う

祖国のためにきみが命を捧げるように
おれたちもまた命を捧げる
いずれの命が散華《さんげ》しても
おれたちの骨は、空を漂う無量の粒子となって
輝くだろう、太陽をうけて

祖国のためにいまは戦っても
いつか平和の空で
翼を並べて翔《と》べる日がくるように祈ろう
太陽を背にうけて

以上のように第一節は、『サンシャイン』と酷似している。なお赤い亀マーク機の落とした詩は、迫水中尉が訳したもので、その原詩は所在がわからない。迫水中尉は六月二十×日の戦闘で赤い亀マーク機と交戦して戦死した。また赤い亀マーク機も迫水機と相討ちになって火を噴いたが、パイロットは落下傘《らっかさん》で脱出した。米機パイロットの生死は不明であるが、彼がジョン・デンバーの父親で、『サンシャイン』の母体となった原詩をつくった人ではないかというのが、その戦闘に参加した矢吹さんの推理である。

いずれにせよ、ジョン・デンバーの間近い来日も伝えられており、赤い亀マークの米軍機パイロットがジョン・デンバーの父親と判明すれば、『サンシャイン』がかつての好敵手、日米空の勇士を結ぶ架橋となるわけである」

新聞記事は以上であった。読み終わって笠岡はしばらく茫然《ぼうぜん》とした。

ここにやぶきがいた。ジョン・デンバーの『サンシャイン』もあった。まちがいない。

この矢吹禎介こそ、坂野すみが言い遺した「やぶき」である。

「ついに見つけたぞ」

新聞を手にしたまま、笠岡はつぶやいた。

「あなた、何を見つけたの？」

時子が急に様子の変わった夫に、びっくりした目を向けていた。

翌朝、夫の病室へ朝食を運んで来た時子は愕然《がくぜん》とした。そこに寝ているはずの夫の姿が見えないのである。

「あなた」と呼んだが返事がない。トイレットや浴室にも姿はない。まさか手術後の回復しきらない身体で外へ出るはずがないとおもいながらも、念のためにワードローブを見ると、夫が好んで身につける茶の背広が消えていた。

時子は蒼白《そうはく》になって立ちすくんだ。笠岡が出かけたとすれば、時子には心当たりは、一か所しかない。ダイヤルした先にちょうど下田が出勤して来ていた。

「どうしました、奥さん」

「下田さん大変！　主人はそちらへ行っていませんか」

顔なじみの下田の声にすがりつくように時子は聞いた。

「笠岡さんがこちらへ？　奥さん、ご冗談でしょう」

下田もすぐには信じてくれない。

「いえ、冗談ではないのです。今朝、食事をもっていきますと、主人がいないのです。いつも着つけているスーツと靴が見えません。私が朝、起きたときはたしかにいたのに、キチンで朝食の支度をしている間に、外出したらしいのです」

「あの身体で無茶だ。いったいどこへ出かけられたのです？」下田も仰天したらしい。

「それをうかがっているのです。そちらへは行ってませんか」

「まだこちらには姿を現わしてはおりません。しかしこちらへ出て来ればすぐ連れ戻されることはわかっているはずですがね。奥さんには、なにか心当りの場所はありませんか」

「もしかすると、あの記事かしら」

「何ですか、その記事とは？」

半分独り言のようにつぶやいた時子の言葉を下田が捉《とら》えた。

「昨夕《ゆうべ》のことなんですけど、笠岡がひどく興味をしめした夕刊の記事があったのです」

「どんな記事ですか、昨夜は夕刊を読みはぐれてしまったのです」

「なんでもジョン・デンバーについての記事でした」

「ジョン・デンバーですって！」

下田の声が高くなった。

「うろおぼえなんですけど、戦争中戦闘機のパイロットだったというジョン・デンバーのお父さんと戦ったかもしれないという元特攻隊の生き残りの人の話のようでした」

「奥さん、その新聞は何新聞ですか」

「毎朝新聞の昨日の夕刊です」

「すぐこちらのファイルを見てみましょう。笠岡さんの行先がわかるかもしれません。すぐにまた連絡いたしますから、いったん切ってお待ちください」

下田の胸に、いま一つの予感が生じつつあった。彼は、ファイルを繰って目差す記事を直ちに探し出した。

「笠岡さんは中津渓谷へ行ったのだ」

彼は記事の中の一個の顔写真をにらんで確信した。そこには「元陸軍少尉矢吹禎介」のかなり鮮明な写真が載っていた。

対等の虚飾

I

下田の推測したとおり、笠岡の姿は中津渓谷にあった。

「まあ刑事さん！　もうおよろしいのですか」

中津屋の仲居は、病みほうけた笠岡の姿に、幽霊でも見出したような顔をした。

「あの節はすっかりおせわになりました。おかげですっかりよくなりましたよ」

笠岡はどう見ても「すっかりよくなった」とは言えない顔に空元気の笑いを造った。

東京からタクシーを拾って来たのだが、長いこと寝ていたので、足許《あしもと》が定まらない。不覚にも足がもつれて、空元気を見破られてしまった。

「まだお歩きになるのは、無理のようですね」

仲居は笠岡を支えるようにして渓谷に面した座敷へ通した。

「いや、もう本当に快《い》いのですよ。病人の食物ばかり食わせられていたので、力がつかないのです」

笠岡は虚勢を張りつづけて、

「ところで今日うかがいましたのは、これを見ていただきたいとおもいましてね」

と懐中から例の矢吹禎介の顔写真を切り抜いてきた新聞のスクラップを取り出した。

「これは何ですの？」

不審の目を向けた仲居に、

「この男は、六月二日ここへ食事に立ち寄った男の二人連れの一方ではありませんか。ほら、眼鏡を落とした男の一方の連れです」

「この人がですか」

「よく見てください」

「そう言えば、よく似ているようです」

「まちがいありませんか。とても重要なことですから、よく確かめてください」

笠岡は盛り上がる興奮を抑えて、仲居の顔を凝視した。

「ああ、おもいだしましたわ。この人にまちがいありません。あのときのお客様の一人です」

「はっきりした特徴でもありましたか」

「はい。ほらこの方、首すじにホクロがございますでしょう。以前知合いの人相術の専門家に首すじのホクロは衣服に不自由しないと聞いたことがあります。ホクロに見合うだけの立派なみなりをしていましたわ。写真を見ておもいだしました」

顔写真の切れるきわどい所にかなりはっきりとホクロがうつっていた。

矢吹の職業は新聞では「会社員」となっているだけであった。

——とうとう見つけた——

笠岡は、興奮を抑えるために、渓谷の方へ視線を移した。前回来たときは、季節のピーク時の日曜とあって、行楽客でにぎわっていたが、いまは平日の中途半端な時期なので、閑散としている。全山紅葉の時期は失したが、渓谷に秋色は深い。観客のない舞台で至上の芸をくり広げるように、滅びゆく秋の最後の宴《うたげ》が、賞《め》でる人もないまま盛大に蕩尽《とうじん》されていた。

張りつめていた緊張がいっぺんに解けて、疲れがどっとあふれ出た。どだい、外へ出ること自体が無理であった。笠岡は、その場にうずくまったまま、口もきけなくなった。

笠岡のあとを下田と妻が追いかけてきた。

「やっぱりこちらでしたね」

中津屋に、笠岡の姿を見つけて、下田はほっと肩の力を抜いた。

「あなた、心配したわよ」

時子も救われた表情をしていた。

「すまない。べつに抜け駆けなんか狙ったわけじゃあないんだ。新聞を見て矢も楯《たて》もたまらなくなってね」

笠岡は二人のどちらにともなく頭を下げた。

笠岡自身も重ねた無理から一気に発した疲労に圧《お》し潰《つぶ》されそうになったとき、二人が駆けつけてくれたので、救われた気持になっていた。

「そんなこと、だれもおもやしませんよ。それよりこんな無理をしちゃいけませんね」

下田は分別くさい顔をして叱った。しかし彼には、自分の人生の債務と、限られた寿命の相克を話してもわかってもらえないだろう。

「これからはしないよ。しかし、わかったぞ。矢吹禎介は、栗山重治といっしょに、ここで飯を食ったことが」

「やっぱり矢吹禎介でしたか」

下田もここへ駆けつける前に、おおかたの察しをつけていた。

「この人が確認してくれたんだ」

笠岡は、中津屋の女中を指さした。

笠岡の発見は直ちに捜査本部に伝えられた。本部ではいちおう矢吹禎介を任意で呼んで事情を聴くことにした。矢吹禎介は、悪びれずに捜査本部へ出頭して来た。

「今日はわざわざご足労をいただきまして」

折り目正しく矢吹を迎えたのは、那須である。初めて浮かび上がった重要参考人なので、キャップ自らが対することにした。聴取の補佐官は、下田である。

初対面の挨拶《あいさつ》の間にもさりげなく、それでいて職業的に練磨された観察が加えられる。

「矢吹です。いったいどんなご用件でしょうか」

矢吹は厚みのある角ばった顔を向けた。面積の大きい顔面に太い直線的な眉毛《まゆげ》と表情の豊かな目がある。目は比較的小さいが、鼻は大きい。口元は意志的に引きしまっている。男の最も脂の乗り切っているときの、自信に満ちた顔である。だがその自信が演技か、あるいは生来のものか、那須の経験を積んだ目によっても見分けられない。

「お仕事はたしか新聞社にお勤めでしたな」

那須はすでに調査ずみのことをさりげなく聞いた。

「現在は、その出版局で主として主婦向けの実務書をつくっています」

矢吹の差し出した名刺には新聞社出版局の編集長の肩書きがあった。この場に笠岡がいたら、「衣服に不自由しない」と言った中津屋の女中の言葉をおもいだしたであろう。

「率直におうかがいいたします。矢吹さんは栗山重治という男をご存じですか」

那須は一気に核心に斬《き》り込んだ。

「くりやま……」

矢吹の顔にどう答えてよいものかとまどっているような表情が揺れた。

「六月二十八日、多摩湖畔で死体となって発見された人物です」

那須と下田は矢吹の顔を凝視した。

「くりやま、栗山重治がですか」

矢吹の顔に驚愕《きょうがく》の色が刷《は》かれた。

「そうです。こちらの資料によると、本籍伊勢原市沼目一八×、住所国立市中二—三—九×番地になっています。婦女暴行や傷害の前科があります」

「栗山が死んだのですか」

矢吹の驚愕はつづいている。

「そうです。しかも、現場に一か月近く埋められていたのです」

「栗山が殺されたんですって⁉」

「そうです。新聞を読まなかったのですか。テレビやラジオでも報道されましたよ」

それは犯行手口の残虐《ざんぎゃく》な殺人事件としてかなり大きく報道されているのである。

那須の口調には知らないとは言わせないぞという押しが感じられた。まして矢吹は新聞社の出版局の人間である。これほどのニュースを見過ごしにするはずはない。

「それが六月の下旬から七月上旬かけて、ヨーロッパの方へ行ってましたので」

「ほう、ヨーロッパへね、いつご出発になりましたか」

「六月二十一日です。同業者の懇親《こんしん》を兼ねた研修ツアーでヨーロッパの出版事情の視察に七月九日まで、西欧諸国をまわって来ました。その間の国内ニュースには触れませんでした。もちろん、旅行中も国際的なニュースには関心をもっていましたし、帰国してから留守の間の新聞をかためて読みましたが、殺人事件の報道は見過《スキップ》してしまったのだとおもいます」

那須はうまい口実だとおもった。しかし信じられなかった。たとえ日本から離れていたとしても、新聞社に勤めている人間が、自分の知人が殺されたニュースに気がつかなかったとは考えられない。

それに、栗山が殺された疑いが最も強い期間は六月二日の「中津の会食」後数日の間であるから、同二十一日に海外へ発《た》った矢吹のアリバイは証明されていない。

「あなたは本当に知らなかったとおっしゃるのですか」

「知りませんでした。彼が殺されたと聞いて驚いております」

矢吹は、那須の目をまっすぐに見返した。その目にいささかもたじろぎの色は見えない。

「それではおうかがいしますが、あなたと栗山とはどのようなご関係でしたか」

「戦時中の私の上官でした」

やはり栗山には軍歴があった。

「新聞で拝見しましたが、矢吹さんは戦時中特攻機のパイロットだったそうですな」

「悪運が強くて生き残りました。まあ紙一重の差で生死を分けましたね」

「栗山重治も特攻隊員だったのですか」

「彼は指揮所付きの将校でした。自分の身は安全圏において、我々に死ね死ねと命じていた卑怯《ひきよう》な連中です」

矢吹の厚い表情に、初めて激しい怒色と憎悪が浮かんだ。ここでそういう感情を剝《む》き出しにすることの不利をよく承知しているはずでありながら、栗山に向ける反対感情を隠そうとしない。

「矢吹さんは、栗山に怨《うら》みでもおもちですかな」

相手にとって答え難《にく》い質問を那須はずばりと聞いた。

「憎んでいます。あいつらのために、私は親しい戦友を殺されたのです」

一瞬、矢吹は遠い目をした。三十数年前の絶望の戦いの日をおもいだしたのであろう。

「あいつらと言いますと、他にも憎んでいた人間がいたのですか」

「指揮所付きの将校で特に悪いのが三人いました。八木沢、北川、栗山という三人の大尉でした」

「栗山はその三人の中の一人だったわけですね」

「そうです」

「どういう理由で憎んだのか、その辺の事情を聞かせてもらえませんか」

「けっこうです」

矢吹は、三人の大尉が柳原少尉の恋人を自殺に導いたいきさつと、それに復讐《ふくしゅう》しようとして柳原が基地に向かって自爆した事件を話した。

「なるほどそういうことがあったのですか」

那須は憮然《ぶぜん》たる表情になった。もっとも那須はいつも憮然たる表情をしている。

「ところであなたは、その栗山と昭和二十三、四年ごろT大医学部付属病院でいっしょになりませんでしたか」

「よくご存じですね。たしかに二十三年の暮れごろ私は急性盲腸炎を発して、三週間ほど入院しました。そこに栗山がなにやら難《むずか》しい病気をかかえて入院しているのを見出してびっくりしたものです」

「それからもう一つ。六月二日神奈川県の中津渓谷にある中津屋という旅館で栗山といっしょに食事をしていますね」

「そんなことまで知っているのですか。たしかにそのころ、彼と会いましたね」

矢吹はあっさりと認めた。この会食を認めると、矢吹はかなり深刻な立場に追い込まれるのだが、いっこうに気にかけていない様子であった。

那須はこのころから質問と答が嚙《か》み合わず、空転しているようないらだたしさをおぼえた。

「栗山の解剖による死後経過は、二十—三十日と推定されていますが、胃の内容物からすると、あなたと中津屋で食事をした後に彼は殺された疑いが強い。食事後、どうされたかできるだけ正確に話してくれませんか」

「私が栗山を殺したと疑われているのですか」

「いまのところ、あなたが栗山に会った最後の人間です。そしてあなたは栗山を憎んでいた。あなたの立場はきわめて深刻だと申し上げてよろしいでしょう」

「そんな、馬鹿馬鹿しい！　憎んでいたといっても三十年以上も前のことですよ」

「その三十年以上も前の上官に、どうしていまごろになって会ったのです？」

「先方が突然訪ねて来たのです、たまたま手に取った本の著者あとがきに私の名前を見つけたと言って」

「何のために訪ねて来たのですか」

「栗山は恥を知らない男でした。戦後すっかり落魄《らくはく》して軍隊時代の仲間の所を次々に回っては金を借りて歩いていたようですが、私の許《もと》へも臆面《おくめん》もなく金を借りに来たのです」

「しかし、あなたが栗山を憎んでいたことは、彼にもわかっていたんでしょう」

「それが彼の鉄面皮なところです。あの男にとって軍隊ぐらい住みよい所はなかった。自分の能力と計算によって動かなくとも、あたえられた命令と軍規さえ守っていれば、優秀な軍人として名誉と威信をあたえられる軍は、職業軍人の永遠の郷愁の地なのです。そこから離れたら、民間人として生活能力がない。軍隊で美味《うま》い餌を食いすぎた職業軍人は、一般社会で自分で餌を見つける能力を失ってしまったのです。だから彼らは、昔軍隊の飯を食った者は、だれでもそういう郷愁をもっていると錯覚しているのです。そのような面も事実あります。しかし、我々、教室から無理矢理に戦争へ引っ張り出されて、戦いの傷《きず》痕《あと》を深く刻まれた者には軍隊と戦争に対する怨念《おんねん》しかありません。それを栗山は、自分もそうだから、人もそうだろうと勝手に解釈して、昔の仲間の所をたかり歩いていたのです」

「それであなたは彼の無心に応じてわざわざ中津渓谷まで行ったのですか」

「あまりうるさいので、乞食を追いはらうようなつもりで、なにがしかの金をあたえたのです。私にしてみれば、栗山に投げ銭をするのも復讐の一つでした」

「中津渓谷へ行った理由は？」

「栗山が行きたいと言ったからです。彼はその近くの出身で土地鑑がありました」

「乞食に投げ銭をするのに、どうして中津渓谷まで行ったのですか。当日は休日ではなかったでしょう。また休日だったとしても、貴重な自由時間を割く相手ではなかったはずだ」

「いや、割きますね。憎んでいたのは、栗山だけじゃありませんよ。八木沢と北川の消息も聞きたかったのです」

「聞いてどうするつもりだったのですか」

「べつにどうするつもりもありません。ただ彼らの消息を知りたかっただけです。憎い人間というものは、好きな人間以上に関心があります。あの憎い連中が現在、どんな風になっているか、私は知りたかっただけです。それを栗山は知っている可能性があるので、彼の言いなりに中津渓谷へ行ってゆっくり話を聞こうとしたのです」

いちおう筋は通っているとおもった。那須は、一筋縄ではいかない相手であるのを悟った。

「中津屋の女中の話ですと、あなたは帰りを急いでいたようですが」

那須は内なる焦燥をおくびにも出さずに、質問をつづけた。

「実は……あのとき私の車で来たのですが、途中でライトが片目なのに気がついたのです。それで暗くなる前に帰りたいとおもって時間を気にしたのです」

「それで眼鏡を探すのをあきらめさせたのですね。栗山はそのときレンズ拭《ふ》きを忘れかけましたが、あなたはそれを注意して、もたせた。眼鏡が失われたのにレンズ拭きだけもたせたのは、なにか特別の理由でもあったのですか」

「べつに理由なんかありませんよ。あなただって連れがなにか忘れ物をすれば、注意するでしょう。ハンカチ、眼鏡のケース、レンズ拭きなんて最も忘れやすいものです」

「なるほど。それで栗山とはどこで別れたのですか」

「渋谷の駅前に七時ごろ下ろしました」

「それからどこへ行くか聞きましたか」

「べつに興味もなかったので、それ以上聞きませんでした」

「渋谷で栗山を下ろしたことを証明できますか」

「そんなこと証明できるはずがありませんよ。ちょうど夕方のラッシュ時で、栗山を落とすためにほんの一、二秒停車しただけですから」

「栗山と別れた後、どうしましたか」

「どうもしません。家にまっすぐ帰って来ました」

「途中どこへも寄りませんでしたか」

「片目なのでまっすぐ家へ帰って来ました」

那須は内心うめいた。「片目のライト」がアリバイ工作にも引っかかってくることに気がついたのである。二人が中津屋を出たのが午後五時ごろであったことはわかっている。殺人の時間を稼ぎ出すためには、どうしてもこのくらいには出発したい。

だが、帰りを急ぐ理由を「片目のライト」で支えただけでなく、今度はその結果としての早すぎる帰宅によって生じた時間を再び「片目」で埋めたのである。

家族によるアリバイは証拠価値がうすい。だが警察側に挙証責任が負わされている間は、家族による証明でも通用する。那須は敵ながら見事な「一石」ならぬ「一目二鳥」だとおもいながらも、矢吹クロの心証を強めた。

「お宅へ帰り着いたのは、何時ごろでしたか」

「道路が混んでいましたので、結局八時すぎになったように記憶しています」

「もちろん、片目のライトはすぐ修理したでしょうね」

「翌日、修理させました」

「その修理屋の名前と住所はわかりますか」

「わかりますけど、そんなことまで……」

「ぜひおねがいします」

那須は抗議しかけた相手に押しかぶせた。聞き出した修理屋から裏を取るために、下田は席をはずした。矢吹は相当に気分を害した様子だったが、意志的に抑えている。

「ところで、栗山から、他の二人の大尉の消息はわかりましたか」

「どちらも健在だそうです。八木沢は自衛隊に、北川は郷里の福島の市役所に勤めているそうです」

そのとき那須は、もし矢吹が犯人なら、この二人の元軍人も狙われてよいはずだと考えた。そのために栗山から彼らの消息を聞き出したのかもしれない。

しかし、三十年以上も前の古い憎しみのために分別も家族も社会的位置もある初老の男が三人の人間を殺そうとするものだろうか。矢吹が語ったことが真実なら、自分の得たもののすべてを賭《か》けて復讐しなければならないほどの切実な怨《うら》みや憎しみではない。要する

いのである。にそれは友を自爆させ、その恋人を自殺に追い込んだ怨みであり、自分自身の怨みではな

　矢吹は、怨みを風化して金まであたえたそうだ。

「栗山には、いかほどの金をあたえたのですか」

「十万円貸してくれと言ってきましたが、くせになるので五万円しかあたえませんでした。いまにしておもえば、私の経済力を計算して初めから五万円取るつもりだったのかもしれません。さすがたかりで食っているだけあって、うまくしてやられました」

「たかりで食っているということですが、あなたの前後に、どんな人に無心していたか、栗山は話しませんでしたか」

「そういえば築地《つきじ》の方に金づるがあるというようなことを言ってましたね」

「築地のだれですか」

「あまり注意してなかったので、聞き流してしまいました。ただ築地の方から近く大金が入る予定で、その金で返すから十万貸してくれと言ってました」

　ちょうどそのとき、下田が戻って来た。彼の目顔から矢吹の車の「片目」が申し立てどおりに修理されていることがわかった。

　矢吹の容疑は濃かったが、彼をこれ以上引き留めておく理由はなくなった。

「それじゃあ気をつけてな」

「危ないことをしちゃいやよ」

「大丈夫、ちょっとした足ならしです。しばらく岩登りをしなかったので、腕が錆《さ》びついちゃうといけませんからね」

2

新宿駅4番線ホームで急行『アルプス7号』の発車ベルが鳴っていた。ひげを生やした山男風の男と、女子大生風の美しく爽《さわや》かな若い女の見送りをうけて、デッキに晴れがましげに登山服姿の男が立っている。見送人は石井雪男と、朝山由紀子であり、見送られているのは、笠岡時也であった。

「岳《やま》はもう冬衣装だ。くれぐれも無理するなよ」――この美しい恋人を泣かすことのないように――石井はすでに動きだした列車に向かって呼びかけた語尾のほうをのどの奥に抑えた。

「大丈夫ですよ、先輩。まかしといてください」笠岡は自分の腕を信じろというように、片手で胸を叩《たた》いた。恋人の前でポーズした姿でもあった。

列車が去ると、ホームは急に白々とした。アルプス7号は明朝六時に白馬岳《しろうま》麓《ふもと》の信濃森上《しなのもりうえ》に着く。休日前夜とあって山へ向かう若者たちも多かった。はや、心を山へ飛ばした若者たちの熱気も、列車はいっしょに運び去って、ホームには爛《ただ》れたような都会のネオンが虚《むな》しく反映していた。

「帰りましょうか」

ホームに立ったまま列車の走り去った方角へ焦点を定めない視線を送っていた石井に、由紀子は呼びかけた。山で転落して全治一か月の重傷をうけた石井は、最近ようやく退院したが、まだ足許がおぼつかない。

「雪男さんもいっしょに行きたかったのでしょう」

列車の去った方角にいつまでも未練げな視線を送っていた石井の心を、由紀子は忖度《そんたく》した。

「もちろんだよ。この体が元どおりになっていれば、あいつばかりにいいおもいはさせないんだがなあ。あ痛っ」

「あらっ無理しちゃだめよ」

かたわらの屑入れ《トラッシュ》を蹴《け》とばして顔をしかめた石井を、由紀子は優しくたしなめた。

「まったくあいつは現金なやつだよ。就職がきまり、恋人ができると、いまのうちだとばかり山へ行きやがるんだからな」

就職運動中は、部の合宿にも参加せず、ひたすら好条件の会社探しをやっていた笠岡時也の抜け目なさに、石井は苦笑した。まあ自分は家を継ぐ身で就職運動をする必要はなかったが、時也と同じ立場におかれても、とても彼のまねはできないとおもった。

だがいま石井が、時也の乗った列車をいつまでも見送っていたのは、山へ行けない山男の羨望《せんぼう》からではない。時也のそのような功利的な登山のスタイルにふと危惧《きぐ》をおぼえたのである。

山岳部の活動においても、彼は常に荷上《ボッカ》げやサポートなどの縁の下の力もち的役割《パート》を忌《き》避《ひ》し、岩壁登攀《とうはん》や頂上攻撃などの華々しい主役をやりたがった。事実、部活動の主たる記録は、彼によって樹《た》てられたものが多い。

それは名のあるピークに見むきもせず、ひたすら雪男を追いかけている石井と正反対の生き方であった。石井は部活では常に脇のパートを務めていた。石井のサポートには絶対の信頼がおかれた。冬期北アルプスの全山縦走を企て、天候が悪化してサポートが不能とされたとき、石井は命がけで鹿島槍《かしまやり》ヶ岳へ登り、五龍《ごりゅう》岳方面から息も絶えだえにやって来た縦走隊を救ったことがあった。その縦走隊員の中に笠岡時也もいた。

山に対する姿勢は正反対だが、二人は奇妙にウマが合った。どちらも主役と脇役に徹していたせいかもしれない。

石井は、この野心でぎらぎらしているような後輩が好きだった。時也には石井にないものがある。家のおかげで生存競争をする必要のないところから勝手気ままな夢を追いかけているが、世俗の知恵にまみれ、功利の鎧《よろい》で武装した時也に、石井はコンプレックスすらおぼえている。時也の備えているものが、社会を独力で泳ぎわたるためには不可欠な能力で、自分はそのすべてを欠落している欠陥人間におもえるのである。

時也なら愛するいとこを託しても、きっと幸せにしてくれるだろう。まだ父親は許していないが、母親は好感をもっているらしいから、いずれ正式に両親から認められるだろう。なんと言っても、朝山家では家付き娘の母親の発言力が大きい。銀行でもいずれは頭角を現わす男である。老舗《しにせ》「あさやま」の女婿《じょせい》の身分は、銀行においても有利に作用するはずである。

それだけに石井は、笠岡時也が由紀子に据えた照準に、さすがとおもうと同時に、一抹の不安を感じるのである。

「時也さんの登る山、本当に危ない所はないんでしょうね」

なにやら浮かぬ顔の石井に、由紀子は不安を誘われた様子である。

「大丈夫だよ。北アルプスの初級岩場《ゲレンデ》を上下するだけだから、彼にとっては自分の家の庭を歩くようなもんだ」

と請け合いながらも、「チャンスに恵まれれば、バリエイション・ルートの一つも拓《ひら》いてくる」と言っていた時也の功名心に駆られた顔が瞼《まぶた》にちらついた。

時也を送り、石井を自宅のある日本橋まで送った後、由紀子はそのまま家へ帰りたくなくなった。最近父親にねだって買ってもらったファイアバード・トランザムを操って、深夜の高速道路へ乗った。運転免許を二か月前に取り、運転がおもしろくて仕方のない時期であった。車もようやく機械の隅々まで油が渡り、エンジンの調子も出てきたところである。

東名高速の川崎料金所にかかる手前で、多摩川を渡った。月光が川面に砕けていた。橋を通過しても、その青く澄んだ光の破片が、瞼に浸透して、いつまでも揺れ動いていた。由紀子は急に河原の近くに行きたくなった。都心に住んでいるので、そういう場所にはあまり縁がない。嫁ぐ前の乙女の感傷か、彼女はいま、むしょうに月を砕く水面の近くに立ってみたかった。

川崎から引き返し、ようやく多摩川の堤防の一角にたどりついたとき、車が擱坐《エンコ》してしまった。

まだ車になじんでいないせいの簡単な故障にちがいないのだが、ペーパードライバーの悲しさ、車が動かなくなると、手も足も出ない。生憎《あいにく》、人家からも離れていて通りかかる車もなかった。

由紀子が途方に暮れてたたずんでいると、ベルの音がして、数条の細い光芒《こうぼう》が近づいて来た。自転車だった。近くの工場から夜業の帰りらしい若者が四、五人、自転車に乗って通りかかったのである。

「おや、こんな所に車が停まっているぞ」

「美《マブ》い車じゃんか」

「おおかたアベックがカーセックスでもしてやがんだろう」

「こちとら土曜だっていうのに、遅くまでこき使われているのに、世間のやつらいい調子だな」

　などと言いながら、近づいて来る。由紀子は不安な予感をもったが、自転車のスピードが意外に速く、身体をものかげに隠す閑《ひま》がなかった。

「あれ、きれいなお姉ちゃんがいるぜ」

　一人が頓狂《とんきょう》な声をだした。

「狐が化けたんじゃあるまいな」

「足があるぞ」

「馬鹿、幽霊とまちがえるやつがあるか」

「男はいないのか」

「一人らしいぞ」

　などとてんでに勝手なことを言い合って、車と由紀子を取り囲んだ。いずれも中卒程度のにきびの吹き出た少年である。

「車が故障しちゃったんです。この辺に電話はないかしら」

由紀子はつとめてさりげなく声をかけた。一瞬、少年たちは言葉を失った。服装のいい美しい女に、位負けしたのである。

「連れの方はいないのですか」

リーダー株のいちばん年かさの少年が、ようやく口を開いた。その神妙な口のきき方にいくらかほっとした由紀子が、

「生憎、一人なのよ」と答えたのが、少年たちに自信を取り戻させた。男がいなければ、自分たちが絶対に優位であるのに気がついたのである。

「電話はこの近くにはありませんよ」

「困ったわ」

「よかったら、後ろへ乗りませんか。電話のある所まで連れてってあげましょう」

この段階では少年たちにまだ悪心はわいていなかった。

「ええ、でも」

由紀子はためらった。どこへ連れて行かれるかわからないような気がした。

「どうぞ、ご遠慮なく」

リーダーは自転車の尻《しり》を彼女の方へ向けた。

「いいえ、けっこうですわ。ここで待ちます」

由紀子は辞退した。

「待つって何を待つんですか」

「人が通るのを待ちます」

「ぼくたちが通っているじゃありませんか」

「いいえ、あなた方ではなくてだれか……」

「ぼくたちじゃ信用できないんですか」

少年の声が少し尖《とが》った。

「いいえ、そういう意味じゃないのよ」

「それじゃあ乗ってくださいよ」

「いいえ本当にけっこうですから、どうぞご心配なく」

「やっぱり信用してないんだな」

少年たちがじりりっと輪を縮めた気配だった。

「ちがうわ、ちがうのよ」

と後退《あとじさ》りしながら、恐怖が腹の底から突き上げてきた。ここで少年たちが暴発したら、抑えようがない。野末にまたたく人家の灯は、絶望的に遠い。少々の声を振り絞っても届かない。

突き上げた恐怖は、虚勢をはね飛ばした。そうなるともう抑えがきかなかった。悲鳴をほとばしらせながら囲みの切れた所から由紀子は逃げ出した。

それが少年たちに火を放《つ》けた。こんな美しい女には、こんなチャンスでもなければありつけるものではない。金も才能も学歴もなく、はち切れそうな性欲だけを蓄えながら、およそ異性とは縁がなかった。

世間の恋人たちがデートする時間には、彼らは働いているか、あるいは勤務明けの疲労《ひろう》困憊《こんぱい》した身体を棒のように眠らせていた。商売女を買う金はなかった。精々、自動販売機からポルノ雑誌を買って、捌《は》け口のない性欲を妄想《もうそう》の泥絵具で塗りたくり、想像のイースト菌でパンのように脹《ふく》らましていた。

その想像の中でしか犯せなかった女の実物が目の前にいる。由紀子が逃げたことが、彼らの獣性に猛然と火を放った。

「待て！」

少年たちはいっせいに殺到して来た。

「たすけて！　だれかたすけてえ」

由紀子の空しい悲鳴がだれもいない闇の中にほとばしった。

彼女はたちまち追いつかれた。寄ってたかってねじ伏せられた。

「待て。順番だ。おれが一番だ。あとはじゃんけんをして決めろ」

リーダーが命令した。スカートが荒々しくまくられ、下着がむしり取られた。闇の中に二本の白い足が妖《あや》しく乱れ動いた。抵抗のための動きがますます少年たちの獣欲をかきたている。少年たちは固唾《かたず》をのんでリーダーが仕掛けていくのを見まもった。

絶望的な状態に折り敷かれたとき奇跡が起きた。突然闇を強い光が切り裂き、耳をつんざく爆音が迫って来た。闇の中から皓々《こうこう》とライトを照らした黒い怪獣が躍り出して少年たちを蹴《け》散《ち》らした。

美味な獲物の肉を貪《むさぼ》ろうとして無防備になっていた少年たちは、怪獣の奇襲に仰天し、ひとたまりもなく逃げ出した。

だが怪獣は逃げた少年たちを許さず、ひときわ凄《すさま》じい咆哮《ほうこう》をあげて追いかけて来た。

「たすけてくれ」

「おれたちが悪かった。止めろ」

由紀子にしめした勢いはどこへやら、少年たちは生命の恐怖をおぼえて泣きさけびながら、必死に逃げまどった。

少年を遠方へ追い散らした怪獣は、ふたたび由紀子の許へ駆け戻って来た。由紀子はあられもない姿を取らされたまま、恐怖にすくんで、その場から動けなかった。怪獣は、その姿態に真正面から強烈なライトを射かけた。由紀子はますます身体をすくめた。

「早く後ろへ乗るんだ」

ライトの背後から声が湧いた。それはナナハンと呼ばれる二輪の重量車であった。

「なにをぐずぐずしている。あいつらが戻って来たら、今度はたすからないぞ」

叱咤《しった》されて、由紀子はようやく我に返った。

考える間もなく二輪車の後部にまたがると、ライダーの腰にしがみついた。由紀子を拾い取ったナナハンは、エンジン出力をあげてたちまち闇の奥へ走り去った。

三十分ほど後、二人は現場から数十キロ離れた草原にいた。

「ここまで来れば大丈夫です。危いところでしたね」

ライダーはようやく車を停めた。遠い明かりをうけてほのかに浮かび上がったライダー

の面《おもて》は、由紀子を襲った少年たちと大して変わらない年輩であった。

「本当に有難うございました」

由紀子は感謝した。

「どうしてあんな寂しい場所に一人でいたのですか。あの辺は痴漢の名所なんですよ」

「車が故障しちゃったのです。そこにちょうどあの人たちが通りかかって……」

「車はあとで取りに行けばよいでしょう。それで怪我はしませんでしたか」

ライダーは、由紀子の惨憺《さんたん》たる姿に、てっきり乱暴されたとおもい込んでいるらしかっ

た。

辛うじてスカートはまとっているが、下穿《したば》きはむしり取られたままである。由紀子はラ

イダーに自分の恥部を見られたような羞恥《しゅうち》と当惑をおぼえながら、

「いいえ大丈夫です。おかげで無事でした」

無事という言葉を強調した。

「警察へ届けたほうがいいんじゃありませんか」

「いいえ、本当になんでもありませんから」

由紀子はうろたえた。警察などへ届けられたら、変な疑いをもたれる。実際に被害はなくとも、この服装では恥ずかしいことを根掘り葉掘り聞かれるにちがいない。こんなことは笠岡時也の耳に入れたくない。

「あなたがそうおっしゃるなら、ぼくも好きこのんで警察に協力するつもりはありませんがね、警察とは最初から敵味方の間柄ですから」

言われて由紀子は相手の服装に目を向けた。ジーンズの上下に半長靴《はんちょうか》、ヘルメットを脱ぐと髪は前髪を庇《ひさし》のように突き出し、横をリーゼントスタイルに後方に油で塗りかためている。いまはやりの暴走族らしい。だがその目は、わりあい理知的であった。由紀子は学生と推測した。

「おねがいがあるんですけど」

由紀子は、相手の目の光に甘えて言った。

「何でしょう」

「今夜のことは黙っていていただきたいのですけど」

「ぼくがそんなことを人に話すとおもっているんですか」

「いいえ、でも」

「でもどうしたのです」

「私、近いうちに結婚するんです」

「ははあ、それで婚約者に知られたくないわけですね」

「ええ」

「しかし、べつになにもされなかったんでしょう」

ライダーの声が皮肉っぽくなった。

「なにもされませんけど、やっぱりこんなことが相手の耳に入ると、痛くもない腹を探られますから」

「大丈夫です。だれにも言いやしません」

「失礼ですけど、これはお礼の印です」

由紀子は、身につけていた何枚かの札を差し出した。

「何ですか、これは」

相手の顔色が変わったのは、闇に隠れてわからなかった。

「なんにも言わずに受け取ってください」

「ぼくはこんなものをもらいたくてあなたをたすけたんじゃあない」

「わかっています。でもせめてもの私の気持ですから。それから、これからどこかで出会うことがあっても知らない顔をしてくださいね」

「人を馬鹿にするな！」

突然、ライダーは怒って、札を地面に叩《たた》きつけた。由紀子はびくっとして一、二歩後退《あとじさ》った。

「あんたは、人間をそんな風にしか見られないのか。婚約者に知られさえしなけりゃいいとおもってるんだろう」

「お気に障ったらごめんなさい。私はよけいなトラブルを起こしたくなかっただけです」

「よけいなね、どうせおれはよけい者だ。あんたら箱入り娘にはおれたちの気持はわからないよ。そんなに将来の旦那《だんな》に知られるのが恐ければ、知らせなけりゃあいいんだろう。知られないようにやってやろうじゃねえか。どうせ、やられたか、やられかけたんだ」

ライダーの声はにわかに凶暴性を帯びた。由紀子の不注意な言葉が、隠していた送り狼の牙《きば》を剝《む》き出させたのである。

「あっ、何をするの」

由紀子が逃げようとしたときは遅かった。彼女は狼の爪にがっちりと捉《とら》えられていた。救いを求めようとした口は塞《ふさ》がれた。不幸なことに、彼女は第一次の襲撃によってほとんど無防備な姿にされていた。

相手が初めの危難の救い主であるうえに、由紀子の無思慮な言葉にも責任のあることが、抵抗を弱めていた。

由紀子は犯された。若い獣は、蓄えた欲望のかぎりに彼女の初めての体を食い散らし、久しぶりに餓《う》えを充たした。肉叢《ししむら》の一片も残さずに飽食したライダーは、

「心配するな。だれにも言いやしねえよ。家へ帰ってシャワーでも浴びりゃわかりゃしない。あんたは知らん顔をして嫁に行けるぜ」

と捨てぜりふを残して走り去った。排ガスに乗って彼が叩きつけていった札がひらひらと舞っていた。

数日後、笠岡時也が山から帰って来た。彼は少なからず興奮しているようであった。

「五龍岳東壁扇形岩壁中央稜の初登攀《はっとうはん》をやったのです。前から狙っていたのだが、まったく運がよかった。天候に恵まれたのと、はずみがついて一気に登ってしまった。北アルプスのミニ岩壁ですが、初登攀にはちがいない。あなたとの結婚に際して私のささやかなプレゼントです」

「私、なんとお礼を申し上げるべきかしら、この上ないプレゼントを有難う。そして心からおめでとうを言わせていただきますわ」

初登攀がアルピニストにとってどんなに栄誉あることか知らなかったが、由紀子は時也

が自分のためにアルプスの未登の岩壁に足跡を刻んでくれたことが嬉《うれ》しかった。

「よくやったなあ、おい」

初登攀の名誉と意義をよく知っている石井雪男は、驚くと同時に、素直に祝福してくれた。

「いや、これまでの先達たちが積み上げてくれたピラミッドの上にぼくがひょいと立ったようなもんです。とにかく今度の山行はツイていました」

「それにしても、〝婚前山行〟に初登を稼ぐとはいかにもおまえらしいな」

「これでわがA大山岳部にもささやかながら栄誉ある記録が加わったわけですね」

「もう報告したのか」

「次の部の総会のときに報告するつもりです」

「五龍の扇形岩壁を狙っていたやつは、他にもいたから口惜《くや》しがるだろう」

「次は積雪期もいただくつもりです」

「いや、それはもう他のやつに譲ってやれ。だいいち、ユキッペが許さないよ」

「由紀子さんも連れて行きますよ。新婚旅行に扇形岩壁を狙おうかとおもっています」

「おい冗談じゃないぞ」

「もちろん由紀子さんには麓《ふもと》で待っていてもらいますよ」

時也の意気はまさに軒昂《けんこう》たるものがあった。

矢吹禎介というきな臭い人物をようやく捜査線上に浮かび上がらせたものの、決め手を欠いて、追いつめられないという報告を下田からうけた笠岡は、病床で歯ぎしりをした。

3

笠岡は下田に質《たず》ねた。

「それであなたのカンはどうだったね」

「それがなんとも言えないのです。新聞社に勤めておりながら、栗山が殺されたニュースを知らなかった点や、片目のライトの口実などは大いに胡散臭《うさんくさ》いのですが、同じように怨みがあるはずの他の二人の元大尉にはまったく手を出さずに、栗山だけを手にかけたのは解せない」

「二人の元大尉、八木沢と北川は無事だったのかい」

「八木沢は、現在、赤坂の防衛庁航空幕僚監部につとめています。航空自衛隊中央業務隊人事統計課長で一佐になっています。また、北川のほうは、福島市役所の秘書課長をしていますよ」

「これから復讐に取りかかるつもりじゃないだろうか」

「もしそうだとすれば、矢吹はそれを予告したことになります。自らを危険に追い込むような真似をするでしょうか」

「矢吹が特に栗山だけに深い怨みを抱くような事情はないのかね」

「八木沢氏と北川氏に会って聴いたのですが、特にそのような事情はないようです。また両氏の話によると、たしかに当時奉仕隊の女学生が自殺した事実はあったが、それは三人に取り調べられたのが原因ではなく、当時の状況では、とうてい恋を実らす可能性のないのをはかなんでしたことだそうです。国家非常のときでもあり、自分たちも血気盛んだったので、取り調べに際して多少激しい言葉を使ったかもしれないが、それは当時としてはごくあたりまえのことであり、そのことによって自殺に追いつめられたとは考えられないということでした」

「まあ彼らとしては、そう言わざるを得ないだろうな」

「矢吹の復讐だとしても、三十年以上経ってから行動をおこしたのはどう考えてもおかしいとおもいます」

「栗山ら三人の行方がわからなかったからじゃないのかい」

「ところが、栗山以外の、八木沢と北川の兵歴は厚生省と、彼らの郷里の新潟県と福島県に記録されているのです。もし矢吹が復讐を狙っていたのなら、八木沢と北川から接触できたはずです」

「それが最も消息のうすい栗山からはじめたというわけか」

「そうです。それに、三十年前の戦友とその恋人の復讐というのも、動機としてはうすい」

「うん」

と合槌《あいづち》を打ったまま、笠岡は必ずしもそうは言いきれないのではないかと秘《ひそ》かにおもった。なにかのきっかけによって古い怨念《おんねん》がよみがえることはある。心の奥の休火山が、ふたたび活動をはじめて、熱い溶岩を噴き出す。笠岡自身、若い日の心の傷痕《きずあと》として長い間、厚いかさぶたの下に封じこめていたものが、ビュルガー氏病歴のある身許不明死体が出現するにおよんで、血を噴き出したのである。

自らの心身に刻まれていることだけに、古い怨念や傷痕の執念深さには実感がある。

だがそれは笠岡の個人的実感であり、一般性がない。しかも笠岡の場合、自分自身に刻まれたことだが、矢吹を犯人とすれば、間接的な動機となる。間接的な怨念が殺人の動機となるかどうかということになると、笠岡にもわからない。

「栗山が、築地の方に金づるがあると言っていたそうだが、そのことについてはなにかわかったかね」

「これは、かいもく見当がつきません。栗山と築地にはまったくなんの関係も見つけられないのです」

「でたらめにしては、築地という具体的な地名をあげているのが気にかかるな」

「戦友、女、身寄り、その他の知己でもいないかと捜査をしたのですが、栗山と築地を結ぶものを見つけられませんでした」

「築地ちがいということはないのかね」

「と言いますと？」

「つまり、東京の築地ではなく、べつの地名か、あるいは人名ということは……」

「その点は、矢吹に確かめたのですが、栗山の言葉のニュアンスは東京の築地だったそうです。いちおう念のために調べまして、名古屋と神戸に築地がありますが、栗山はまったくつながりがありません。矢吹は東京出身ですし、栗山は神奈川出身です。この二人が神奈川の中津渓谷で、『築地』といえば、まず東京の築地ですね」

「築地というのは、もともと海や沼の埋め立て地だが、東京では、いま赤坂、柳橋に並ぶ料亭街の代名詞になっている。料亭の名前を意味しているんじゃないか」

「東京に築地という料亭は三軒、すし屋が一軒ありますが、まったく栗山という人物に心当りはないそうです。また築地の魚市場にもつながりを見出せません」

「すでに調査ずみというわけか」

「私も築地というのは、東京の築地を意味したものと考えています。矢吹の話によると、栗山は自信たっぷりだったそうですから、かなり強力な金づるだったのでしょう」

「金づるというからには、戦友や知人からの借金やたかりではないね」

「恐喝《きょうかつ》ですか」

「恐喝以外に金づるという場合があるかね」

「そうですね、とりあえず恐喝ですね」

「すると、恐喝の材料《ネタ》は何かということになる。栗山には前科がある。この線から洗ったら何か出てこないかな」

「前科の線はもう十分洗ってますよ」

「被害者の線はどうだね、やつの婦女暴行の被害者が結婚した後、古い傷をネタに恐喝されていた形跡はないか」

「前科の被害者の行方はすべてわかっていますが、いずれも現在地方に住んでいて、築地には関係ありません。また、被害者たちが事件後、栗山と完全に没交渉になっていることは確かめられております」

「すると、築地と栗山はまったく関係ないということだね」

「残念ながら、いまの段階では」

下田は面目なげに報告して帰って行った。

笠岡時也と、朝山由紀子の間には着々と縁談が進行していた。笠岡道太郎はその件に関してはまったく妻にまかせきりであった。

いつぞや笠岡が、A大医学部の付属病院で胃の検査をしてもらっての帰途、偶然、息子の時也と若い娘が仲睦《なかむつま》じげに寄り添っているシーンを目撃したが、どうやらその娘との間に感情が育ってプロポーズしたと聞いた。相手の家は老舗《しにせ》の料亭で、身許はしっかりしていると聞いて、笠岡も安心し、妻にまかせていたのだが、この度、先方の両親が承諾して正式に結納《ゆいのう》の使者を立てることになった。

先方の父親が、笠岡の職業にちょっと難色をしめしたということだが、それは時子の所で留めて、病床にある笠岡の耳には入れなかった。

「わざわざそんな使者を立てなければいけないのか」

使者の人選の相談をうけた笠岡は、少し驚いた口調で言った。責任を取る形で時子と結婚した笠岡は、そんな形式をまったく踏まなかった。

時也の結婚が、自分たちのそれと事情が異なっていることは承知しているつもりだが、いわゆる〝恋愛結婚〟で当人たちの意志が先行しているのだから、そんな形式は当然省略されるとおもっていたのである。

「それは犬や猫をもらうようなわけにはいかないわよ」

「しかし、見合結婚じゃあるまいし、当人たちが先に熱々《あつあつ》になって、いまさら結納でもあるまい」

「ご両親にしてみれば、そうもいかないわよ。もし私たちに娘がいれば、やはり、ちゃんと世間の形式を踏んでくれたほうが嬉しいとおもうわよ」

「おれは形式を踏まなかったからね」

「そういう意味で言ったんじゃないわ。そりゃあ当人同士はいいわよ。でも親たちはまったく未知の間柄でしょう。他人だから、形式にしたがってするのが礼儀なのよ」

「そんなものかね」

「なにしろ相手は築地の老舗の料亭ですからね。いいかげんなまねはできないわ」

「いま何と言った？」

笠岡が急に興味をもった目を向けた。

「どうなさったの、急に？」

「いま、築地の料亭と言わなかったか」

「そうよ、築地の『あさやま』よ、相手の娘さんの家は。超一流の料亭だわ」

「時也の結婚の相手は、築地の料亭の娘なのか！」

「なにをいまさら言ってるのよ。これまでにも何度も言ったでしょ」

「それは……料亭の娘ということは聞いたが、築地とは知らなかった」

「それも言ったわよ。だいいち『あさやま』と言えば築地にきまってるじゃないの」

「関心がなかったんだ」

「まあひどい！　一人息子の結婚なのよ」

時子が憤然となった。笠岡はうろたえて、

「いや、そういう意味じゃない。つまり、『あさやま』が築地にあるということに関心がなかったんだよ」

「新聞によく出ているじゃないの。大物政治家の会談の行なわれる場所として。結局、時也の結婚にそれだけ関心のない証拠だわ」

「『あさやま』は、赤坂にあるとばかりおもっていたんだよ。だいたい政治家の使う料亭は赤坂と相場が決まっているじゃないか」

「そうとはかぎらないわよ。でもあなたが時也の結婚にその程度の関心しかもっていないことがよくわかったわ」

だが、いまの笠岡には、妻の憤《いか》りをなだめようとする気持もなかった。突然、登場して来た「築地」に心を吸い取られていた。もとよりその築地は、栗山がもたらしたという金づるの「築地」とは関係ないだろう。だが息子の縁談の相手方の家が築地にあるという偶然の符合に、笠岡は、息がつまるほど驚いたのであった。

一つの符合は、さらにべつの符合を誘い出した。「あさやま」は料亭である。すると、タニシを出す可能性がある。栗山重治の胃中から山菜、川魚、タニシ、ソバ等が証明されたので、「中津渓谷の会食」がその摂取場所と考えられたのだが、「あさやま」でも同じ物を出す可能性はある。以前は一杯飲屋専用であったタニシも、最近はむしろ高級料亭でなければ口に入らなくなった。そして栗山が中津渓谷で食した料理とほぼ同じ料理を「あさやま」で食べる可能性もあったのである。

しかし、「あさやま」と栗山をこれだけのことで結びつけるのは乱暴である。栗山はただ築地に金づるがあると言っただけだ。また「あさやま」は時也の縁談の相手方として登場してきたにすぎない。この両者にはまったくなんの関係もないのである。

それを無理矢理に結びつけようとするところに、笠岡の焦りがあった。

4

笠岡時也の五龍岳東壁第一峰扇形岩壁中央稜の初登記録が山の専門雑誌『アルピニスト』に掲載された。その文章の大要は次のようなものである。

——例年夏は、北アルプスへ入山するが、今年の夏にかぎって個人的な事情があって東京を離れられなかった。そのために岳への餓《う》えが身体に蓄積され、針で突けばパンと弾けそうなほどに、脹れ上がった。これ以上岳から遠ざかっているのは精神衛生上もよろしくない。こうして数日の閑《ひま》をひねり出し、山道具をかき集めて出かけて来たのだが、ただ優しい山に抱かれてポケーッと過ごしてくるつもりだったのが、絶好の好天に恵まれて、私の中でファイトがむくむくと頭をもたげた。また人生には時としてすばらしいめぐりあいというものがある。

たまたま往路の車中で山梨市の登山家佐竹申吾氏と席を隣り合わせたのが、大きな幸運であった。私たちは車中で意気投合し、どこか快適な岩場《ゲレンデ》をいっしょに登ろうということになった。

佐竹氏は、その装備やものごし、また山の知識の豊富さなどから一見してただ者ではないアルピニストとにらんだ。行きずりの登山者とパーティを組むことは無謀とされるが、達人は達人を知るで、経験を積んだアルピニストは一目でこよなきパートナーを見分けられるものである。そのときの佐竹氏と私の出会いがまさにそれであった。私たちはただの一目で、すでに何十回もザイルを結び合ったような絶妙の呼吸《イキ》をたがいに感じ取ったのである。そしてそれは、その後につづく登攀《とうはん》において見事に実証された。

――中略――

――絶好の天気とイキの合ったパートナーに恵まれた私たちの前に、扇形岩壁はあまりにも魅力的な容姿でそびえ立っていた。身近に鹿島槍北壁や荒沢奥壁などのアルピニズムの檜舞台《ひのきぶたい》があるために、ビーナスのかたわらの田舎町の小町娘《ミス》ぐらいにしか見えないが、それだけに手垢《てあか》がついていない。我々二人だけしかいない秋の透明な日差しの中で改めて見つめると、ビーナスにはない楚々《そそ》たる美しさと、含羞《がんしゅう》の処女性がある。

そしてその処女が、羞恥に充ちた風情で、未踏の秘所をおずおずと、我々の前に開いているのであった。だれがよくこの蠱惑《こわく》に抗しきれよう。私と佐竹氏はたがいの目を見合った。了解は瞬間に成立した。扇形岩壁をやろう。

――中略――

中部岩壁の取付き点は、傾斜約三十度のガレ場であり、上部に雪化粧した二峰の頭が少々覗《のぞ》いている。ここより右寄りにかぶり気味のスラブが突き出し、左側は浮石の多い乾いた岩場である。最初のピッチはハングの下を左にトラバースして左上にある岳樺《だけかんば》の木に出る。ここから傾斜約四十度の草ツキがつづく。

――中略――

連続登攀《コンティニュアス》で中段草ツキ帯を横切るオーバーハングに行き当たる。これを右の急斜面の草ツキの壁に避けてバンドをたどると、チムニーの下へ出た。ふり仰ぐと、岩に額縁された青空が、井戸の底から仰ぎ見るようにすっぽりとその深い青さを強調して切り抜かれている。ここが頂上への最後の関門である。佐竹氏と顔を見合わせて、おもわず会心の笑みを交わす。

ここでトップを佐竹氏に譲る。取付きはホールドが遠く、やや手間取るが、間もなくザイルが順調にのびはじめる。岩はしっかりしているようだ。佐竹氏の姿が右に左に岩かげを伝う。それにしても見事なバランスクライムである。つくづくよいパートナーに恵まれた好運を感謝する。

――中略――

チムニー上部は小さな岩塔となっていて、その基部まで一ピッチ、つづいて小さなスラブを登って偃松帯《はいまったい》に入る。すでに頂上は指呼《しこ》の間で、一般ルートから登った登山者の声が意外に近い所で聞こえた。やった。

扇形岩壁をやったのだ。小さいながら、初登攀である。佐竹氏とかたい握手を交わした。

――

『アルピニスト』誌上に掲載された笠岡時也の文章は、さほど岳界の話題にならなかった。五龍岳の扇形岩壁がごく一部の初登ハンター以外には、魅力ある岩登りの対象として関心をもたれていなかったせいもあるが、また彼のいかにも気負った自意識過剰の文章が、おおかたの反感をかったらしい。

時也はそれが不満であった。たとえ取るに足らないミニ岩壁でも、初登攀にはちがいはない。穂高や剣の岩場のような華々しさはないかもしれないが、散歩の延長のようにして、日本アルピニズムの歴史に新たな数行を書き加えた技倆《ぎりょう》と功績はもっと高くかわれてしかるべきだとおもった。

だが、そんな事情は知らない由紀子や朝山家では率直に喜んでくれた。由紀子の父親は以前山登りをしていただけに、時也の記録を高く評価した。母親は「初登攀」と聞いて、エベレストやマナスルのような偉業と同一視したらしい。もっとも、時也の心の中にはあれだけの金と人力を投入すれば、だれでも登れるという傲《おご》りはあった。

ともあれ、この初登攀によって朝山家における時也の株はぐんと上がった。そして朝山家への出入りを許され、間もなく父親は由紀子と時也の結婚を許した。

時也が『アルピニスト』に登攀記録を発表してから一週間ほど後、石井雪男がひょっこり訪ねて来た。

「やあ先輩、先日はいろいろとご心配をかけまして」

時也は、石井を喜んで迎えた。石井は単に彼の山の先輩であるだけでなく、由紀子との縁をつくってくれた人間でもある。

「ちょっとその辺まで出られないか」

「いいですよ。でもどうかしたんですか」

冴《さ》えない顔の石井を見て、時也はなにかあるなと悟った。いつもの石井らしくない改まった表情である。

「うん、ちょっとな」

「母さん、それじゃあちょっと出て来るから、いいよ」

ダイニングキッチンでコーヒーの用意をしかけている母親に声をかけて、時也は立ち上がった。

「あらせっかく用意したのに」

「おばさん、すみません」

石井も時子の方へ頭を下げた。

二人はやがて、近くの喫茶店で向かい合った。

「先輩、いったいどうしたんですか」

「うん」

時也にうながされても、石井は運ばれたコーヒーをまずそうにすすっているだけである。ここまで来て、言おうか言うまいかためらっている様子であった。

「何かあったんですか」

「実はな」

コーヒーを飲んでしまったので、仕方なくといった様子で、石井は肩にぶら下げてきたショルダーバッグの中から一冊の雑誌を取り出して、時也の前においた。

「ああ、先輩も読んでくれたんですか」

時也は嬉《うれ》しげに目を輝かした。

「読ませてもらったよ」

「どうも恥ずかしい文章です」

「実はそのことで来たんだがね」

石井は言いながら時也の文章のある頁を開いた。何か所かに赤い傍線が引いてある。

「こりゃあ恐縮だなあ、先輩、そんな丁寧に読んでくださったんですか」

「読んだよ、それでちょっと聞きたいことがあるんだ」

「何でしょう」

「この車内でいっしょになった山梨市の佐竹申吾氏という人の住所はわかっているんだろうね」

「もちろんですよ」

時也が怪訝《けげん》な目を向けた。石井の質問の真意がわからないといった様子である。

「それなら問題ない。そこで二、三質《たず》ねたいのだがね、まずこの赤線のところだが、――中部岩壁の取付き点は、傾斜約三十度のガレ場であり、上部に雪化粧した二峰の頭が少々覗いている――とある。この記述のとおりかね」

「と言いますと？」

時也の面《は》に刷かれた不審の色はますます濃厚になった。

「つまり、おまえのおもいちがいとか錯覚はないか」

「おもいちがいなんかありませんよ。ちゃんとメモを取ってきたのです」

時也は憤然となった。

「そうか、それならいいけど。しかし、おれの記憶だと、この取付きからは二峰は見えないんだ。いや二峰だけではなく、岩が張り出していてなにも見えないんだよ」

「せ、先輩！」

　時也の顔がさっと青ざめた。

「おまえのせっかくの初登攀《とうはん》に水をさしたくなかったので、黙っていたのだが、実はおれも扇形岩壁を上部オーバーハングの基部まで登ったことがあるんだ」

「先輩が扇形岩壁に！」

　時也の顔から完全に血が退《ひ》いて白っぽくなった。

「二年前だ。一人で行ったんだが、オーバーハングで斥《しりぞ》けられた。だから、だれにも言わずに黙っていたんだ。そのときの記憶と、おまえの記録にだいぶ食いちがいがあるので、それを確かめたかったんだよ」

「…………」

「食いちがいはまだある。最初のピッチはハングの下を左にトラバースして左上にある岳樺の木に出るとあるが、おれの記憶では、岳樺などない」

「先輩は、私の記録を疑うんですか」

　時也の紙のように白くなった頬の一点にかすかな赧《あか》みがさした。それが怒りか恥辱によるものか、まだわからない。

「疑ってはいないさ。ただ食いちがいが多いので確かめているだけだよ」

「先輩はべつのルートを取ったんでしょう」

「いや、中央稜だ。きみのルートと同じだ」

「季節がちがうんでしょう」

「二年前の秋だ。きみが行った時期とほぼ同じだよ」

「………」

「それからオーバーハングの下部チムニーで上を見たら、井戸の底から見たように青空がすっぽりと切り抜かれていたと書いているが、あのチムニーは屈曲していて、底から青空は見えないはずなんだ」

「ぼくにも多少のおもいちがいがあるかもしれません。チムニーの底だとおもった所は、実はかなり上の方だったのかもしれませんね」

「たぶんそうだろう。だが微妙な点でまだ食いちがいはたくさんある。ピッチの回数、所要時間、岩や草ツキ、積雪状態の位置のちがいなどがね」

「それはちがうでしょうよ。ちがう人間がべつの時期に登ってるんですから。まして積雪状態なんて指紋のように完全に同じ状態なんてあり得ない」

「それは認める。しかし、二年前にはなかった岳樺が、わずか二年後に突如成長したり、見えないピークや空が急に見えるようになるだろうか」

「登山は、先輩もよくご存じのように異常な心理状態におかれます。死に直面しての非常な緊張の持続と体力の消耗《しょうもう》が、時として認識を甘くしたり、誤らせたりします。かえって記録が完全に一致するほうがおかしいでしょう」

「主観的な認識は異なるだろう。だが、山は不動だ。二年では風化も大してうけない」

「先輩はやはりぼくを疑っているんですね」

「疑ってはいない。だがこのままにしておくと、遠からずして必ず同じルートを登った者から疑惑を突きつけられるだろう。いや、おれのように途中まで登った者もいるかもしれない。その前におもいちがいなら、それとして訂正しておいたほうが、おまえのためだとおもうんだ」

「おもいちがいではありません」

「おまえが自信をもってそう言い切れるのなら問題はない。だがこの際、おまえと同行したという佐竹申吾氏にも登場してもらっておいたほうがいいぞ。それこそなによりの証明だ」

「どうしてそんな証明をする必要があるんですか」

　時也は激しい口調で言ったが、山梨市の佐竹の名を出されたときから心なし、その言葉の底に脆弱《ぜいじゃく》なものが感じられた。

「おまえに疚《やま》しいところがなければ、いまのうちに疑惑を晴らしておいたほうがいいんじゃないのか」

「だれも疑惑など出していません。先輩だけが言いだしたことです」

「おれだけだからいいのだ。おまえのために言ってるんだ。おれはまだこのことをだれにも話してない。おまえを疑って言ってるんじゃないぞ。登山には観客も審判もいない。だれも見ていない山では、自分さえその気になれば、いくらでも記録をデッチ上げられる。それでいて山の記録を疑う者がいないのは、それが自分自身の魂の記録だからだ。初登攀の栄光も自分の魂の中でこそ本当に輝くものだ。それをごまかすことは自分の魂を自ら冒《ぼう》瀆《とく》するものだよ。だからこそ、だれも見ている者もない登山の記録に人は絶対の信頼をおいている」

「ぼくがその魂の記録をごまかしたというのですか」

「少しでも疑惑をもたれそうなおそれがあるときは、それを証明すべきだとおもうな。おれはおまえが好きだ。扇形岩壁の記録を少しも疑っていない。だが疑う者が出るかもしれない。そのためにいかなる疑惑も押し潰《つぶ》す証明をしておくべきだとおもう。そうでないと、これまでのおまえの輝かしい山行記録まで疑われるようなことになるぞ」

「山登りはあくまで個人的なものです。そんなことで騒ぎたてるほうがおかしいですよ」

「おまえにとってなんでもないことじゃないか。佐竹氏に一文を書いてもらうだけでよい。それだけのことで、これから生じるかもしれないいっさいの不愉快なおもいを避けられる」

「私はその必要を認めません」

「どうしてそんなに佐竹氏を出すのをいやがるんだ」

「べつにいやがってなんかいません。必要がないからです」

「おまえがどうしても、佐竹氏を出さなければ、いやなことだが、おれとしても、扇形岩壁の記録を疑わざるを得なくなるな」

「先輩は、それでどうするつもりですか」

強気だった時也の面に不安の翳《かげ》が揺れた。

「どうもしないよ。ただ悲しいだけだ」

「先輩、私を信じてください。私が必要と判断したときは、言われなくとも、佐竹氏を連れて来ますから」

「おまえにはわかっていないんだよ。いまが最も必要な時期なのに」

「先輩は、このことを由紀子さんに話すつもりですか」

「話してはいけないのか」

「ぼくはべつに疚しいところはありませんが、由紀子さんに痛くもない腹をさぐられたくないのです。黙っていてもらえたら有難いですね」

「そうか」――おまえはそこまで卑怯《ひきよう》なやつだったのかと言おうとして、石井はあとの言葉をのみ込んだ。言ったところでどうにもならないことだった。

「よし、言わないよ。おまえが望むならな」

石井は悲しいおもいに満たされて立ち上がった。

5

「お嬢様、お電話です」

お手伝いから取り次がれて、由紀子は飛び立つおもいで、

「時也さんから？」

「いいえ、男の人ですけど、ちがいます。なんでも、お嬢さんにお届けするものを預かっているそうです」

「届け物？　なにかしら」

首を傾げながら電話に出ると、

「朝山由紀子さんですね」と若い男の声が確かめてきた。どこかで聞いたような声だが、すぐにはおもいだせない。そうだと答えると、

「いやに格好つけてるじゃねえかよ」

急に相手の声がくずれた。

「あなた、いったいだれなの？」

「ふふ、もう忘れちゃったのかい」

「へんないたずらをすると、電話切るわよ」

「待ちなって。命の恩人の声を忘れるなんて、あんたも薄情だねえ」

その言葉におもい当たることがあった。

「まさか、あなたは！」

「そのまさか様だよ。おれがいなかったら、あんたは大勢の獣に、輪姦《マワ》されて、ぼろぼろにされていただろう。殺されていたかもしれないんだぜ」

由紀子はいま相手の正体をはっきりとおもいだしていた。あの二輪車にまたがった若い送り狼である。

「あなたもその獣の一匹だったんじゃない。いちばんタチの悪い獣だったわ」

由紀子はおもわず声の抑制をはずした。

「なかなか言うじゃねえかよ」

「あなたなんかに用はないわ。二度と電話なんかすると警察を呼ぶわよ」

「呼びたければ呼ぶがいいさ。事が公になって困るのはおまえさんのほうだろうぜ」

「卑怯者！」

「救いの神様と呼んでもらいてえな」

「いったい何の用なのよ」

「もう一度会いたいのさ」

「何ですって⁉」

「もう一度会いたいと言ったのさ」

「まあ、なんて図々しい！　あなたなんか顔も見たくなければ、声も聞きたくないわ」

「こっちはその逆でね。どうせ近いうちに嫁さんになるんだろう。その前にもう一回ぐらい会ってくれてもいいだろう」

「私はいやよ」

「そんな強がり言っていいのかい。おれが一言、あの晩のことをあんたの将来の旦那《だんな》にバラせば、どうなるかわかってるのか」

「脅迫《きょうはく》するのね」

「とんでもない。もう一度会いたいだけだよ。おねがいだ。お姉さん、もう一度だけ会ってくれよっ」

精々凄《すご》んでいた相手の声が、急に稚《おさな》くなった。由紀子は先夜の送り狼が、十七、八歳だったのをおもいだした。犯し方は荒っぽかったが、行為そのものは稚拙《ちせつ》だった。彼女は後になって、身体をもみくちゃにされたわりには被害が、体の深部に及んでいないのを知った。

若い獣は、はち切れそうに蓄えた欲望を、ほとんど彼女の表皮に排《は》き出していったのである。

た。

「金なんかいらないよ。会ってくれさえすりゃいいんだ」

由紀子は先夜、救われた礼に金をやろうとしたことから相手を怒らせたのもおもいだした。

——この相手は、意外に純情なのかもしれない。そうなれば、いくらでも手なずけようがある——由紀子は胸の中で素早く計算した。

「いいわ、一度だけ会ってあげるわ。でも本当に一度だけよ。つけ上がると私、本当に怒るわよ。あなた、私の家をどうやって突き止めたの？　そう、置き去りにした車の車検かららね。それならわかりが早いわ。家には警察の偉い人もヤクザの大物だって出入りしてるのよ。あなた多分高校生か予備校生でしょう。あなたなんか私の父がそのつもりになったら、たちまちひねりつぶされてしまうわよ。あなただって、まだ将来のある身体でしょう。だからあなたに会うのは脅迫されてじゃないのよ。あなたにちょっと興味をもったの。それになんといっても危ないところ救ってくれた恩人ですものね」

由紀子の言葉は、かなり相手に効いたらしい。その程度のはったりでも効果があるのだから、大した悪《わる》ではなさそうだった。

その夜から由紀子と少年の間に秘かな交際が生じた。二人は夜のハイウェーでデートした。少年の操る単車の尻に由紀子がしがみつくこともあれば、由紀子のファイアバード・トランザムに少年が同乗することもあった。

少年は由紀子と知り合って以来、暴走族グループから離れ、単独で行動するようになった。

ドライヴに疲れると、人気のない海岸や山中へ車を寄せて、獣のようにたがいの身体を貪《むさぼ》り合った。性《セックス》に稚拙だった二人は、たがいの身体を教材にしてたちまち習熟してきた。だが年長の由紀子がすべてにおいてリードした。出会いは侵襲《しんしゅう》の形をとったが、それ以後の少年は素直であった。彼は由紀子を憧憬《どうけい》し、尊敬した。由紀子の忠実な僕《しもべ》になりきった。

由紀子も少年を弟のように可愛がった。彼女には妹はいたが、弟はいなかった。少年は由紀子によって社会と学校からの疎外感を柔らかく救われていくようだった。

「ねえ、誤解しちゃだめよ。私たちのことはいまだけなのよ。私がお嫁に行くまでのこと、結婚したらもう会えないのよ」

「わかってます。でももうお姉さんに会えないなんて信じられない」

「世の中に永遠なんてないのよ。いつかは別れる日がくるの。どうせ別れるんだからって会わずにいるより、会える間に会っておいたほうがいいでしょう」

「もう少し結婚する時期を遅らせられないんですか」

「無理言わないでよ。最初からそういう約束で会ったんじゃない」

「わかってます。でも辛《つら》いな」

「私だって辛いわ。でもどうにもならないことでしょ。私、あなたが好きよ。あなたにめぐり会えたことを感謝しているわ。私たちは結婚できない運命にあるのよ。たとえ結婚できたとしても、そうしたら私たちきっとうまくいかないわ。私たちはこれでいちばんいいのよ。青春のおもいでは食べすぎてはいけないの。もう少し食べたいところで止めておくから、いつまでも美しいおもいでになるのよ」

「お姉さんは結婚して、子供を産んで幸せな奥さんになるんだね」

「女はみんなそうよ。あなたも勉強して学校へ入り、やがては社会人になっていいお嫁さんをもらうのよ」

「ぼくにはお姉さんがすべてだ」

「そんなことを言うと、もう会わないわよ。私たちこうしていられる時間は短いの。さあいまのこの時間をできるだけ楽しく過ごすために美しい所へ行きましょう」

こうして二人はハイウエーを一体となって走りまわった。由紀子にとっては結婚前の、火遊びとも言えない少年相手の毛色の変わった恋愛ごっこであった。だが少年の彼女に対する鑽仰《さんぎょう》は日増しに真剣なものとなっていった。

6

「ユキッペ、いま近くまで来ている。話があるんだが、ちょっと会えないか」

由紀子がいとこの石井雪男から電話をもらったのは、笠岡時也との結納の儀も終わり、挙式の日取りも定まったときである。

「どうなさったの、他人行儀に。こちらへいらっしゃればいいのに。雪男さんらしくないわよ」

「いや、それがちょっと、おじさんやおばさんがいると、話し難《にく》いんだ」

「変なの、いったいどんなことなの」

「会ったうえで話す」

いつもとちがう雪男の様子に、由紀子はしかたなく近くの喫茶店で彼と落ち合った。

「いったいどうしたのよ」

普段着にサンダル履きで出て来た由紀子に石井は眩《まぶ》しげな視線を向けて、

「笠岡とは、最近どうだい」

「時々会ってるわよ、どうして」

「うん、いやべつに」

「変ねえ、時也さんがどうかしたの」

どうも歯切れの悪い石井の口調に、由紀子はなにかあると感じた。

「ユキッペの気持はどうなんだ？」

「気持って？」

「つまり笠岡と結婚する意志のことさ」

「そんなこと、もう決まってるじゃないの」

「もしかして心変わりしたようなことはないのかい」

「心変わりって、時也さんの気持のこと？」

「いや、きみの気持がさ」

それを言われたとき、由紀子は一瞬、少年との秘密を石井に知られたのかとおもった。

「私の気持が変わるはずないじゃないの」

由紀子はつとめて平静を装って答えた。少年といっしょのところをどこかで見られたのだろうか？

「そうか」

石井はじっと考え込んだ。

「本当にどうなさったの？　今夜の雪男さんは変よ」

「そのう、こんなことを聞いたからって気を悪くしないでもらいたいんだ。どうだろう、いまからその気持を変えることはできないか」

「変えるって、結婚することを?」

「そうだよ」

「どうしてそんなことができるとおもうの。私たち愛し合っていることは、雪男さんがだれよりもよく知っているじゃないの。それに挙式の日取りも決まったのよ」

「えっ、日取りが決まったのか」

石井の顔が絶望の翳《かげ》でくもった。

「どうしてそんな悲しげな顔をなさるのよ。これまであんなに喜んでいてくださったのに」

「ユキッペ、本当のことを言ってくれ」

石井が目を真正面から重ねてきた。

「なにも隠してなんかいないわよ」

「きみは笠岡と結婚することにまったく不安やためらいはないか」

「いまさらなに言ってんのよ」

「どうだ、ないか」

「ないわよ」

「それじゃ仕方がない」

「ちょっと待ってよ。何が仕方がないの」

「できれば、この結婚を中止してもらいたいとおもってね」

「聞き捨てならないことをおっしゃるのね、どうしてなの」

「いや、もういいんだよ」

「そんな！　よくないわよ。そんな重大なことを言いだしといて、理由《わけ》を言わないなんて気持が悪いわ」

「本当になんでもないんだ」

「いいわ、もし雪男さんがおっしゃってくれないのなら、時也さんに聞くから」

「そ、それは困るよ」

「なら、おっしゃって！」

「困ったな。それじゃだれにも言わないって約束してくれるかい」

「約束するわ」

「実は彼の初登攀記録は嘘らしいんだ」

「この間登った扇形岩のこと？」

「そうだよ。おれはあんな虚栄心の強い恥知らずの男だとはおもわなかったんだよ。そうとも知らずユキッペに紹介したのが、気になってね」

「そんなに重要なことなの」

「山の記録をごまかすなんて、自分の魂を欺《あざむ》くようなもんだよ。山登りが貴いのは、そういう嘘いつわりのない所で、常に可能性の限界に挑戦しているからなんだ」

「時也さんが嘘をついたという確かな証拠でもあるの」

「彼の発表した登攀記録が実際の地形とまったくちがうんだよ、まずまちがいない」

「どうしてちがうことがわかったの。いままでだれも登っていない所でしょ」

「おれが途中まで登っているんだよ」

「まあ！」

「あんな卑劣な男だとはおもわなかったんだ。山の記録をいつわるなんて最低の行為だ。そういう人間は信用できない。だから……」

「そのことはもうみんなに知られているの」

「いや、まだおれ一人だ。だが近いうちに必ず問題になる。彼は日本の山岳界から相手にされなくなるだろう」

「雪男さん、そのこと父に黙っていてもらいたいの」

「？」

「父は若いころ多少山を登ったわ。だから、知ったらうるさいとおもうのよ。でも私にとってはそんな岩を登ろうが登るまいが、どうってことないのよ。山なんかなくても人生には少しもさしつかえないわ。山岳界から相手にされなくてもいっこうにかまわない。むしろ妻の立場としては、夫がそんな〝危険団体〟から相手にされないほうが望ましいわ。結婚後なら、父に知られてもいいわ。それまで雪男さんの胸の中にたたんでおいていただきたいの」

「ユキッペ……」

「ね、おねがい」

由紀子はいとこに手を合わせた。実際、彼女にとっては、そんな記録の真偽など大したことではなかった。時也に隠した少年の存在のほうが、はるかに不誠実であった。

ただ由紀子は、これで時也と〝対等〟になったと考えていた。

金づるの正体

I

笠岡道太郎は、「築地」にこだわった。矢吹禎介の疑惑は完全に晴れないまでも、彼が三十年も後に、栗山に復讐《ふくしゅう》をしたとすれば、その「突然の動機」を説明できない。

下田の報告を聞いたとき、笠岡は、矢吹に対する疑惑をすでに捨てかけていた。

するとだれが栗山を殺したのか？——ここに浮かび上がってくるのが「築地」である。「金づる」というからには、まず考えられるのは、恐喝《きょうかつ》である。恐喝から逃れるために、恐喝者を消した。ありふれてはいるが、強い動機である。

しかし、「築地」だけでは、雲をつかむような話であった。

——矢吹禎介に会ってみようか——

笠岡はふとおもった。矢吹は、栗山の言った言葉の中でなにか忘れているものがあるかもしれない。会って話をしてみれば、あるいはそれを引っ張り出せるかもしれないとおもった。

笠岡は、ふたたび妻の目を盗んで家を脱け出した。これが「運命の糸にあやつられて」

というところだろうが、彼はいまどうしても矢吹に会わなければならないような義務感に迫られていた。

確実に命を刻まれているのが、実感としてわかる。いま生きているのは、自分の肉を食っているようなものだった。その肉を食いつくす前に、犯人を捕えなければならない。そうでないと、あの世まで、この債務の重荷を背負っていくことになる。

下田から聞いておいた矢吹の勤め先に電話すると、彼はいささか迷惑げな声で、夜、自宅へ来てくれと言って時間を指定した。

刑事に勤め先に来られては迷惑なのだろう。同時に、自宅へ呼ぶというところに潔白を感じさせる。あるいは開きなおりか。

矢吹の自宅は、武蔵野市緑町の一角にある。すでに暗くなった中を所番地をたよりに家を探していると、腹の奥がいやな鳴り方をした。

新興の住宅街で、公団や都営住宅らしい建物もむらがっている。ようやく探し当てた家は、武蔵野の名残りを留める閑静な一画で、ショートケーキを二段に積み重ねたような陸《ろく》屋根《やね》のいかにも現代的な外観の二階家であった。庭もわりあい広く取ってあるらしい。

玄関に立って、ブザーを押すと、中に気配があって、ドアが開かれた。和服を着た中年の女が出迎えた。

「立川署の者ですが、ご主人とお約束がありまして、うかがいました」

病いに倒れたものの、笠岡は依然として現職の刑事である。玄関の照明の暗かったのが、彼の病的な気配を悟らせずにすんだ。

「どうぞ」

矢吹の妻女らしい和服の婦人は言って、笠岡を内部へ招じ入れた。この時点ではまだたがいに未知の訪問者と家人としてしか認識し合っていない。

笠岡は玄関脇の応接間へ通された。間もなく和服の着流し姿の矢吹が現われた。

「本日は突然お邪魔《じゃま》いたしまして。立川署の笠岡と申します」

「栗山の件なら、すべて先日お話しいたしましたが」

矢吹は不機嫌そうであった。先日、任意出頭を求めて、根掘り葉掘り聞いただけでまだ足らず、自宅まで追いかけて来た刑事に愛想のいい笑顔を見せられない。

「ご迷惑をおかけします。でもお手間は取らせません」

笠岡はできるだけ低姿勢に出た。

「どんなご用件でしょう」

矢吹はいやな用事は早くすませたいという態度を露骨に現わした。

「栗山重治と会ったとき、彼は築地の方に金づるがあると言ったそうですね」

「ええ、それがどうかしましたか」

「築地だけでは、なんとしても雲をつかむような話なので、なにかその他に手がかりになるようなことを言ってなかったでしょうか」

「そのことについては、先日も再三再四、質《たず》ねられましたが、たしかにそれだけです。まちがいありませんよ」

矢吹の口調には妥協の余地がなかった。

「矢吹さんご自身には、築地の方になにかかかり合いはありませんか」

「私が築地に？　そんなものあるはずがないじゃありませんか」

「かかり合いでなければ、なにかの心当りは？」

「ありませんな」

「矢吹さん」

「はあ？」

言葉を改めた笠岡に矢吹は太い眉《まゆ》を動かした。

「これは殺人事件の捜査です」

「わかっていますよ」

それがどうしたというように鋭い眼光が一直線に射かけてくる。

「あなたの非常にご不快なお気持はよくわかります。しかし我々はどうしても犯人をあげなければなりません。どうか協力してください」

矢吹の視線をひたとうけて、笠岡は訴えた。

「だからこうして、協力しているじゃありませんか」

「私は、あなたに対して一片の疑惑ももっていません。こういうことを申し上げるべきではないでしょうが、私はいま自分のカンだけに頼って捜査せざるを得ない切羽つまった情況に追い込まれています。科学的なデータを積み重ねたり、切り札を隠しておいての腹芸などをやっている余裕がないのです。私はいま病気です。死病に取りつかれています。精々もって半年の命でしょう」

「まさか！」

さすがに矢吹も驚いた様子だった。

「こんな嘘を言っても仕方がありません。ですから、私の寿命のある間に、なんとか犯人を捕えたいのです。どうかよくおもいだしてください。栗山があなたに言った言葉の中で、なにか忘れたものはなかったか」

「そうおっしゃられましてもねえ」

笠岡のにじりよるような気魄《きはく》に、矢吹は気圧《けお》されたらしく、いくらか協力的になった。

「栗山は、以前築地に行ったとか、住んでいたようなことは言いませんでしたか」

「いいえ」

「栗山の口から築地という言葉が出たのは、そのときが初めてでしたか」

「初めてですね」

「栗山の軍隊時代の仲間で、築地に住んでいる者はいないのですね」

それはすでに下田が調べずみであったが、笠岡は確かめた。

「栗山といっしょにいたのは、終戦前の三か月くらいですが、そのときの連中に築地から来た者はいなかったようです。しかし、上級将校や整備員となるとわかりませんね」

「入院中の仲間にはいませんでしたか」

「私は三週間ぐらいしかいませんでしたからね」

「後になって築地の方へ移住して行ったような人はいませんか」

「おもい当りませんねえ」

もはやあらゆるルートは絶たれたようであった。徒労のおもいが病気による脆弱《ぜいじやく》感と相加して、その場へ泥のように崩れてしまいそうな疲労の錨《いかり》に引かれた。なにもかも投げ出してその場に横たわりたい圧倒的な疲労に耐えながら、笠岡は、

「こういうケースはありませんか。築地の住人と結婚してそちらへ移っていったという人は」

「結婚？」

矢吹の表情にかすかな反応の気配が動いたようである。

「なにかお心当りでもありますか」

笠岡は、すがりつくように聞いた。

「築地の近くへ婿に行った男がいましたよ」

「近くとはどこですか？」

「新橋です」

「新橋ですって？　それはだれですか」

「木田という男ですが、私と同じ時期にスキーで足を骨折したとかで入院していた男ですよ。何年か後にその病院の看護婦と偶然、街で会いまして、そんな話をしたことがあります」

「栗山と同じ病室でしたか」

「いや病室はべつでしたが、同じ病棟なので、行き来していたかもしれません」

「それで新橋のどこへ婿入りしたかわかっていますか」

「ええと、なんでも有名な料亭でしたね、よく新聞で名前を見かけるのですが、ちょっと度忘れしてしまいました」

「有名な料亭！」

「そうです。看護婦が『逆の玉の輿《こし》』に乗ったと笑っていましたっけ」

「もしかすると、その料亭は『あさやま』と言いませんでしたか」

「そうそう、それですよ。ご存じだったのですか」

「あさやま！」

笠岡は、ついにたぐり出したものの、恐るべき符合に茫然《ぼうぜん》となった。「あさやま」の所在地は銀座七丁目である。堀一つへだてて築地と隣接している。このあたりの地名表示は銀座であり、きれいどころは「新橋」の縄張りである。新橋演舞場も指呼《しこ》の間にある。だが料亭としては、「築地料亭街」と一括して呼ばれている。

地元の人たちも築地への帰属意識が強い。しかし、まさか「あさやま」が、栗山の金づるだったとは。

「お顔の色が大変悪いようですが」

茫然として自分を失った笠岡の顔を、矢吹が心配そうに覗《のぞ》き込んだ。

ちょうどそのとき妻女が茶を運んで来た。ティーテーブルの上に茶器をのせた盆をいったん置いてから、笠岡の前に茶卓にのせた茶碗《ちゃわん》を差し出して、「どうぞ」と勧めた。

その声にようやく我に返った笠岡が顔を上げた。笠岡と妻女の目が合った。同時に二人の口から押し殺した嘆声が発せられた。笠岡はそこに二十数年前の恋人を見ていた。

年月は相応の老化をもたらしていたが、そこにいるのはまぎれもなく笹野麻子であった。いや姓は矢吹と変わっているはずである。

自分に一生の人生の債務を負わせた麻子が、矢吹の妻となって目の前にいる。その債務を病蝕《びょうしょく》の生命の尽きる前に返そうとして、いま矢吹を訪ねて来たのである。危うく相手の名を呼びかけようとした。

あまりにも突然の再会のために、感情が従《つ》いていけない。激しく燃焼した恋の火薬は二十数年の断絶によって湿りすぎていた。

「どうしました？」

異常な二人の様子を矢吹が訝《いぶか》った。

「いえ、なんでもありません」

笠岡は咄嗟《とっさ》に矢吹の手前をとりつくろった。

「あまりお顔の色が悪いので」

麻子も、一瞬の動揺から立ち直ると、調子を合わせた。たが茶器を取り上げた指先がかすかに震えていた。その震えの中に二十数年の空白によって、抑圧された感情があった。

2

「あさやま」の主人、朝山純一の旧姓が「木田」であることが確かめられた。またT大医学部付属病院を当って、古い記録から彼が右足関節部骨折脱臼《だっきゅう》と左膝《ひだりひざ》の挫創《ざそう》で昭和二十四年一月から同年三月まで入院していた事実がわかった。病室も、栗山と隣り合わせである。しだいに黒い輪郭を濃くしている人物が、息子の縁談の相手方の父親であるという皮肉なめぐり合わせに、笠岡は当惑した。だが当惑しながらも、その追及を止めるわけにはいかなかった。

「また笠岡さんにやられましたね」

下田は苦笑した。もうこのごろはあきらめてしまった様子である。時子も「またか」というような顔をしている。

それが笠岡には、もう残り少ない寿命だから好き勝手なことをさせてやろうという風にもとれる。もちろん、笠岡は好き勝手に振る舞うつもりであった。間もなく自力で動けなくなる日がくる。そうなったら、たとえ心臓は動いていても、死んだも同然である。

だから、いまのうちに少しでも犯人に迫っておきたい。

「まず『あさやま』で、中津屋で出した料理と同じようなものを五月下旬から六月上旬に出したか、調べてもらいたいんだ。もし出していれば、朝山純一の容疑はかなり濃厚とみてよい。身辺を調べ上げれば、栗山に恐喝されていた事情が浮かび上がるかもしれない」

「すると、栗山の胃袋の中にあったものは、中津渓谷ではなく、『あさやま』で食ったのですか」

「断定はできないが、可能性は大きいよ。いいか下田君、おれたち中津屋を当たったとき、栗山と矢吹が食ったものをすべて正確に聞いたかね」

「はあ、それは……」

「たしかに中津屋では、栗山の胃の中にあったものはすべて出していた。だからと言って、それらのすべてを中津屋で食ったことにはならない。女中も二人の注文を正確にはおぼえていないんだ」

「矢吹がおぼえているかもしれません」

「きみがかりに山菜料理を取るとすれば、どのように注文するね？」

「はあ？」

「ワラビ、ゼンマイ、エノキダケ、セリ、コゴミ、ヤマシイタケをくれと言うかね」

「そんな細かく言いませんよ。だいいちぼくは、ワラビとゼンマイぐらいしか知りません」

「そうだろう。まず山菜料理をくれと言うだろうな。すると、注文した矢吹も、どんな山菜があったかおぼえていないよ。いや、いちいち名前まで知らないはずだ」

「なるほど、タニシとメニューが一致したので、てっきり中津屋とおもい込みましたが、そうとは言いきれませんね」

「そうだよ。それにこれらの材料は料理の仕方で高級料亭の出し物になり得る。客の注文で特別につくるかもしれない」

「早速、調べてみましょう」

下田はすっかり張り切った。

「それからこの調べの背後に私がいることは朝山家に当分隠しておいてもらいたいんだ。また家内にも『あさやま』を探ることは内緒にしてもらいたい」

「いいですよ、でもどうして？」

「ちょっと個人的事情があってね」

それだけで下田は了解してくれた。


だが、笠岡の着眼は空《むな》しかった。「あさやま」を当たったが、過去いかなるときにも中津屋と同じような出し物を客に供した事実のないことが判明したのである。さらにタニシについては、まったく材料として使ったことはないという。古くからいる一徹な料理人の言葉は信用してよかった。

「『あさやま』では、店のことは家付き娘だった細君がいっさいを取り仕切っていて、婿の旦那《だんな》は口出ししないそうです。旦那が女房に内緒で栗山を店へ連れて来て、特別の料理をつくって食わせるということは不可能ですね」

下田の報告を聞いて笠岡は、

「するとやはり、山菜料理やタニシは中津屋で食ったものだろうか」

「……と考えてもいいんじゃないでしょうか。栗山は、矢吹と別れた後、殺されたかもしれない。帰途を待ち伏せていた木田ならぬ朝山純一に多摩湖へ誘い出されてか、あるいは、矢吹がそのまま湖へ連れていったのかもしれません。矢吹の疑いはまだ晴れたわけじゃありませんからね」

「もしかすると犯人は他にいたかもしれないな」

「と言いますと？」

「朝山純一が浮かび上がったのは、矢吹の言葉からだ。『築地の金づる』にこだわって私が矢吹を問い質《ただ》したところ、『築地の料亭』に入婿した朝山純一が、一時期、栗山といっしょに入院していた事実がわかったんだ。要するにそれだけのことにすぎない。それだけで、築地の金づるを、朝山純一と断定したのは飛躍だったかもしれないな」

「笠岡さん、弱気になっちゃいけませんよ。矢吹にしても、朝山純一にしても、笠岡さんが喰《く》いついていてついに見つけ出したんだ。いまのところ栗山の周辺に浮かんだ黒っぽい人間は、あの二人だけです。栗山のまわりに築地なんて、そうめったにあるもんじゃない。朝山純一は最も有力な線ですよ」

「まだ第三の犯人に浮気するのは、早すぎるな」

下田に励まされて、笠岡は気を取りなおした。

生臭い古色

I

高さ約三メートルの盛り土がブルドーザーの排土板によって小気味よく突きくずされていく。ブルが入りはじめたら、日本のささやかな自然はたちまち踏みつぶされてしまう。どんなに自然保護団体や自然愛好者が声を大にして反対しようと、ブルドーザーはそれらをたちまち圧殺して、赤土の露出した平面に均《な》らしてしまう。

ブルドーザーのオペレーター坂本守和は、それが職業とはいえ、ブルを操る都度、キャタピラーに蹂躙《じゆうりん》される自然の苦悶《くもん》のうめきを聞くような気がして仕方がなかった。

ブルのオペレーターの免許など取るのではなかったと、いまになってホゾを噬《か》んでいるのだが、一般の工事人より特殊作業車のオペレーターは格段に賃金がよいので、簡単には止められない。

坂本はそれを自然の殺し屋の報酬だとおもった。ブルの能率がよければよいほど、この殺しの腕がよいことになる。ある山好きの友人から、ほんのささやかな自然でも、それができるまでに五千年かかると言われて、それでは彼が免許を取って以来、殺した自然は、何万、何十万年分に相当するだろうかと考えてははなはだ憂鬱《ゆううつ》になったものである。もっとも今日の仕事は、純然たる破壊作業ではないので多少救われる。立ち腐れの状態になっていた山小屋を、そのまま廃止してしまうと、地上権を失ってしまうので、小屋の所有者が古い山小屋を取り壊し、新たな小屋を建設するための整地作業であった。

所有者は、トンネルの開通によってこの山域への登山者が増えてきた趨勢《すうせい》を敏感に見て取り、長い間、休業していた山小屋をにわかに再開しようという気になったらしい。

規模も前の小屋より大きくするつもりである。その分だけ自然破壊をすることになるが、これはブルのオペレーターとして文句を言えない。

ここは南アルプスの展望台として名高い夜叉神峠《やしやじんとうげ》の登り口にあたる山梨県芦安《あしやす》村の一角にあるカラマツ山荘の再建工事現場である。

カラマツ山荘は、夜叉神峠の登山道のちょうど中間にあたる地点のカラマツ林の中にあるが、夜叉神峠のトンネルが開通して以来、急速に廃《すた》れた。登山者の大半が、峠の手前まで車で行ってしまい、シーズン中でも立ち寄る人は稀《まれ》になったのである。

経営者は山荘の先行きに見切りをつけて、しばらく他の仕事をしていた。それが最近になって、自動車道路のあまりの混雑に辟易《へきえき》した登山者が、カラマツ山荘のある旧道に逆流してきたのである。

車で行くよりも、旧道の美しい風景を賞《め》でながら登ったほうが速いという皮肉な現象が、改めてこの旧道の美しさを再認識させた。最近では車があまり混んでいないときでも、車をわざわざカラマツ山荘に駐《と》めて、歩いて登る者が増えてきた。坂本がいま整地している場所は、新山荘の駐車場になる予定である。

とすると、彼がいま操っているブルも多少とも自然保護に役立っていることになる。

「屁理屈《へりくつ》かな」

坂本は苦笑しながら、パワーを上げて盛り土を一気に押した。排土板の左右の端から、乗り切れなかった土が逃げていく。坂本は視野の端にちらりと土の色とは異なる異物を見たようにおもった。いったん見すごしてから、視線を戻す。

坂本は最初、枯れ枝かとおもった。だが枯れ枝にしては土にまみれた古い色に生臭いものがあるように感じた。

気になった坂本は、下りてよく確かめようと、エンジンをかけたまま、オペレーター席から身をずらした。そのはずみにそれまで死角になっていた部分が見えた。泥の中から暗い二つの虚《うろ》が彼の方をにらんでいた。

ギョッとしながらも、好奇心に駆られて目を凝《こ》らした。虚と見たのは人間の眼窩《がんか》であった。土まみれになっていたが、それはまさしく人間の頭蓋骨《ずがいこつ》だった。彼が枯枝にしては「生臭い」と感じたのは、決して土に同化しきれない怨念《おんねん》の色だったかもしれない。

「おうい、来てくれ」

坂本は少し離れた所で働いている仲間たちを呼んだ。

2

中巨摩《なかこま》郡芦安村地内の山林から古い白骨が出たという連絡をうけた小笠原署では、直ちに現場に臨場して来た。現場は、「カラマツ山荘建設予定地」で、発見者は施工者《せこうしゃ》の甲府市大進建設のブルドーザーオペレーターである。

小笠原署では人骨の出て来た盛り土を中心に保存ロープを張り、立入り禁止にして、さらに盛り土の中に骨がないか調べる一方、県警本部鑑識課の臨場を要請した。

盛り土の中から約一体分の人骨が掘り出された。ブルドーザーにかけられて、ばらばらにされているので、集められた骨はさらに甲州大学の法医学の権威に委嘱して、元の骨格に組み立てられる。

人骨のほかに、衣料の断片と見られる繊維、腕時計、ピッケルの金属部分、数個のボタン、鷲《わし》の形をしたバンドのバックル等が発見された。

人骨は甲州大学法医学教室によってほぼ完全に組み立てられた。骨は約九十七パーセント回収された。頭蓋骨の一部と、足指の一部がまだ見つからないが、これは、数トンの盛り土の中にまぎれ込んでしまったのであろう。

ばらばらの人骨を、元の骨格に組み立てるのは、簡単な作業ではない。ましてブルに踏まれてかなりくずれていた。

　まず、腰の部分の髖骨《かんこつ》と中央の仙骨《せんこつ》を組み合わせて骨盤をつくり、これを基盤にして、脊椎骨《せきついこつ》をいちばん下の第五腰椎《ようつい》から順々に積み木のように積み重ねる。第一頸椎《けいつい》の上に頭蓋骨を乗せると次は下肢の組み立てである。骨盤と大腿骨《だいたいこつ》を結合し、その下に脛骨《けいこつ》を付ける。脛骨の下は足骨で、左右の骨が混じり合っているので、一つ一つ見分けなければならない。

　これを彼らはジグソー・パズルと呼んでいた。下肢の次は上肢、最後に手の骨を組み合わせて、組立作業《ジグソー・パズル》は完了する。この場合、複数体の体格が混合していなかったので、比較的組み立てが早くできたのである。

　組み立てによってはみ出したものもあった。それは人間の前歯とおもわれるものである。骨の主はよい歯をしていたらしく、欠損している歯はない。無関係の人物の歯がまぎれ込んだとも考えられた。歯は、代生歯（永久歯）の上下いずれかの第二切歯とされた。

　骨の身許は鑑定によって、
①人種、性別＝日本人、男。
②年齢＝二十歳―二十六歳。
③死後経過＝二十―三十年。
と推定された。さらに頭蓋骨に鈍体の作用によって形成されたと見られる陥没骨折が認

められた。地形的に見て、死体が発見された周辺には、転倒あるいは転落によってその創傷を形成するような岩石、倒木または落石などの存在は考えられない。いっしょに掘り出された時計はメーカー不明、錆《さ》びたピッケルの刃体には『門田《かどた》』の銘が辛うじて読み取れた。

ここに、二、三十年以前にこの地域の山へ入った登山者が、殺害されてカラマツ山荘の敷地に埋められたと見られた。山荘の当時の管理人はすでに死亡していたが、所有者の話によると、同山荘は戦時中から昭和二十六年春まで閉鎖されていたので、その間に犯行が演じられたとすればわからないということであった。二十数年も前の犯行であれば、犯人には時効が完成している。

小笠原署では、骨の身許《みもと》を探して、警察庁の家出人および失踪人《しっそうにん》手配ファイルに照会した。

それはとうに記憶の襞《ひだ》から消え去ったと信じていた過去の亡霊からの音信であった。

矢村家からその連絡をうけたとき、朝山由美子はしばらくの間、記憶が麻痺《まひ》していてなんのことかよくわからなかった。連絡してきたのは、矢村重夫の妹で、長男が病死した後いまは婿を取って矢村家の家督を継いでいる矢村則子である。

「いまごろこんなご連絡をするのは、非常識と存じますが、由美子さんにも多少とも縁のある人間とおもいましたので」とためらいがちに矢村重夫のものらしい骨が南アルプスの山中で発見されたと伝えた。

「重夫さんが、本当ですか⁉」

由美子はようやく意味をとると、電話口に凝然《ぎょうぜん》と立ちつくした。

「警察から連絡があったのです。二十数年前、由美子さんや家の父が出しておいた捜索願いの特徴に合うんですって。私も驚きましたわ」

「あのう、どういう特徴を言ってきたのですか」

あまりに突然なので、届け出人でありながら、すぐにはおもい出せない。それも遠すぎる過去であった。

「まず、場所が一致しているでしょう。それから骨の年齢が二十から二十六歳ぐらいで、当時二十四歳の兄はあてはまるわ。それからいっしょに掘り出された持ち物が合っているのです」

「持ち物が？」

「兄は特注の門田のピッケルをもっていたでしょう。兄のピッケルの特徴と一致している門田のピッケルが出てきたんですって。それになによりの特徴は鷲の形をしたバックルです」

「鷲のバックルですって！」

「そうよ。私もよくおぼえているけど、鷲の形のバックルのついたバンドは、由美子さん、あなたが当時兄にプレゼントなさったものでしょう。兄はとても大切にしていて、どこへ行くにも身に付けていたわ。あのときも、なによりのお守りだと言って、付けていったのよ」

「則子さん、それ本当なの？」

由美子はあえいだ。驚愕《きょうがく》に打ちのめされて、呼吸が苦しいくらいであった。

「警察がそう言ってるのよ」

「どうしたらいいのかしら？」

「警察は確認に来て欲しいと言ってるんです」

「則子さんはいらっしゃるのね」

「そりゃあ、兄ですもの」

その口裏には、二十数年前の婚約者の由美子にもいっしょに行ってもらいたいという含みがあった。だからこそ知らせてきたのだろう。

「私もまいりますわ」

由美子も長い間、未処理の書類を古いデスクの引き出しにしまい込んでいたように、心の奥に、無理矢理封じこめた傷痕《きずあと》の行方をいまこそ見届けたいとおもった。古いかさぶたの下の傷がどのようになっているか。それがふたたび血を噴くことがあっても、かさぶたを除《と》るのを恐れてはならない。

「そうしていただければ、私もたすかりますわ」則子は救われたような声をだしてから、いくぶん声をひそめて、

「それから驚かないでくださいね」

「何ですの？」

「兄は殺された疑いがあるんですって」

冷たい液体がすっと背中を流れ落ちたように感じた。それは驚きではなかった。むしろ、心の奥底で秘かに予期していたことが、ガラス窓にたまった結露のように、冷感の尾を引いて流れ落ちたのである。

「頭の骨に撲《なぐ》った痕があるんですって。いったいだれがそんなむごいことをしたのでしょう」

則子の声がうるんだ。

由美子は夫に話した。

「そうか、とうとう見つかったか」

夫の顔はさして感情の振幅を表わさない。

「殺されていたんですって」

由美子は追い打ちをかけるように言った。

「殺されていても、遭難していても、いまとなっては同じだよ。とにかく二十何年も前のことだ」

夫の口ぶりは淡々としている。

「あなたもいっしょに行ってくださる？」

由美子は、夫の顔を覗《のぞ》き込んだ。

「なにも二人そろって行くこともないだろう。そんな以前の骨では、見てもわからないだろうしな」

「でもあなたにとってもいとこなのよ」

「あまり古いことで、もう実感がないよ。それに、骨の身許《みもと》がいまさらわかったところで、どうということはない」

あなたの位置に坐《すわ》るべき人だったのよ——と言おうとして、由美子は言葉をのどの奥にのみ込んだ。夫は矢村が失踪したとき、自ら捜索隊を率いて、懸命に行方を探してくれた。矢村の失踪が確定した後も、その代役になるのを嫌《いや》がり、由美子と二人だけで逢《あ》うのを当分忌避《きひ》しようとした。もう、矢村のことは夫の心の中で完全に風化してしまったのだろう。

それは風化させなければならない過去でもあり、いま夫は、矢村の位置に坐っているのではなく、自分自身の位置に坐っているのである。

(そうだわ、夫を引っ張り出すべきではない。私一人で行こう)由美子は心を決めた。そしてほんのわずかでも夫に対してまがまがしい疑惑の霧をかけたことをすまないとおもった。

骨は、甲州大学法医学教室で、人体の骨格に組み立てられていた。そのかたわらに、骨といっしょに埋められていた遺品がまとめてあった。

グロテスクな骨格はあとまわしにして、まず遺品の確認が行なわれた。

「いかがですか、これらの品にご記憶がありますか」

案内した係官が二人の表情に視線を据えて、うながした。

「ああこれは!」

「このピッケルもたしかに兄のだわ」

二人の口からあいついで悲痛な言葉がもれた。

「矢村重夫さんのものですね」

係官が確かめた。

「まちがいありません。このバックルは、私がお正月に銀座のK屋で買って重夫さんに贈ったバンドのバックルです。バックルの裏にあるS・Yというイニシャルも、私が買ったときに彫ってもらったものです」

「このピッケルの刃の部分に少し刃こぼれがあるでしょう。これは兄が穂高で足場を切っていて、誤って岩にあてて、できたものなんです。ああ、お兄さん。二十何年間もあんな山の中に埋められていたのね」由美子につづいて、確認した則子の声がつまった。

「骨格のほうはいかがでしょう。鑑定によると、中肉中背、骨太の筋肉質ということです。頭骨は中頭形で、頭高は高い。ひたいは高く広い。眉間《みけん》は強く隆起しています。鼻骨は高く、口元はひきしまっています。顎《あご》はあまり張っておらず、細面のなかなかのハンサムだったとおもわれます」

「兄です」

「重夫さんですわ」

係官の読み上げる特徴の前に、いま彼女らは、眼前の無気味な骨格に想像の肉づけをして、二十数年前の潑剌《はつらつ》たる山男の姿をよみがえらせていた。

死因はなんであれ、いま矢村重夫は、妹と古い恋人の腕に抱き取られたのであった。法医学教室の中にすすり泣きが起きた。人間の死を冷静に分析する場所で、彼女らはいま、感傷の波に蕩揺《とうよう》されていた。

火の鳥の下取り

I

南アルプス山中で白骨死体発見の報道を、笠岡はなにげなく見過ごしていた。この時点では、白骨の身許が、いま疑惑を向けている朝山純一の細君の昔の婚約者とは知る由もなかった。

数日後、その記事をおもい出させられたのは、妻と息子の会話によってである。

「どうやら由紀子さんのお母さんの昔の婚約者らしいんだよ」

「まあ、本当なの？」

「うん、それで身許確認に甲府まで出かけて行ったんだとさ」

「でもそんな以前の婚約者がいまさら発見されても仕方がないでしょうに」

「先方の家から頼まれたそうだよ」

「由紀子さんのお父さん、あまりいい気持はしないでしょうね」

「それが、いとこ同士だったそうだよ」

「その骨の主と？」

隣室の母子の会話が、笠岡の耳に届いた。

「おい、その骨の主が由紀子さんとどうしたんだって？」

聞き耳を立てていた笠岡は、隣室に声をかけた。

「まあ耳が早いのね」

「そんな所で話していれば、どんな内緒話だって聞こえるよ」

「だからといって他にいる場所もないわよ」

妻子をもっと大きな家に住まわせられない不甲斐《ふがい》なさを突かれたようにおもったが、そのことは取り合わずに、笠岡は耳に引っかかった話を追及した。

「ああ、あの南アルプス山中で見つかったという骨の主か」

笠岡は数日前の新聞記事をおもいだした。寝床に縛りつけられているので、新聞は隅から隅まで目を通している。

「そうなのよ。それが殺された疑いがあるんですって」

「殺された？」

笠岡が目を光らせた。

「だめよ、また商売気をおこしちゃあ。いまは体の回復がいちばんでしょう」

「その殺されたというのは、本当なのか」

新聞記事は、その件については触れていなかった。

「時也が由紀子さんから聞いてきたのよ」

「あさやま」の〝関係者〟が殺されたとなると、これは見過ごしにはできない。

「すまないが、すぐ下田君に連絡をとってくれ」

「あなた、また動きだすつもりじゃないでしょうね」

「いいから、早く」


笠岡の示唆《しさ》をうけた下田は、直ちに甲府へ飛んだ。そして、骨の身許が、朝山由美子の元婚約者矢村重夫と判明したこと、および、死因が頭を鈍体で殴打されての頭蓋骨《ずがいこつ》骨折であることを知らされた。

骨は、頭蓋骨の断片および、足指の一部を残して回収されたが、その復元骨格からはみ出したものがあった。それが人間の上下いずれかの第二切歯と聞いて、下田の脳細胞は感電したようなショックをおぼえた。

彼は山梨県警より、その身許不明の歯を借り出して、捜査本部へ持ち帰った。そこで彼は一つの照合を行なったのである。


「それで合ったのかね」

笠岡は、待ち切れないように聞いた。

のである。

「ピタリとね、歯の主は、まちがいなく栗山重治ですよ」

下田は、〝はみ出した歯〟を、栗山重治の欠損していた「左上第二切歯」に結びつけたのである。

栗山の死体は身許が判明した後、前妻の田島喜美子が引き取りを拒んだので、死体取扱規則に基づき火葬に付して、多磨霊園の無縁塚におさめてある。火葬に付す前に、指掌紋《ししょうもん》、身体の特徴、着衣、所持品、写真撮影等蒐《あつ》め得る資料を蒐める。栗山の歯型も採取保存されてあった。

これに、矢村の骨格からはみ出した歯が、ぴたりと適合したのである。

笠岡と下田は、たがいの目の奥を覗いた。どちらも同じことを考えている目の色であった。

「それできみは……」

笠岡が先に口を開いた。

「矢村重夫を殺したのは、栗山と考えるかね」

「笠岡さんもそう考えますか」

「うん。矢村の隙を見て襲いかかったところ、矢村の強い抵抗にあって、前歯を折られた。矢村もかなり腕っ節の強い男だったんだろう」

「当時二十四、五歳の血気盛んな山男でしたからね、十分、隙を狙ったつもりだったろうが、文字どおりの死に物狂いの抵抗をうけて、歯を折られるほどの返り傷をうけたんでしょう」

「これで動機は確定したね」

「矢村殺しのですか」

「いや、朝山純一の栗山殺しの動機だ」

「笠岡さんもそのように考えているのですか」

「矢村重夫は、朝山由美子の最初の婚約者だったという。朝山純一、当時の木田純一は、矢村の坐るべき位置に坐って、『あさやま』の当主におさまった。矢村が生きていれば、その席には絶対に坐れなかったんだ」

「そこで、由美子に関心を寄せていた朝山純一が、病院で知り合った前科者の栗山に、矢村殺しを委嘱したというわけですね」

「朝山が関心があったのは、由美子だけではなかったかもしれない」

「『あさやま』といえば、超一流の料亭ですからね。色と欲が動機ですか」

「競争者は消したものの、朝山純一は生涯にわたる恐喝者《きょうかつしゃ》をつくってしまった。そしてとうとう耐えきれなくなったんだろう」

「二十数年間も恐喝されていたのでしょうか」

「その間傷害や婦女暴行で刑務所を何回か出入りしている。朝山にしてみれば、生きた心地がしなかっただろう」

「しかし笠岡さん、決め手がつかめませんよ」

「決め手か……」

手をのばした先のしたたかな手ごたえに高揚していた心が、冷水をかけられた。

「朝山純一が矢村殺しを栗山に委嘱したことは、矢村、栗山ともに死亡しているので、証明のしようがありません。また、朝山が栗山を手にかけたというのも、状況証拠による推測だけです」

「そうか、決め手か」

笠岡は憮然《ぶぜん》として、

「朝山の六月二日のアリバイはどうなっているんだね」

「それはこれから当たりますが、アリバイがないだけではどうにもなりません。いまのところ、朝山と栗山の接点は、両名が二十四年に入院していたT大付属病院だけです」

「接点か」

笠岡はうめいて、宙をにらんだ。

「現在、朝山純一と栗山重治がいつどこで接触していたかを探り出すのが、最大の急務だとおもうのです。朝山が犯人なら、栗山の身辺に彼の遺留品が、また朝山の身辺に栗山の遺留品が残っている可能性があります」

「栗山のまわりにはそんなものはなかったから、朝山の身辺ということになるが、こいつは難物だな」

「単なる見込みだけで、捜査令状は取れませんし、だいいち自分の犯罪の証拠はできるだけ早く消そうとするでしょうからね」

「消し忘れたものを見つけられれば、やつを捕えられるんだが、難関が多すぎるね」

ようやく敵の黒い輪郭をはっきりと浮かび上がらせたものの、その間にはまだ埋められない深い断層が切れ込んでいた。


決め手のつかぬままに年は代わり、笠岡時也と朝山由紀子の挙式は迫ってきた。笠岡道太郎もなんとか息子の婚礼の式だけは出席したいと願っていた。

幸いに、身体は小康状態を得ていた。悪いなりに病状が安定しているらしい。

「あなた、この調子なら、お式には出席できるかもしれないわね」

時子は単純に喜んだ。だが、息子の時也は、

「父さん、あまり無理しなくったっていいんだぜ。めでたい席で血でも吐いて倒れられたら、台無しだからね」

と無情なことを言った。

「時也、なんてことを言うんです」

さすがに時子もたしなめた。

「いやいいんだ。時也の言うとおりだ。少しでも危なかったら、止めにしよう」

笠岡の気持は複雑であった。妻子は知らないが、彼はいま、息子の花嫁の父を捕えるために残余の生命力を結集しているのである。息子が冷たいのに対して文句を言える立場ではない。

息子の挙式までに犯人を捕えたい焦燥と、せめてそれまでは「花嫁の父」として傷がつかないように祈る気持がせめぎ合っていた。

父としては息子の一生に一度の晴れの日に、その花嫁の父親を罪人にしたくない。しかし、自分の人生の債務を、この生命のローソクの火が燃えている間に返したい。

いまの小康状態は、あくまでも死神の情の上に成り立っているのである。いつ死神はその微睡《まどろみ》から覚めて、牙《きば》を剝《む》き出すかわからない。

だがともかく、朝山の決め手が得られないことは、父親として喜ぶべきであった。

家が狭いので、時也は当分、郊外のマンションに新居を定めることにした。それに病人がいては、新婦もなにかと気づまりだろうという笠岡夫婦の配慮があった。

マンションを購入する代金は、時子が出した。笠岡は乏しい給料からこれだけの貯金をつくっていた妻にびっくりした。いずれ由紀子が莫大《ばくだい》な持参金をもってくるのだろうが、息子の結婚前に、捜査員が〝容疑者〟に息子のマンションを買ってもらうわけにはいかなかった。

(すぐにこの家の病室が空くさ) とは言えない。浮き浮きしている妻と息子を、笠岡は複雑な気持で眺めていた。

挙式まであと半月というとき、時也が由紀子の車に送られて帰って来た。

「まあまあ、男が女性に送られては逆だわね」

時子は言いながらも、嬉《うれ》しそうであった。体を馴《な》らすために床から離れていた笠岡も出て来た。

「凄《すご》い車だね」

笠岡は由紀子の乗って来た車に目を見張った。猛禽《もうきん》のように精悍《せいかん》なボディ。造形美を究めたスタイリング。エンジンフードに描かれた「火の鳥」が、この車にこめられた精巧で獰猛《どうもう》なメカニズムを物語っているようである。

「ファイアバード・トランザムだよ。五百万近くするんだ。こいつがあるんで、駐車場のあるマンションが必要だったんだ」

時也が自分の車のように誇らしげに言った。わが息子ながら、笠岡は時也の派手好みの性格が気にかかっている。しかし、由紀子は、その派手な車のオーナーであることを恥じ

るように、

「父が買ってくれたのです。私はもっと地味な車が欲しかったんですけど、父がセールスマンの口車に乗せられてしまいまして」

とひかえめな口調でいった。なに不自由なく育てられた富家の娘にしては、性格も謙虚で、諸事ひかえめである。派手好みの時也のいい抑えになってくれそうな気がした。

「お父さんも車にはおくわしいのですか」

笠岡はなにげなく聞いた。

「くわしいというほどではありませんが、運転はします」

「ほう、ご自分で。私は運転手付きかとおもった」

「まさか」由紀子は、くすりと笑って、

「でも最近はもっぱらタクシー党ですわ」

「それはまたどうして？」

「この車を買うにあたって、それまでもっていた車を下取りに出してしまったんです。まだ十分新しい車なので、下取りに出さなくてもいいのにと止めたのですが、どうせ気に入らなくなったところだからと言い張りまして。でも年齢《とし》なので、さすがにこの車は自分で動かす気にならないようですわ」

「私も乗せてもらうのはちょっと眩《まぶ》しい感じですな」

「でしょう。だから私、あんまり気が進まなかったのに」

由紀子はしおれた。

「まあ、あなたったら、なんてことをおっしゃるのよ」

時子が間に入ってきた。そのとき、笠岡はいままで影の部分に入っていた脳の襞《ひだ》にピカリと強い光を照射されたように感じた。

「そうだ！　車だ」

笠岡は、由紀子の前であることも忘れて言葉をもらした。

「車がどうかしたの？」

時子が不審げに問いかけるのに取り合わずに、

「由紀子さん、そのファイアバードを買ったのは、いや、お父さんの車を下取りに出したのはいつごろでしたか」と質《たず》ねた。

「たしか、六月の中ごろだったとおもいます」

由紀子は笠岡の唐突な質問を訝《いぶか》りもせずに答えた。

「六月の中ごろ！　まちがいありませんか」

「ええ、でも実際に新車が届けられたのは、七月の末でした」

由紀子は車の届く直前に、時也と知り合ったのでよくおぼえていた。

「七月に車が届いた？　すると、下取りの車だけ先に出したのですか」

「ええ、父が早くもっていくようにディーラーに言ったのです」

「べつに故障していたわけじゃないんでしょう。新車が来ないうちに旧車を下取りに出したら、不便だったでしょうに」

「そう言われてみれば変ですわねえ。どうしてあのとき先に下取りに出したのかしら」

由紀子も言われて不審を誘われたらしく、首を傾げた。

「旧車はどんな車でした？」

「七三年型のクラウン・ハードトップです」

「七三年型と言えば、まだ何年も乗っていませんね」

「ええ、大事に乗っていましたから、新車同様でした。走行距離も大して出ていないはずですわ」

「下取りに出した車はどうなるのですか」

「たぶん、解体されたとおもいます」

「解体！」

絶望感が体の深部からこみ上げてきた。

「まあまあ、あなたったら、せっかく由紀子さんがお見えになったというのに、車のことばかり聞いて失礼ですわ」

時子が見かねて介入してきた。

「いいえ、いいんです。でも父はどうしてあんなに急いで下取りに出したのかしら」

由紀子も笠岡に誘発された疑問を不思議がっていた。

由紀子との会話によって、もし犯人がべつの場所で栗山を殺害して、死体を多摩湖へ運んだのであれば、当然、車が使われた可能性におもいあたったのである。〝接点〟は車だった。

その場合、タクシーやハイヤーは考えられない。マイカーか、他人の車でも精々、レンタカーが使われた可能性が大きい。

死体にせずとも、車があれば、被害者を人目のない場所へ誘い込むのに便利である。接点として車を考えるべきであった。朝山の車を洗えば、栗山の遺留品がなにか見つけられたかもしれない。それは毛髪一筋、血痕《けっこん》の一点でもよい。それがつかめれば決め手になる。

だが敵は一歩先んじていた。笠岡が気がついたときは、被害者との接点たる車をとうに処分していたのである。それさえ処分してしまえば、朝山と栗山を結びつけるものはなにもない。車を廃棄するためには、陸運事務所に車検証とナンバープレートとともに廃車申請を出して、登録抹消証明をもらわなければならない。

おそらく朝山は、まだ、十分乗れる車を廃車にすれば疑惑をまねくおそれがあるので、止むを得ずかねてより娘からねだられていた新車を購入して、犯行に使用した車を下取りに出したのであろう。

ディーラーに新車のストックがなく、送達が遅れたにもかかわらず、旧車を急いで下取りに出した事実も、この状況を物語るものである。

いまごろは原形をとどめないまでに解体されたか、一塊の鉄屑《てつくず》に圧縮されて、焼却《カーベキユウ》されてしまったことであろう。決め手は永遠に失われたのである。

花嫁の父に手錠をかけないですむという安堵《あんど》と、ついに債務を返せずに終わった無念が同発して、視野がぼやけた。

2

「いや、笠岡さん、それは必ずしも解体されているとはかぎりませんよ」

笠岡から車の件を聞いた下田は、

「よく中古車の展示場を見かけるでしょう。あれは下取り車を集めたものだそうです。朝山の車が中古車販売の方へ流れていれば、まだつかまえられる可能性はあります」

「下田君、そいつを追いかけてみてくれないか」

笠岡はすがりつくように言った。それこそ、彼がすがりつくべき最後の綱であった。

「やってみましょう。車とは迂闊《うかつ》でした。それに朝山の所有を離れたものなら、ほとんど自由に調べられます」

下田も気負い立った。

下田は早速、行動を開始した。ファイアバード・トランザムのメーカー、ポンティアックの日本代理店は、千代田区永田町にある「日英自動車」である。

同社に問い合わせてみると、その下取り車は、すべて世田谷区上北沢にある同社の第三営業部が取り扱っているということであった。

ふつう外車のディーラーから出る下取り車は国産車ディーラーよりも安いので、地方の中古車業者が殺到するという。ディーラーも、都内より地方が高く売れるので、地方の業者との間にルートをつくっておく場合が多いが、日英自動車は、自社専門の中古車部をもっていた。

下田は直ちに上北沢の日英自動車の第三営業部に飛んだ。中古車部は、環状八号線の手前新宿寄り三百メートルほどの甲州街道に面してあった。

中古といっても、下田の目には新車にうつった。外車のディーラーだけに、中古車も外車が圧倒的に多い。後で係員から聞いたところによると、それらの在庫車種は、ポンティアックが七四年のグランダムの4ドア、七五年のグランプリ、七三年のルマン、七五年のトランザム、七三年のマーキュリイ・クーガ、ダッジのチャレンジャー、ビュイックのアポロ等である。国産車はトヨタ二〇〇〇GTが一台見えるだけである。

下田は、朝山の車について早速質《たず》ねた。

「ああ、あのクラウンですね。あれは売れてしまいましたよ」

係員はこともなげに答えた。

「売れた。いつだれが買っていったのですか」

「売れたのは三週間ほど前です」

「買い主はどこの人ですか」

だいぶ日も経っているので、予期はしていたことだが、六月に下取りに出した車が三週間前に売れたのは一足ちがいだった。下田は希望を買い主につないだ。

「それが、私どもも困っているのですがね」

係員は当惑したように頭をかいた。

「困った？　何か不都合が生じたのですか」

下田は不吉な予感に耐えて聞いた。

「買い主は金を払って、車をもっていったまま、その後の手続きに現われないのです」

「その後の手続きと言いますと？」

「名義の移転登録や車庫証明です」

「しかし、買い主の住所や名前はわかっているんでしょう」

「ええ、ところがその住所に問い合わせたところ、該当の人がいないんです」

「でたらめの住所だったというのですか」

「私たちも、どうしてそんなでたらめを言ったのか、理解に苦しんでいるのですが」

「車は、現金と引きかえにその場で引き渡してしまうのですか」

「中古車の場合、カタログ販売はせず、車の現物を一台一台見てもらって、気に入ったものを買っていただくことになります。その場合、お客が試運転して気に入ったら、そのまま乗って行くというケースもあるのです」

「その場合、その後の手続きはどうなるのです？」

「現金でお買い上げいただくときは、陸運局の自動車登録原簿の名義を変える手続きを私どもにおまかせいただいて、私どもが書類関係のいっさいの手続きを代行いたします」

「その買い主は、まかせなかったのですか」

「車を正式に所有するまでには、税金の発生やら、車庫証明やら、いろいろややこしい手続きがありますので、まず、車を引き渡して、一定の期間内にこちらで書類を作成して、手続きを完了するわけです」

「そのためにどんな書類が必要なのですか」

「新たに車検を取りなおす場合は車検関係の書類が必要ですが、おたずねの車は、まだ車検が一年ありましたから、名義を変えるための移転登録の書類だけです。いまのままだと私どもの名義になっておりますので」

「それじゃあ、まだ名義は変わっていないのですね」

「それで困っています。このままだと、税金も私どもにかかってきますし、車検もこちらに残っておりますので」

「……すると、その車は車検なしで走っているのですか」

「原本をこちらに保管して、複本だけ渡してあります」

「車を引き渡すとき、身分証明などは求めないのですか」

「求めません、そんな必要がありませんから。中古の場合、いい出物はすぐに捌《は》けてしまいますので、試運転をして気に入ると、そのまま転がしていってしまうケースが多いのです。その際、注文書に住所氏名と印を押してもらうだけです。しかし、所有権を移さなければ、正式に自分のものになりませんから今回のように代金だけ払って車をもっていったまま、手続き完了に現われないということはありませんでした」

「それでは買い主が架空名義で買いたければ、三文判とでたらめの住所氏名を注文書に押《おう》記《き》するだけで、買えるわけですね」

「車の引き渡しだけはうけられます。しかし、法的な所有権は移せません」

「所有権を移すためには、具体的にはどうすればよいのですか」

「ですから、ただいま申し上げましたように移転登録のための印鑑証明書と実印が必要です。それだけもってきてもらえば、私どもで譲渡証明書をつくって手続きを完了します」

「その手続きはふつう引き渡し後どのくらいの期間に完了するものですか」

「道路運送車両法では売買後十五日以内と定められておりますが、ふつう、車庫証明を取るのに一週間、移転登録に一、二日かかりますので、売買後、約十日間ですね」

「それが、今日で三週間経つのに現われないか……問題のクラウンは、どんな人が買っていったのですか」

「二十歳前の学生風の男でした」

「学生風、そんな若い男ですか」

「即金で八十万、ぽんと気前よく払っていきました」

「学生風情《ふぜい》の若い男が、そんな大金を即座に払ったのに不審をおぼえませんでしたか」

「特におぼえませんでした。最近は若い人もよく買いに見えますし、そのくらいは即金で払う人も珍しくありませんので」

結局、クラウンを買っていった学生風の若者の行方はつかめなかった。係員は、そのうちに必ず名義変更の手続きに現われるだろうから、そのときは連絡すると言ってくれたが、その間に、その車に残されているかもしれない犯跡が消去、あるいは歪形《わいけい》される危険性を防げない。

中古車の場合、「出っぱなし」と「仕上げ車」の二種類があるという。前者は、下取りしたまま、整備をせずに引き渡し、後者は、中古車の四十八項目、百四部分のチェックをし、損耗《そんもう》の度合いで減点するが、その減点部分を修復したものをいう。朝山の出した車は、いわゆる「出っぱなし」で、犯跡の残されている可能性が大きいわけである。
それだけに買い主の行方の知れないことがくやしかった。

ディーラーから引き渡しをうけたままであるから、その車は、ディーラーのナンバープレートをつけて走っていることになる。下田は都内各署にそのナンバーを流して、緊急車《しゃ》輛《りょう》手配を打った。これで網に引っかかれば、中古車ディーラーよりも、早くその車を押さえられることになる。

だが、クラウンの買い主はいっこうに現われなかった。盗難車の手配とちがうので、その網も粗《あら》いとみえてなかなか引っかからない。

局面は膠着《こうちゃく》したまま、笠岡時也と朝山由紀子の挙式の当日がきた。とにもかくにも、その日まで花嫁の父に縄を打たずにすんだ。

挙式の場所は、都心のホテルである。笠岡は身内だけの内々の集まりにしたかったが、朝山家としては、そうもならない。また派手好みの時也が、できるだけ豪華な挙式を望んでいた。

来賓《らいひん》も両家合わせて三百名ほどに上った。その約五分の四は朝山家側だが、それでもかなり数を絞ったのだそうだ。朝山家の威勢をしめすごとく、来賓の中には、政財界の大物の顔も見える。

時也にとっては、入社とほとんど同時の挙式であったが、銀行の重役が出席してくれた。そのために、来賓の顔ぶれでは、さして朝山家に見劣りしない。このあたりには時也一流の演出が行なわれたのであろう。

わが子ながら抜け目ない時也のやり方に、笠岡は、感心すると同時に、危惧《きぐ》をおぼえた。彼のあまりにも才走ったところが、将来の陥《お》とし穴にならなければよいがと案じたのである。

青春とは、もっと純粋な憧憬《どうけい》に満ちているものである。未知なる可能性の限りもない遠方に向かって出帆する若者の熱感がある。燃料は情熱であり、羅針盤《コンパス》はあこがれである。それが時也は、常に怜悧《れいり》な計算と功利で動いている。いままでのところ、彼のコンパスの指し示した方向は、いつも太陽が輝いていた。花嫁は美しく、かつ優しく、そのバックには莫大な持参金がある。時也が求め得られる最高の伴侶《はんりょ》であろう。

就職先も超一流である。入社と同時に結婚しても、水準以上の生活を営める待遇が保証される。これでもう一生の生活は安定したようなものである。

しかし時也の若さで、一生の生活が安定するとは、どういうことであろう。青春は不安定で未知であるが故に青春なのである。どちらの方向へ行っても無限の可能性があるからこそ、青春と呼べるのだ。

それがもう、二十二、三歳で、功利と計算によって一つの方向に固定されている。おそらく彼がたどるであろう道は平坦《へいたん》で、太陽が輝きつづけているだろう。しかし、それが何か？　道が平坦であり、陽光が輝いているということが、人生の本質にとって何であるのか？

笠岡は、時也に人生を説くつもりはなかった。時也には時也の人生がある。だが、笠岡には時也が、未知であるべき青春を、世俗の安定と引きかえに売り渡したような気がしてならなかった。

父として、息子のそのような功利主義的な生き方になにか言ってやるべきではないのか。しかし自分には、もう先行きがない。果てが明らかに見えている自分が、せっかくの息子の順風満帆《まんぱん》の船出にあたって、とやこう言う筋合いはない。父として素直に喜んでやらなければ。――

たった一片の心の債務に縛りつけられて、一生を、不毛の中に終わろうとする父は、息子の選び取った人生コースに容喙《ようかい》すべきではない。

それにしても、自分の人生で、このような晴れがましい機会が、かつて一度としてあっただろうか？　その意味で、時也は、父の果たせなかった夢の一部を達成してくれたと言ってよいのではなかろうか。

笠岡は満堂の拍手に迎えられて、輝くシャンデリアの下の宴《うたげ》の席に、花のような新婦をエスコートしてしずしずと入場していく時也に感無量の視線を当てた。

媒酌《ばいしゃく》に立ってくれた銀行重役の挨拶《あいさつ》の後、シャンペンが抜かれた。祝杯が一斉に高々と掲げられる。あいつぐスピーチの合間に、花嫁は何度も色直しに立つ。和洋の装いも新たに再登場する都度、会場にはどよめきと嘆声があがる。

きらめく美酒、明るい笑声、華やかなさんざめき、笠岡は会場の雰囲気に酔って、これもまさしく一つの青春だとおもった。

自分の結婚は、以前、時子に指摘されたように、時子の父を見殺しにした贖罪《しょくざい》のための「切腹の結婚」であった。時子は時子で、父の仇を討つための「復讐《ふくしゅう》の結婚」だった。切腹と復讐の結婚が、いまこのような世の中の幸福のすべてを集めたような新たな結婚に結実している。

時子が息子の晴れ姿にそっと目頭を押さえた。笠岡は今日まで神が寿命をあたえたもうたことを感謝した。

パイプオルガンによる祝婚歌の演奏がはじまった。

――耀《かが》よい来る天からの光に命の限り添わんとて、今日の佳《よ》き日を迎えぬ。幸い身に余り、ただ涙あふるる。清きかなこのとき、清きかなこのとき。

結ばれし縁《えにし》の深きは命の限り変わらじと、ももとせの誓い固めぬ。幸い身に余り、ただ涙あふるる。祝うべきこのとき、祝うべきこのとき。――（本多一正　祝婚歌

（「命の限り」より）

式次第はとどこおりなく進行し、宴はお開きに近づいてきた。笠岡が両家を代表して謝辞を述べる時間が迫っていた。

「あなた、大丈夫？」

時子が心配そうにたずねた。小康状態を保っているとは言え、死神の情か、さもなくば油断をついての出席である。

「大丈夫だ」

妻に答えながら、せめてこれくらいが父として息子のためにしてやれることだとおもった。

披露宴は無事に終了した。来賓はみな満足した表情で引きあげていった。新夫婦は、今夜ホテルに一泊して、明朝の飛行機でヨーロッパへ向けて新婚旅行に立つ。

「あなた、立派な謝辞だったわ」

大任を無事果たした笠岡に、時子は見直したような目を向けた。

「本当に。父さんがあんなに堂々としゃべれるとは知らなかったよ。実は内心はらはらしていたんだ」

時也も、珍しく父に向ける目をしていた。決して流暢《りゅうちょう》とは言えなかったが、訥々《とつとつ》たる誠実味のある話しぶりは、新郎の父親の喜びと感謝を素直に表わして、むしろ名講演家のスピーチよりも、人々の胸に迫ったようである。

「あなたもさぞお疲れになったでしょう」

時子が妻らしいいたわりの目を向けた。

投身した債務

I

「ちくしょう」

ハンドルを握りながら、矢吹英司は毒づいた。通りを隔てて東京ロイヤルホテルの超高層ビルが、すべての窓に灯をともしたような華麗な骨格を暮れまさった空に浮き立たせている。

その建物の最も豪華な一角を占めて、あの女の結婚の宴が開かれているはずであった。いまごろは純白のウエディングドレスにしおらしく身体を包み、孔雀《くじゃく》のように晴れがましく、降りかかる祝辞を一身にうけているだろう。

純白の衣装に清純を偽装した熟《う》れた裸身も、花のような唇も、一週間ほど前までは、自分のものだったのだ。

それが今夜から、他の男のものとなる。もうあなたとは他人よと、女は一週間前、最後に逢《あ》ったとき、宣言した。

英司は、いまその夜のことをおもいだしていた。

「もう私たち、逢うべきじゃないのよ。これは最後の税金だわ」

と彼女は言った。

初めに犯したのは、自分であり、むしろ婚約者から彼女を盗んだのはこちらのほうである。

だが二回めからは、彼女の意志で許してくれたのだ。「結婚するまでの短い恋よ」と彼女は言ったが、そんな約束のとおりに、人間の感情を割り切れるものではない。

ただ一度の侵襲が忘れられず、追いかけていったところ、おもいがけず許されたものだから、感情が育ってしまった。もう彼女なしには過ごせなくなっていたのである。

理非はどうあれ、彼女の初めての身体に、一番銛《いちばんもり》を射ち立てたのは、自分だ。そして、その後、たがいを教材にし合って性の未開の領域を拓《ひら》いてきたのである。

その意味ではたがいにパートナーであり、性の師弟（妹）であった。

それが、結婚という名分でそれらすべてを断ち切られてしまう。それが英司にはこのうえなく不合理におもわれてならなかった。

――奪われてたまるか――

と彼は思った。あの女はおれのものだ。おれが征服と所有の旗を立てたのだ。だれにも渡さないぞ。若いだけに、思考より行動が先行した。そして今日、結婚式の当日、会場のホテルの前にずっと張り込んでいたのである。

ホテル宴会場の前に人が吐き出されて来た。待っていたハイヤーが次々に呼ばれる。そのアナウンスによって、彼女の結婚披露宴の終わったのがわかった。

――どうしてくれよう――

彼は、宴の進行している間、そのことだけを考えていた。

復讐《ふくしゅう》の念はない。もともとだますとかだまされるという仲ではなかった。ただひたすらに女が恋しかった。あの美と甘味の集約体のような女が、自分の手から永久に失われるのかとおもうと、気が狂いそうになった。

だが、ホテルの中へ乗り込めない。ここのところホテルで犯罪が続発したので、ガードマンが至る所に目を光らせている。

宴の最中には乗ずる隙はないが、終わった後は、みなほっとして油断も生じるだろう。そこを突くのだ。女を攫《さら》ってどこか遠くへ逃げよう。女も、自分が嫌いなわけではない。いったん攫ってしまえば、彼女もあきらめて、自分に従《つ》いて来るにちがいない。

英司は、宴会場の出入口に視線を凝らした。人影はさっきよりも少なくなっている。もうおおかたの来賓は帰ったらしい。そろそろ出て来るころだとおもった。

英司は、新夫妻がホテルへ泊まることを知らない。来賓の帰る前に、あるいは送り出した後、新婚旅行に立つと考えていた。その直前に新婦を誘拐するつもりであった。

それから後のことは深く考えていない。深く考える習慣を身につけていなかった。劇画とテレビで育った世代に思考は苦手だった。欲しいものに対してブレーキの効かない本能が、身体だけ一人前に発達した肉体の中で弾んでいた。

彼はハッと表情を引きしめた。ホテルの玄関に見おぼえのある身体の輪郭が浮かんでいる。女の顔が、そこだけポッと光をあてられたように浮き上がって見える。まごうことなく、彼女だった。

英司は徐々に車を発進させた。女に近づくと、その隣りにぴたりと寄り添っている若い男がいた。結婚式の興奮に上気した晴れがましい表情で、女の腰に手を回して、いかにも自分の妻となった女に対する所有権を周囲に誇示しているように見えた。

英司の胸にむらむらと怒りが衝《つ》き上げてきた。

——おれの女をわが物顔に抱いている——

英司は男の身体に車首を向けてアクセルを踏み込んだ。


近づいて来た車がいきなり牙を剝《きばむ》き出したように跳《おど》りかかって来たのを認めた笠岡は、危い！と絶叫して、その前面に立ち竦《すく》んだ息子夫婦を庇《かば》うように、車との間に身を挺《てい》した。病身に残されていた本能的跳躍力であった。

鈍い衝撃音がして、笠岡の身体はエンジンフードの上にすくい上げられ、次の瞬間、地面に叩《たた》きつけられていた。車のスピードはまだあまり出ていなかったが、笠岡の走る力と相加して、強い衝撃力が働いた。悪いことに落ちた所が硬い舗石の上だった。笠岡の挺身のおかげで時也は難をまぬかれた。車はそのまま加速して走り去った。笠岡が打ちつけられた地面から血が帯を引いて、勾配《こうばい》にしたがってその流域を伸ばしていく。あっという間の事故《アクシデント》であった。

その場に居合わせた者は、信じられないものを見たように茫然《ぼうぜん》と立ちつくしていた。

「大変だ！」

「警察を呼べ」

「いや救急車だ」

ようやく事故の真相を知って騒ぎだしたときは、血の帯はかなり長くなっていた。

笠岡は救急車が着くまで、意識があった。

「大丈夫、あまり騒がないで。こういう舗石の上では、血が地面にしみこまないのでいかにも派手に出血したように見えるが、実際は大したことはない。心配しないように」

笠岡は、職業的な知識を披瀝《ひれき》して、一同を安心させようとした。だが、彼はいまはっきりと死期を悟っていた。人々の声がよく聞こえない。耳の穴が出血で塞《ふさ》がれているのだ。おそらく脳の深部が出血しているにちがいない。デリケートなバランスからいまは意識があるが、しだいに出血の増加とともに、生命を空け渡すのだ。

「時子」

彼は妻の顔を探した。すでに視野はぼやけていた。目からも出血していた。

「あなたここにいるわ」

時子は、笠岡の手をしっかりと握った。

「すまなかった」

「なにをおっしゃるのよ。詫《わ》びなければならないのは私だわ」

時子は泣いていた。彼女は、いきなり襲いかかって来た凶暴な車から時也を守るために夫が身を挺したところをはっきりと見ていた。

自分は母でありながら、身体が竦んでわが子を守るために指一本動かせなかった。自分は悪い妻だった。「切腹の結婚」と罵《のの》り、笠岡に対して、復讐《ふくしゅう》の夫婦生活を営んできたのである。だが、夫に詫びるための適当な言葉が出てこない。なにもかもあまりに突然であった。バランスのくずれた感情がせめぎ合い、言葉は硬直した。

妻に向けて笠岡は――とうとう債務を返せなくてすまなかった――と言おうとしたのである。彼の場合、言葉は用意されていた。だが舌がすでに麻痺《まひ》しかけていた。出血は、急速に頭蓋骨内《ずがいこつない》に容積を増やして、脳神経を冒《おか》し、身体の諸機能を奪っていた。

「時也」

彼は息子を呼んだ。すでに視野は暗黒だった。

「お父さん、ここにいるよ」

——由紀子さんと幸せになれよ——

と言ったつもりが声にならない。唇の動きに乗せてその意志を伝えようとしたが、唇もよく動かなかった。ゴボリと血の泡が口からあふれた。

笠岡の目は、急速に濁っていった。

笠岡が病院に運ばれたときは、死体同様であった。開頭手術の時機はすでに失していた。急を聞いて捜査本部から那須をはじめメンバーが駆けつけて来た。

「いったい、だれがこんな目に」

下田が怒りと驚愕《きようがく》に声を震《ふる》わせた。突然のことで、青みがかった塗装の乗用車ということだけで、だれも運転者やナンバーを確認していなかった。車は通り魔のように笠岡を轢《ひ》いて逃げ去ったのである。

「笠岡さん、必ず犯人を捕まえてみせますよ」

それは轢き逃げ犯と栗山殺しの犯人の両方を指していた。

下田は、病床にありながら異常な執念で、犯人を追った笠岡に、失われつつある刑事《デカ》根性を見せつけられたようにおもった。

功名心からでも、スタンドプレーを狙っていたわけでもない。ただ犯人に向ける常軌を逸するような憎しみが、この病いの老刑事を支えていたのである。

自分もはたしてそういう刑事になれるかどうか自信はない。だが、いまは人間文化財的刑事を理由もなく轢過《れきか》しさった犯人が憎い。

轢き逃げ専従捜査班がすでに出動して犯人を追っていたが、下田は、自分も本命の捜査をひとまずおいても轢き逃げ犯を追いたかった。

笠岡道太郎は、受傷後六時間めにして死んだ。

2

矢吹禎介は、息子の英司の様子がおかしいのに気がついた。いつも車で走りまわっているのが、このごろは部屋の中に閉じこもりきりである。食事にも出て来ないで、母親に部屋へ運ばせる。

「どうしたんだ、英司は？」

矢吹が妻に聞くと、

「べつにどうもしないでしょ、ああいう年ごろなのよ」と特に気にもしていない。

「食事ぐらいいっしょにしろと言いなさい」

「放っておいてやりましょうよ。あの年ごろにはむしょうに親に反発したいものなのよ」

「いやに、ものわかりがいいじゃないか」

いつもの父親と母親の立場が逆になった形に、矢吹は苦笑した。矢吹は、あまり子供にやかましく言わない。どちらかと言えば放任主義であった。

多少、青年期に異常行動があっても、はしかのようなもので、一定の年齢に達すれば、けろりとなおってしまうとおもっていた。精神と身体の発達のアンバランスな時期に、受験地獄に遭遇して心の安定を欠いているのである。実際、いまの異常な受験競争には、おとなでもおかしくなってしまう。

だが、最近の英司はどうも父親の顔を避けている様子であった。これまでも反抗的であったが、いまのように矢吹を敬遠はしなかった。トルエンを所持して警察につかまり、矢吹がもらい下げに行ってから、むしろ母親よりも、矢吹に対して心を開いたようであった。それがこのごろは、食事時にも父親と顔を合わせるのを避けている。

最近、二輪車から四輪車に切りかえたばかりであった。アルバイトして稼いだ金に、親から足してもらって、クラウンの中古を買った。

掘り出し物だと、とても喜んで、乗りまわしていた。それが、ここのところその愛車にも見向きもしない。

──もしや、車でなにかやったのではあるまいか？──矢吹は、車から不吉な連想をした。

矢吹は密かに息子の車を観《み》た。はっきりとは認められないが、バンパーとフロントマスクが少し凹《へこ》んでいるようである。この程度のゆがみは、電信柱やガードレールに接触してもできる。中古車だから、買う前から付いていたのかもしれない。

だが矢吹は、気になった。英司がもし人身事故でもおこしていたらとおもうと、全身の血が冷えるようであった。

まともに聞いても、素直に答えるはずがない。矢吹は、妻を呼んで古い新聞をもって来させた。古新聞は一週間単位で交換屋に出しているが、幸いに先週出しそこなったために十日分ほどたまっていた。

交通事故は毎日のように報道されている。だが、ほとんど加害者の名前はわかっていた。新聞を溯《さかのぼ》っていた矢吹の目が一つの記事に吸いつけられた。それは、ちょうど十日前の保存されてある最も古い日付である。

――ホテル玄関で暴走車がひき逃げ――

の見出しが目に飛び込んできた。それは矢吹が見すごしていた記事だった。

――××日午後七時ごろ、千代田区平河町二―×番地東京ロイヤルホテル宴会場入口で車を待っていた練馬区桜台二―××警視庁刑事笠岡道太郎さんおよび結婚式を挙げたばかりの長男の笠岡時也さん夫婦めがけて突然、ブルーの乗用車（車種、ナンバー未確認）が突っ込んで来た。このため道太郎さんが車を避けそこねてはねられ、頭の骨を折って重態。暴走車はそのまま三宅坂方面へ逃走した。

笠岡さんは、この日、時也さんの結婚式に出席しての帰りだった。居合わせた人たちの話によると、暴走車はまるで、笠岡さん一家を狙って突っ込んで来たようだという。警察では、笠岡さんが警視庁の現職の刑事であるところから、逆恨《さかうら》みした犯罪者の犯行も考えて、全力をあげて、暴走車の行方を追っている。

――笠岡道太郎――矢吹はその名におぼえがあった。栗山重治が漏らした「築地の金づる」を追及して、矢吹の自宅まで訪ねて来た「死病に取りつかれている」と言った刑事である。

その言葉をそのまま鵜《う》のみにしたわけではないが、憔悴《しょうすい》した顔に、熱に浮かされたようにぎらぎら光っていた視線には、命ある間に犯人を捕えようとする執念が感じられた。

――あの刑事が暴走車にひかれた――

しかも犯行車のボディカラーはブルーだという。それは、英司の車の色に符合する。そしてその前部には、なにかと接触したらしい痕跡《こんせき》がある。英司の様子がおかしくなったのは、まさにこの事件の後あたりからである。

「英司が轢き逃げ。まさか！」

矢吹はうめいた。それも相手もあろうに刑事を。背筋を冷感が走り、脂汗が額からしたたり落ちた。

――もし彼が犯人ならば、なぜそんなことをしたのか？――

矢吹は英司に問い質《ただ》してみることにした。

「英司、おまえ最近、困っていることでもあるんじゃないのか」

矢吹は、やんわりと探りを入れた。

「困っていることなんかなにもないよ」

案の定、英司はとぼけた。だがその目はきょときょとして落ち着きがない。

「そうか、それならいいんだが、困っているとき、自分一人の胸にしまい込んでくよくよしていても、少しも問題の解決にはならないよ。お父さんはなんでも相談に乗ってやるぞ」

「困ってることなんかないと言ってるだろう。なんだい、勝手に人の部屋へ入り込んで来て。一人にしといてくれよ」

英司は矢吹の視線を躱《かわ》してどなりだした。

「べつにどなることはないよ。ところでおまえこのごろ車に乗らないね」

英司はぎょっとしたようになって、

「乗りたくないんだよ、なんとなく」

「掘り出し物だってあんなに喜んでいたじゃないか」

「気分が乗らないんだよ。いちいちうるさいな。乗りたくなれば、乗るからほっといてくれよ」

「おまえ、この新聞読んだか」

矢吹は、いきなり例の記事を息子に突きつけた。その個所を矢吹が赤枠で囲んである。なにげなく視線を落とした英司の顔から血の気が退いた。その様子を凝視していた矢吹は、絶望をしかと見届けたおもいであった。もしかしたら親のおもいすごしかという最後の望みを、英司の表情が、無惨に打ち砕いた。

「どうやら心当たりがあるようだね」

矢吹は英司の面にひたと視線を据えて言った。

「知らないよ、おれには関係ない」

英司はまだあがいていた。

「英司！」

突然、父親に強い声を出されて、英司の身体がびくっと震えた。

「自分に疚《やま》しい所がなければ、どうしてお父さんの顔をまっすぐ見ないか」

英司は虚勢を張るように、目を上げたが、矢吹の視線に射すくめられて、うつむいた。

「英司、おまえはまだ子供だ。しかし、もう理非の弁別のできる年齢だ。お父さんは、やってしまったことについては、なにも言わない。だが社会で許されない行為を犯したからには、できるだけ早く償わなければならない。それは遅くなるほど、償い難く、罪質は重くなる。おまえは若い。過ちを犯しても、いくらでも出直しがきく。束の間の気遅れから、一生を誤ってはいけない」

諄々《じゅんじゅん》と説く矢吹の前で、英司の肩が落ちてきた。

「こういうときのためにお父さんがいるんだ。英司、話してみろ。自分一人でくよくよしていないで話すといい。おまえよりも私のほうが多少人生を長く経験しているんだ。いい知恵が浮かぶかもしれない」

「父さん、ぼくは恐いんだ」

英司の身体ががくりとくずれた。

「よしよし、恐がることはない。おまえにはいつも父さんと母さんが付いている」

英司は、犯行のすべてを矢吹に打ち明けた。車を買ったのも女を誘拐するのが目的で、そのために注文書の住所氏名も偽わったという。矢吹は自ら息子を誘導して引っ張り出したことながら、その犯した救いようのない罪の事実に目の先が暗くなった。

ともかく矢吹は、妻の麻子に話した。彼女は矢吹以上に打ちのめされた。しかも被害者は、彼女の旧《ふる》い恋人の笠岡道太郎だという。麻子は運命の皮肉な偶然に茫然《ぼうぜん》とした。だがいつまでも茫然としていられなかった。

「それでもし、英司が捕まったら、どうなるの？」

麻子は、ともかく絶望の底から最も気がかりなことを質《たず》ねた。

「英司は、未成年だが、十八歳に達しているから刑事処分の対象になる」

「ということは、刑務所に入れられるの？」

「単なる轢《ひ》き逃げではなく、特定の人間に車をぶっつけようとしたんだからね。英司は殺意まではなかったと言っているが、未必の故意による殺人罪を適用されるかもしれない」

「殺人罪！　英司が人殺しだというの」

麻子は悲鳴のような声をあげた。

「最悪の場合だよ。いまのうちに自首をすれば情状酌量されて、罪も軽くなるよ」

「英司は捕まるかしら？」

「轢き逃げ犯罪は、現場に証拠を残すので、最も検挙率の高い犯罪だ。このままでいれば、いずれ捕まるだろう」

麻子は蒼白《そうはく》になって黙り込んだが、ややあって一つの意思を定めた表情を浮かべて、

「あなた、英司をなんとか逃がせないかしら」

「きみは何を言うんだ？」

妻の意外な言葉に矢吹は驚いた。

「あれから十日も経っているのに、警察の気配もないということは、きっと迷宮入りになっちゃったのよ。私、あの子を人殺しの前科者なんかにしたくないのよ。ねえ、あなた、おねがい。なんとか英司を逃がしおおせるてだてを考えてちょうだい。あなたならきっとできるわ」

「英司に罪を償わせないのか」

「あの子には、自分のやったことの意味がよくわかっていないのよ。カッとなって車を走らせただけよ。あの年ごろにはよくあることだわ。そんなことで英司を前科者にしてしまったら、あの子の一生はめちゃめちゃになっちゃうわよ」

「いま罪を償わせなかったら、英司は一生、罪の意識をもちつづけなければならない。それこそ、英司の一生の十字架になる」

「そんな意識はすぐ忘れちゃうわよ。あの世代の心は柔軟だわ。ほんの若気の過ちのために、一生を縛りつけてはいけないわ」

「人一人を殺して、ほんの若気の過ちだというのか」

「そうよ、べつにその人を殺すつもりで殺したわけじゃないわ。たまたま結果がそのようになっただけよ。幸いに、車の登録名義はまだ移してないというじゃない。相手の女の誘拐に使うつもりで、ディーラーには偽の住所氏名しか言ってないそうだわ。本当に怪我の功名よ。英司の名前はどこにも出てないのよ。このまま、車さえ始末してしまえば、もう英司と結びつけるものはなにもないのよ。あなた、おねがい。警察が来る前に始末してちょうだい」

　麻子は、すでに半狂乱の形相を呈していた。英司が轢き逃げした事実だけが目先に拡大されて、被害者がだれか見過ごされている。

「そんなことをすれば、おまえが常日ごろ、最も嫌い、軽蔑《けいべつ》している卑怯者《ひきようもの》の烙印《らくいん》を英司に捺すことになるんだぞ」

「英司はべつだわ!」

麻子はきっぱりと言った。彼女はその「卑怯」のために笠岡と訣別《けつべつ》した過去を忘れていた。

「あの子はべつよ。あの子は私の子ですもの。私はあの子を牢屋《ろうや》になんか入れたくないの」

とさらに言葉を追加した麻子の中に、矢吹は、女としての、母親としてのエゴイズムをはっきりと見たとおもった。

「いま英司を牢屋に入れずに逃がしても、一生心の牢獄に閉じこめることになる。英司は罪を償うべきだ」

「どうするつもりなの?」

「私が付き添って自首をさせる」

「そんなことをしたら、私、これから一生、あなたを許さないわ」

「よく考えるんだ。英司はまだ十分立ち直れる。あの子に卑怯者の十字架を背負わせてはならない」

矢吹はいまはっきりと一つの光景をおもいだしていた。紺碧《こんぺき》の南方洋上を死地に向かって翔《と》びつづける特攻機と直掩機《ちょくえんき》十八機。絶望の方角にしか進路はない。新緑の彩り濃い初夏の故国に別れを告げて、二十年の人生に終止符を打ちに行く若者たちの編隊であった。

立ちふさがった敵戦闘機との交戦を前にして心をよぎった本能的な怯《おび》え。その阻止をくぐりぬけたところで死しか待っていない。機首をひるがえした矢吹機の後尾に、赤い死亀が喰《く》いついた。必殺の一撃を浴びせようとした直前に割って入ったのが迫水機である。

おのれが射たれているのを避けようともせず、掩護をつづけてくれた迫水機。そのために迫水は、赤い死亀と刺しちがえた。矢吹の卑怯のために、迫水は死んだのである。南冥《なんめい》の空を閃光《せんこう》で彩って空中に四散した迫水の壮絶な最期が、矢吹の目にいつまでも灼《や》きついている。

矢吹の生あるかぎり、忘れることのできない光景であった。迫水は、矢吹のために死んだのである。そのため矢吹は、迫水の残した十字架を背負わなければならなかった。

重く心身を押しひしぐ十字架である。同じ十字架を英司に背負わせてはならない。あんな十字架は自分だけでたくさんである。

妻がどんなに逆らっても、受け入れられないことであった。

だが、麻子は全身に母性の羽を逆立てて抵抗した。

「いやよ！　いやいや。あの子は私の子よ。だれにも渡さないわ」

「おれの子でもある。いいか、よく聞くんだ。おまえは母親の狭いエゴから英司の一生を潰《けが》そうとしているんだ」

「なんと言われてもいや！　そんなことをしたら、あなたを殺してやるから」

「馬鹿！」

矢吹は初めて、妻に手を振り上げた。これが、あの聡明《そうめい》で潔癖で正義感の強い妻と同一人かと疑われた。息子が犯した罪の前で、彼女はふだん、身にまとっていた理性や信条をかなぐり捨てて、一個の裸の母親に還元していた。

それは乳房にしがみついている赤子を、だれにも奪われまいとする母親の本能であった。その同じ女のために笠岡道太郎は終生の債務を負わされ、そしてその女が生んだ子によって殺されたのである。

夫婦の争いに結着をつけたのは英司であった。

「父さんも母さんも、ぼくのことでけんかしないで。ぼくは自首することに決めたよ。ぼくはやはり卑怯者になりたくない」

その言葉に麻子は、遠い日、旧《ふる》い恋人に自分が投げつけた同じ言葉を重ねた。彼女はそのときはっきりと悟った。いま英司の言った「卑怯」は、彼の口を借りて、笠岡から投げ返されたものであることを。

錯覚した加速

I

矢吹禎介に伴われた英司の自首によって、事件は予想外の局面を開いた。英司が笠岡を轢いた車こそ、朝山純一が下取りに出したクラウン・ハードトップだったのである。厳密な検索が加えられた。そして捜査本部はついに勝利をつかんだ。

クラウンの後部トランクの中から発見された貝殻《かいがら》の破片が、現場からリスが運んできたタニシの殻の切り欠け部分とぴたりと一致したのである。死体を埋めた場所に落ちていたタニシの殻の一片が、どうして朝山純一の所有していた車のトランクの中にあったのか？矢吹英司は、自動車を取得した前にも後にも中津渓谷へ行ったことはない。

同日、朝山純一に逮捕状が執行された。逃れられない証拠を突きつけられて、朝山は犯行を自供した。

――私は、由美子を秘《ひそ》かに愛しておりました。しかし、当時スキーで骨折してT大医学部付属病院に入院しなければ、青春の片想《かたおも》いとして胸の奥にしまい込んだまま、由美子と別れていたでしょう。それが病院で栗山と知り合ってから、にわかに私の片想いはどす黒い色彩に染められてきたのです。

もし矢村さえいなければ、由美子は私になびくでしょう。もしかしたら彼女は私のほうを愛しているのかもしれない。ただ〝先着順〟から、矢村に従っているだけかもしれない。いや、きっとそうにちがいない。私は自分に都合のよいように考えました。「あさやま」の女婿《じょせい》の座も魅力でした。矢村さえいなければ、由美子も「あさやま」も自分のものになる。

この邪悪な設計図に墨を入れたのが、栗山でした。栗山は服役中でしたが、発病によって仮釈放扱いになり、隣室に入院して来ました。人当りがよく、私と奇妙にうまが合いました。いつの間にか兄弟分のように仲良くなり、栗山は、もし娑婆《しゃば》でヤクザにでもおどかされるようなことがあったら、自分がたすけてやると言ってくれました。

私は、深くも考えずに、由美子と矢村のことを話しました。栗山は、おまえは本当にその女が欲しいのかと聞きました。私が欲しいと答えると、もし自分にまかせるなら、すべて私が望むとおりにしてやろうと言ったのです。

最初は入院中の退屈しのぎに、架空の犯罪計画を練っているような気持でした。ところが彼は私が退院すると、私を追って病院から脱け出して来ました。栗山の入院中に矢村を消せば、栗山にはアリバイがあり、私には疑いがこないというのです。一年以上も入院しているから、二、三日外へ出ても大目に見られるということでした。

このときから、私の黒い計画は、軌道に乗ったのです。栗山は、実行のいっさいを担当し、私に絶対に疑いがこないようにすると言いました。栗山はそのときなんの代償も求めませんでした。弟の私が恋人を得て出世をすれば、兄として満足だというのです。そんな話を鵜呑《うの》みにした私は、よほど血迷っていたのです。

やがてチャンスはきました。矢村が私を鳳凰《ほうおう》山へ誘ったのです。私は彼と同行を約束しておきながら、直前になって口実をつくって計画からおりました。矢村は独りで出かけました。これを栗山が待ち伏せして、芦安村のカラマッ山荘の近くで襲ったのです。

それから後のことは、栗山から聞いたのです。

登山者を装って夜叉神峠付近で矢村に近づいたところ、なかなか隙を見出せず、とうとう人里近くまで下りて来てしまったために、これ以上猶予はできないとカラマッ山荘で襲いかかったのですが、焦って仕掛けたので、矢村の反撃にあって、ピッケルの柄で前歯を折られたそうです。危うく栗山がやられてしまいそうな激しい反撃だったといいます。

とにかく不意打ちをかけた栗山にいくらか分があり、ようやく矢村をやっつけて、当時無人だったカラマッ山荘の裏に死体を埋めたのです。

栗山は前歯を折られてひどい顔になっていました。そのとき捜査の手が栗山に及べば危ないところでしたが、私が捜索隊の先頭に立って犯罪の疑いを生じさせないように誘導したのです。

その後、私は、いかにも矢村を捜索する振りをして由美子に近づき、ついに目的を達しました。栗山は当初、約束どおり、私になにも要求しませんでした。いや、その姿すら私の周辺に現わしませんでした。

栗山が私の前にちらちらしはじめたのは、十年ぐらい前からです。私が今日あるのは、なんと言っても、栗山のおかげですから、多少のものをあたえました。栗山は初めはそれを恐縮して受け取りました。そんなつもりで来たのではないなどと殊勝なことを言ってました。

しかし、そのうちに姿を頻繁《ひんぱん》に現わすようになり、要求はしだいにエスカレートしてきました。あとは恐喝《きょうかつ》の典型的パターンでした。

栗山はついに、由紀子にまで目をつけてきたのです。由紀子と結婚させて、「あさやま」を継がせろなどと途方もない要求をするようになりました。自分の一命を賭《と》して矢村を葬ったのだから、そのくらいのことは当然だというのです。

言うとおりにしなければ、すべてを妻と由紀子に話すと脅《おど》しました。私は栗山に矢村の登山スケジュールを詳細に記して渡していました。彼はそれをタネにして、とどまることを知らない貪欲《どんよく》な恐喝の牙《きば》を剝《む》き出してきたのです。

こうして私は、ついに栗山を殺す意志を固めました。このままにしておくと、災いは私だけでなく、由美子や由紀子の身にまで及びます。

六月二日夜、私は、彼に要求された金を渡す振りをして、渋谷で落ち合いました。車の中で睡眠薬を仕掛けたビールを飲ませて眠らせた後、多摩湖で殺し、死体を埋めました。埋める前に用意していった硫酸と塩酸の混合濃液で指を焼き、指紋を消しました。前科があるので、万一死体が発見された場合に備えて、身許《みもと》がわからないようにしたのです。栗山の衣服や持ち物は、秘かに焼却炉で焼きました。車の中で殺したものですから、どうも乗っている気がしなくなり、ちょうど娘が車を欲しがっていたので、下取りに出したのです。

まさか、警察が私に目をつけるとはおもわなかったので、下取りで十分だとおもいました。栗山が貴重な金づるの私との関係を人に漏らす気遣いはありません。栗山と私を結びつけるものはなにもなかったはずです。栗山を殺すことが、自分自身を守るだけでなく、妻子を守るために私ができるただ一つのてだてでした。──

矢村殺しの教唆《きょうさ》についてはすでに時効が完成していた。栗山殺しの裏付け捜査も終わり、朝山純一の起訴が定まったとき、下田が笠岡の遺骨に、事件の経緯の報告と焼香に来た。笠岡はすでに荼毘《だび》に付され、忌明《いみあ》けを待って菩提寺《ぼだいじ》に納骨されることになっていた。

下田は焼香しながら、仏壇の遺影にそっと語りかけた。

「笠岡さん、結局、あなたが犯人を捕まえたんですよ。あなたが身を挺《てい》して、栗山殺しに使った車を見つけてくれたから、朝山を捕まえられたのです」

下田は報告したとき、遺影がにこりと笑ったように感じられた。

だが、下田は知らない。笠岡があのとき身を楯《たて》にして息子を護ったのは、笠岡の終生の債務を支払うためだったことを。

笠岡道太郎はついに債務を返済した。だが、当の本人はその事実を知らないままに死んだ。

2

四十九日の忌明けを待って、笠岡の遺骨は寺に納められた。時也夫婦も笠岡家を出て、時子は一人取り残された。

ついに不毛に終わった夫婦生活であったが、夫を失って初めて、彼が時子の胸の中に占めていた実質の大きさがわかった。

夫婦の愛は激しい燃焼ではなく、日常生活の中に積み重ねられる実績である。スタートはどのような形をとっても、生活の間に苔《こけ》がつく。その苔はすべての傷痕《きずあと》や亀裂《きれつ》を柔らかく埋め被《おお》って、心の実質となっていくのである。日常生活こそ夫婦の抗生物質と言ってもよいだろう。

いまその抗生物質が失われ、厚い苔の下に眠っていた古傷がまた疼《うず》きだした。

時子は最近、仏壇の前に坐り込んで夫の遺影と話し合っていることが多くなった。

まだそれほど老け込む齢《とし》でもないのに、気がつくと仏壇の前で何時間も茫然《ぼうぜん》としていた。

「あなたはなにも知らなかったのね」

彼女は夫の遺影に語りかける。

――知らないって、何を？――

夫が不思議そうに問いかける。

「時也は、本当にあなたの子供だとおもっていらしたの？」

――もちろんだよ――

「あなたにちっとも似たところがないとはおもわなかった？」

――似ていない父子なんていくらでもあるさ――

「あの子の父親はあなたではないのよ」

――おれでなければ、だれだというんだ――

「国山正弘《くにやままさひろ》という男なの。いまでも生きているわ。どうしようもないぐうたらで女から女を渡り歩いている男なのよ。いまはバーを経営しているとか、風の便りに聞いたけど、きっとヒモのようなことをやっているんでしょうね。そんな男だから、女の扱いは上手なのよ。私、その国山にだまされて捨てられたの。父はそれで怒って、国山を難詰して、あなたの目の前で刺されたのよ。私は自棄的な気持からあなたと結婚したわ。あなたは国山を『栗山』と聞きちがえて一生懸命、探していたわね。私、とても苦しかったわ」

──いまさらそんなことを蒸し返してもなんにもならない──

「お話ししなければならないことは、まだあるの。私、そんな目にあい、父を殺されていながら、国山を忘れられなかったの。身も心も国山の虜《とりこ》にされていたのね。だから、父は国山に殺されたのにもかかわらず、その場にいて父を見殺しにしたあなたが憎かった。あなたが父を本当に殺したような気がしたわ。自分でも的はずれの怨《うら》みだということはよくわかったわ。わかっていながらどうにもならなかったのよ。あなたを憎むことによって、父と国山を同時に失った寂しさをまぎらしていたんだわ。そんな私の心を見すかして、国山は図々しくも、また私に近づいて来たの。私は拒めなかった。そして、あなたと結婚した後も、秘《ひそ》かに国山と逢《あ》っていたのよ。そのうちに時也をみごもってしまったの」

──時也にそのことを話したのか──

「まだ話していないわ」

──絶対に話してはいけない。時也には関係ないことだ。時也はおれたちの子なんだ。国山とかいう男は、きみが悪い夢の中で逢ったんだよ──

「あなた、私を許して」

──もう遠い昔のことだよ──

「あなた、なぜ死んでしまったの。せっかく病気もよくなりかけていたのに。私、このごろになってはっきりとわかったのよ。私が本当に愛していたのはあなただったと。時也が結婚して、今度こそ、あなたと二人だけで私たちの失われた青春を取り戻そうとしていたのに」

　その後は、どんなに語りかけても、夫の返事は戻ってこなかった。

　だが時子も知らないことがあった。笠岡は妻と恋人から二重に裏切られていた。彼に「卑怯《ひきよう》」を投げつけた麻子は、それを投げつける資格のない人間であり、彼はだれに対しても債務など負っていなかったのである。むしろ笠岡に対して終生の債務を負ったのは、彼女たちのほうであった。

　笠岡は、運命の手ちがいから負わされた債務を支払おうとして、「国山ちがい」の栗山を追いかけて、ついに命を失ったのである。

　国山はヘビースモーカーで、身体にニコチンの臭いが沁《し》みついていた。

　時子の幼いころ、母は子宮壊疽《えそ》で死んだ。母の病名を時子は知らなかった。松野は妻の病気を勉強するために知合いの医者から壊疽に関する医学書を借りた。借りたまま返すのを忘れていた。その本のビュルガー氏病の項目に、医者が入れていた朱線と、国山の体臭を笠岡が勝手に結びつけてしまった。

　笠岡は、胃潰瘍《いかいよう》であった。養生が効いて、徐々に快方に向かいつつあった。それを勝手にガンと信じ込み、限られた寿命の間に栗山殺しの犯人を捕えようとして、必死《デッドヒート》の追及をしたのである。

ここにも錯覚の加速があった。錯覚の債務を支払うために、錯覚の犯人に向かって、錯覚の死病に鞭打《むちう》たれながら、言葉どおりの、デッドヒートの追跡をしたのだ。

だが、笠岡はその錯覚の債務を支払ったことすら知らない。存在しない債務を返さずに死ぬ無念を、全身に刻んで息を引き取ったのである。

朝山純一に対する刑が確定したとき、朝山由美子は離婚を申し立てた。

由美子は夫よりも、老舗《しにせ》「あさやま」の暖簾《のれん》を大切にしたのである。

一方、矢吹禎介と麻子の間にも協議離婚が成立した。笠岡の「卑怯」を許せなかった麻子は、息子を告発した夫の「真実と正義」に耐えられなかった。

笠岡時也、由紀子夫婦は、しごく円満で、すでに由紀子の胎内には幼い生命が宿っていた。

真実を確かめようとした三組の夫婦が破綻《はたん》し、虚偽で塗り固めた一組の若い夫婦の家庭のみ、たくましく健やかに成長していた。

〈参考引用〉坂井三郎氏著『大空のサムライ』一七七頁より一八四頁まで「敵基地上空で編隊宙返り」（昭和四十二年　光人社刊）
稲田潔氏ほか著〈医学雑誌〉『外科治療』三〇巻四号（昭和四十九年四月　永井書店刊）三九八頁より四〇五頁まで〈特集〉「末梢血管外科」

新装版あとがき

旧「野性時代」から執筆を依頼されたとき、頭におもい浮かんだのは「青春」というテーマであった。だが、青春の解釈が難しくて、なかなか書きだせない。青春を年齢的に解釈すれば、個人差はあっても、まず二十代まで。せいぜい行って三十代前半であろう。だが、青春を精神年齢で解釈すると、その幅は一挙に拡大される。老いらくの恋も立派な青春である。第二、第三の青春も、精神が瑞々《みずみず》しければ永遠の青春もある。

また、各世代によって、青春の解釈と意識は異なる。

青春の共通項はなにか。青春は考えるものではなく、各個人が生きるものであろう。我が青春を顧みて、若いころ、未知数だらけで、人生の方向づけがまったくされてなかった。無限の可能性があると同時に、無限になにもなかった。自分を探しながら探し当てられず、悶々《もんもん》としていた。

ハンス・カロッサに『美しき惑いの年』という青春小説があるが、私にとって青春は醜い惑いの年のような気がした。

青春のど真ん中にいながら、どちらの方角へ向かってよいのかもわからず、青春を濫費していた。その人の全人生を通じて、青春時代が最も生命力に溢《あふ》れ、輝いているはずでありながら、その最中《さなか》にいると、その価値を意識しない。「我が青春に悔いあり」とおもう人は多いであろう。秦《しん》始皇帝も秀吉も功成り名遂げて、不老不死の霊薬を求めた。

人間にとって青春は永遠の郷愁であろう。戦争や不幸によって青春を奪われた人は、それを取り返したいと願うであろうし、青春を謳歌《おうか》した幸福な人々ですら、人生をリセットできるものであれば、青春時代に戻って、別の可能性にチャレンジしたいとおもう。

精神を常に若々しく保ち、永遠の青春を維持したいとおもっても、年齢と共に肉体的な衰えは防げない。だが、精神を瑞々しく保つことによって、肉体の老化はかなり食い止められる。老いを拒否することが青春でもある。

人間は永遠に未知の狩人《かりゅうど》である。顧みれば、青春は煌《きら》めき立っている。青春の共通の要素はハングリーであること、無限の可能性、そして既成《エスタブリッシュメント》の権威に対する敵意と反感である。この三要素を失った者は、年齢が若くても青春はない。青春自体から発する輝きは、そういうものである。

もし人生をリセットされ、青春を再度あたえられたら、どのように使うであろうか。再び大多数が濫費してしまうかもしれない。

青春とは計算ではなく、生命力の燃焼であり、未知の狩猟であり、自分の暗中模索であり、全世界を敵にまわした戦いでもある。戦いであるから、必ず戦友がいる。ただ一人の青春は考えられない。永遠の青春を自負する人であっても、戦友は次第に少なくなっていく。

おもえば、私がこの作品を書いたころは、作家として青春の真っ只中《ただなか》にあった。自分自身の青春の証明書として書いた作品であるが、執筆当時はそのことを意識しなかった。角川文庫の新装版としての復刊に際して、青春の意味を改めて問い直してみた。

人生は未知を食いつぶしながら生きているようなものであるが、私はいつもたくさんの未知を自分の人生に抱えていたい。ふり返れば、いつもそこに青春がある。青春の仲間がいる。そして未来が、かつて登った高い峰の頂から俯瞰《ふかん》した限りもない遠望のように、漠々として烟《けむ》っている。私は、その遠望の中で未知を追う永遠の狩人でありたい。そんなおもいを、我が『青春の証明』の復刊に際して新たにした。

著者

本書は、1978年7月刊の角川文庫を加筆・訂正したものです。

新装版《しんそうばん》

青春《せいしゅん》の証明《しょうめい》

森村誠一《もりむらせいいち》

昭和53年 7月30日　初版発行
平成16年 7月25日　改版初版発行
令和5年 9月5日　改版8版発行

発行者●山下直久

発行●株式会社KADOKAWA
〒102-8177　東京都千代田区富士見2-13-3
電話　0570-002-301（ナビダイヤル）

角川文庫 13420

印刷所●株式会社KADOKAWA
製本所●株式会社KADOKAWA

表紙画●和田三造

ISBN978-4-04-175362-0　C0193

◆◇◇

角川文庫発刊に際して

角川源義

第二次世界大戦の敗北は、軍事力の敗北であった以上に、私たちの若い文化力の敗退であった。私たちの文化が戦争に対して如何に無力であり、単なるあだ花に過ぎなかったかを、私たちは身を以て体験し痛感した。西洋近代文化の摂取にとって、明治以後八十年の歳月は決して短かすぎたとは言えない。にもかかわらず、近代文化の伝統を確立し、自由な批判と柔軟な良識に富む文化層として自らを形成することに私たちは失敗して来た。そしてこれは、各層への文化の普及滲透を任務とする出版人の責任でもあった。

一九四五年以来、私たちは再び振出しに戻り、第一歩から踏み出すことを余儀なくされた。これは大きな不幸ではあるが、反面、これまでの混沌・未熟・歪曲の中にあった我が国の文化に秩序と確たる基礎を齎らすためには絶好の機会でもある。角川書店は、このような祖国の文化的危機にあたり、微力をも顧みず再建の礎石たるべき抱負と決意とをもって出発したが、ここに創立以来の念願を果すべく角川文庫を発刊する。これまで刊行されたあらゆる全集叢書文庫類の長所と短所とを検討し、古今東西の不朽の典籍を、良心的編集のもとに、廉価に、そして書架にふさわしい美本として、多くのひとびとに提供しようとする。しかし私たちは徒らに百科全書的な知識のジレッタントを作ることを目的とせず、あくまで祖国の文化に秩序と再建への道を示し、この文庫を角川書店の栄ある事業として、今後永久に継続発展せしめ、学芸と教養との殿堂として大成せんことを期したい。多くの読書子の愛情ある忠言と支持とによって、この希望と抱負とを完遂せしめられんことを願う。

一九四九年五月三日

角川文庫ベストセラー

人間の証明　森村誠一

ホテルの最上階に向からエレベーターの中で、ナイフで刺された黒人が死亡した。棟居刑事は被害者がタクシーに忘れた詩集を足がかりに、事件の全貌を追う。日米合同の捜査で浮かび上がる意外な容疑者とは!?

野性の証明　森村誠一

山村で起こった大量殺人事件の三日後、集落唯一の生存者の少女が発見された。少女は両親を目前で殺されたショックで「青い服を着た男の人」以外の記憶を失っていたが、事件はやがて意外な様相を見せ!?

人間の証明　21st Century　森村誠一

金子みすゞの詩集から切り取った1ページと置き手紙を残し、女は消えた。数年後、1ページだけ切り取られた詩集を持った少女の母親が殺される。警視庁捜査一課・棟居弘一良は再び人間の宿業と対峙する！

新・野性の証明　森村誠一

国際工作員の顔を持つ作家、武富。彼の小説教室には一癖も二癖もある面々が集まる。例年行われる夏合宿で彼らは海岸に打ち上げられた美女・しぐれを救うが、その後、彼女を狙う謎の組織の襲撃を受け……。

人間の証明　PARTⅡ　狙撃者の挽歌　上　森村誠一

肌寒い夜、一人の少女が権兵衛老人の下に逃げ込んできた。とっさに少女を匿ったその老人は、かつて新宿で名を馳せた殺し屋集団の元組長であった。老人は少女を守るため修羅の世界に戻っていく――。

角川文庫ベストセラー

角川文庫ベストセラー

赤川次郎ベストセレクション①
セーラー服と機関銃
赤川次郎

父を殺されたばかりの可愛い女子高生星泉は、組員四人のおんぼろやくざ目高組の組長を襲名するはめになった。襲名早々、組の事務所に機関銃が撃ちこまれ、早くも波乱万丈の幕開けが——。

赤川次郎ベストセレクション②
セーラー服と機関銃・その後——卒業——
赤川次郎

星泉十八歳。父の死をきっかけに〈目高組〉の組長になるはめになり、大暴れ。あれから一年。少しは女らしくなった泉に、また大騒動が！　待望の青春ラブ・サスペンス。

赤川次郎ベストセレクション③
悪妻に捧げるレクイエム
赤川次郎

女房の殺し方教えます！　ひとつのペンネームで小説を共同執筆する四人の男たち。彼らが選んだ新作のテーマが妻を殺す方法。夢と現実がごっちゃになって……新感覚ミステリの傑作。

天河伝説殺人事件 (上)(下)
内田康夫

能の水上流宗家・和憲には、和鷹、秀美という二人の孫がいた。異母兄弟であるこの二人のうちどちらかが宗家を継ぐだろうと言われていた。だが、舞台で「道成寺」を舞っている途中、和鷹が謎の死を遂げて……。

箸墓幻想
内田康夫

邪馬台国の研究に生涯を費やした考古学者・小池拓郎が殺される。浅見光彦は小池が寄宿していた当麻寺の住職から事件解決を依頼され、早春の大和路へ。古代史のロマンを背景に展開する格調高い文芸ミステリ。

角川文庫ベストセラー

地の日　天の海　（上）（下）　内田康夫

若き日の天海は光秀、秀吉、信長ら戦国の俊傑と出会い、動乱の世に巻き込まれていく。その中で彼が見たものとは。「本能寺の変」に至る真相と秀吉の「中国大返し」という戦国最大の謎に迫る渾身の歴史大作！

感傷の街角　大沢在昌

早川法律事務所に所属する失踪人調査のプロ佐久間公がボトル一本の報酬で引き受けた仕事は、かつて横浜で遊んでいた〝元少女〟を捜すことだった。著者23歳のデビューを飾った、青春ハードボイルド。

眠たい奴ら　新装版　大沢在昌

破門寸前の経済やくざ高見は逃げ込んだ温泉街で警察嫌いの刑事月岡と出会う。同じ女に惚れた2人は、政治家、観光業者を巻き込む巨大宗教団体の跡目争いの渦中へ……はぐれ者コンビによる一気読みサスペンス。

魔物　（上）（下）　新装版　大沢在昌

麻薬取締官の大塚はロシアマフィアの取引の現場をおさえるが、運び屋のロシア人は重傷を負いながらも警官2名を素手で殺害、逃走する。あり得ない現実に戸惑う大塚。やがてその力の源泉を突き止めるが――。

城崎にて、殺人　西村京太郎

城崎温泉を訪れていた宝石外商員が殺害された。十津川警部は、この事件に巻き込まれたかつての先輩・岡田とともに事件の謎を追うが、その後も次々と殺人事件が起きてしまい。傑作トラベル・ミステリ！